La noche era terciopelo

Silvia Moreno-García

Traducción de Ana Cecilia Alduenda

UMBRIEL

Argentina – Chile – Colombia – España
Estados Unidos – México – Perú – Uruguay

Título original: *Velvet Was the Night*
Editor original: Del Rey
Traducción: Ana Cecilia Alduenda

1.ª edición: marzo 2022

Esta es una obra de ficción. Las referencias a personas, hechos, establecimientos, organizaciones o lugares reales solo se proponen dar la impresión de autenticidad, y se usan para impulsar la narrativa de ficción. Todos los demás personajes, así como los incidentes y diálogos, son el fruto de la imaginación de la autora y no deben tomarse como reales.

Plaza de los Reyes Magos 8, piso 1.º C y D – 28007 Madrid
www.umbrieleditores.com

ISBN: 978-84-16517-65-7
E-ISBN: 978-84-19029-03-4
Depósito legal: B-1.227-2022

Fotocomposición: Ediciones Urano, S.A.U.
Impreso por: Romanyà Valls, S.A. – Verdaguer, 1 – 08786 Capellades (Barcelona)

Impreso en España – *Printed in Spain*

Gracias por la música, padre.

Se ha demostrado que los Halcones son un grupo represor oficialmente financiado, organizado, entrenado y armado, cuyo principal propósito desde su fundación en septiembre de 1968 ha sido controlar a estudiantes antigubernamentales e izquierdistas.

—Departamento de Estado de Estados Unidos, telegrama confidencial, junio de 1971.

1

10 de junio de 1971

No le gustaba golpear a la gente.

El Elvis sabía que esto era irónico teniendo en cuenta su línea de trabajo. Imagínate: un matón que quiere contener sus golpes. Por otra parte, la vida está llena de tales ironías. Piensa en Ritchie Valens, a quien le daba miedo volar y murió la primera vez que puso un pie en un avión. Qué lástima, y los otros tipos que murieron, Buddy Holly y «The Big Bopper» Richardson, tampoco eran tan malos. O el dramaturgo Esquilo, que temía que lo mataran dentro de su casa y entonces salió y ¡zas! un águila le lanzó una tortuga que le abrió la cabeza. Asesinado justo ahí de la forma más estúpida posible.

A menudo la vida no tiene sentido y si Elvis tenía un lema era ese: la vida es un desastre. Probablemente por eso le encantaban la música y los datos triviales. Le ayudaban a construir un mundo más organizado. Cuando no estaba escuchando sus discos, estaba enfrascado leyendo el diccionario, tratando de memorizar una palabra nueva, o zambulléndose en uno de esos almanaques llenos de estadísticas.

No, señor. Elvis no era como algunos de los pervertidos con los que trabajaba, que se excitaban haciendo pedazos los riñones de un tipo. Hubiera sido feliz resolviendo crucigramas y tomando café como su jefe, El Mago, y quizás algún día sería un hombre consumado de esa clase, pero por ahora había trabajo que hacer y esta vez Elvis estaba realmente ansioso por golpear a unos cuantos hijos de la chingada.

No es que hubiera desarrollado un gusto repentino por la sangre y por romper huesos, no, pero El Güero había estado encima de él de nuevo.

El Güero había sido policía antes de unirse al grupo de Elvis y eso hacía que se sintiera gallito, que le gustara hacer sentir su autoridad. En la práctica, ser un poli no significaba una mierda porque El Mago era del tipo igualitario al que no le importaba la procedencia de sus reclutas: expolicías, porros y delincuentes juveniles eran bienvenidos siempre y cuando trabajaran bien. Pero la cuestión era que El Güero tenía veinticinco años, estaba envejeciendo, y eso lo inquietaba. Pronto tendría que dedicarse a otra cosa.

El requisito principal de un Halcón era que tenía que parecer un estudiante para poder informar sobre las actividades de los molestos rojillos que infestaban las universidades: troskos, maoístas, espartacos; había tantos tipos de disidentes que Elvis apenas podía seguir la pista a todas sus organizaciones y, también, si fuera necesario, chingarse a algunas de ellas. Claro que había fósiles importantes como El Fish, que tenía veintisiete años, pero El Fish había estado en uno u otro chanchullo político desde que era un estudiantillo de química de primer año; era un porro profesional. El Güero no había logrado tanto ni de lejos; Elvis acababa de cumplir veintiún años y El Güero sentía el peso de su edad y veía al hombre más joven con desconfianza, sospechando que El Mago iba a elegir a Elvis para un puesto muy deseable.

El Güero últimamente había estado haciendo comentarios insidiosos afirmando que Elvis era un blandengue, que nunca participaba en las tareas más pesadas y, en cambio, se dedicaba a forzar cerraduras y a tomar fotos. Elvis hacía lo que El Mago le pedía, y si El Mago quería que forzara las cerraduras y tomara fotos, ¿quién era Elvis para protestar? Pero eso no convencía a El Güero, quien se dedicaba a poner en entredicho la masculinidad de Elvis de forma velada e irritante.

—Los hombres que gastan tanto tiempo pasándose el peine por el pelo no son hombres de verdad —decía El Güero—. El verdadero Elvis Presley es un afeminado que menea las caderas.

—¿Qué estás insinuando? —preguntaba Elvis y El Güero sonreía—. ¿Qué estás diciendo ahora sobre mí?

—No me refería *a ti*, por supuesto.

—¿Entonces a quién te referías?

—A Presley, ya lo he dicho. Ese bicho raro de mierda que tanto te gusta.

—Presley es el rey. No tiene nada de malo que me guste.

—Es basura yanqui —decía El Güero con petulancia.

Y cuando no era eso, era lo otro; El Güero decidió usar una variedad de apodos para referirse a Elvis, ninguno de los cuales era su nombre en clave. Tenía una afición por llamarlo La Cucaracha, pero también Tribilín, debido a sus dientes.

En definitiva, Elvis tenía una necesidad imperiosa de hacerse valer, de demostrar a sus compañeros que no era un pinche blandengue. Quería ensuciarse las manos, poner en práctica todas esas técnicas de pelea que El Mago les había hecho aprender, de demostrar que era tan capaz como cualquiera de los otros tipos, en especial tan capaz como El Güero, quien parecía un puto extra en una película de nazis, y es que Elvis no tenía ninguna duda de que su querido papá había estado diciendo *heil* muy alegremente hasta que se subió a un barco y trasladó a su estúpida familia a México. Sí, El Güero parecía un nazi y no cualquier nazi, sino un gigantesco y fornido nazi de mierda, y probablemente por eso estaba tan encabronado, porque cuando pareces un Frankenstein rubio no es tan fácil pasar desapercibido para nadie y es mucho mejor ser un cabrón más chaparro y más delgado de pelo oscuro como Elvis. Es por eso que El Mago usaba a El Güero para destrozar riñones y dejaba a Elvis o a El Gazpacho para forzar cerraduras, infiltrarse o seguir a alguien.

El Gazpacho era un tipo que había venido de España a los seis años y todavía hablaba con un poco de acento, y era el ejemplo perfecto de que se puede ser completamente europeo y estar bastante bien porque ese tipo era todo lo agradable que se puede ser, mientras que El Güero era un sádico y un bravucón con un complejo de inferioridad kilométrico.

¡Maldito hijo de Irma Grese y Heinrich Himmler! Cabrón.

Pero los hechos eran los hechos y Elvis, que solo llevaba dos años en este grupo, sabía que, como el más nuevo del equipo, tenía que hacerse valer de alguna forma o arriesgarse a que lo marginaran. Una cosa estaba clara: no iba a volver a Tepito de ninguna puta manera.

Por lo tanto, no es de extrañar que Elvis estuviera un poco nervioso. Habían repasado el plan y las instrucciones eran claras: su pequeña unidad debía enfocarse en arrebatar las cámaras a los periodistas que estarían cubriendo la manifestación. Elvis no estaba seguro de cuántos Halcones vendrían y tampoco de lo que harían las otras unidades y, en realidad, no se suponía que debía hacer preguntas, pero supuso que esto era algo importante.

Los estudiantes se dirigían hacia el Monumento a la Revolución coreando consignas y sosteniendo carteles. Desde el apartamento donde Elvis y su grupo estaban sentados podían verlos fluir hacia ellos. Era un día festivo, la festividad de Corpus Christi, y se preguntó si no debería ir a comulgar después de que terminara su trabajo. Era católico no practicante, pero a veces tenía rachas de devoción.

Elvis se fumó un cigarro y consultó su reloj. Todavía era temprano, ni siquiera eran las cinco. Repasó la palabra del día. Lo hacía para mantener la mente aguda. Lo habían corrido de la escuela cuando tenía trece años, pero Elvis no había perdido su aprecio por ciertos tipos de aprendizaje, cortesía de su *Larousse Ilustrado.*

La palabra del día era *gladius*. La había escogido porque era adecuada. Después de todo, los Halcones estaban organizados en grupos de cien, y a los líderes de esos grupos los denominaban «los centuriones». Pero había unidades más pequeñas. Subgrupos más especializados.

Elvis pertenecía a uno de ellos: un pequeño escuadrón de una docena de matones liderado por El Mago, subdividido a su vez en tres grupos más pequeños de cuatro hombres cada uno.

Gladius, entonces. Una espada pequeña. A Elvis le gustaría tener una espada. Las pistolas le parecían menos impresionantes ahora, aunque se había sentido como un vaquero la primera vez que sostuvo una. Trató de imaginarse a sí mismo como uno de esos samuráis de las películas, blandiendo sus katanas. ¿No era increíble?

Elvis no sabía nada de katanas hasta que se unió a los Halcones y conoció a El Gazpacho. A El Gazpacho le interesaba mucho lo japonés. Le descubrió a Zatoichi, un súper luchador que parecía un hombre ciego inofensivo pero que podía derrotar a docenas de enemigos con sus expertos movimientos. Elvis pensaba que tal vez era un poco como Zatoichi porque no era quien aparentaba ser y también porque Zatoichi había pasado algo de tiempo frecuentando a la yakuza, esos peligrosos y locos criminales japoneses.

Gladius. Elvis articuló la palabra.

—¿Qué estás aprendiendo hoy? —preguntó El Gazpacho. Llevaba sus binoculares colgados del cuello y estaba encajado junto a una ventana abierta y no parecía nada nervioso.

—Mierda romana. Oye, ¿conoces alguna película decente con romanos?

—*Espartaco* es muy buena. El director filmó *2001: Odisea del espacio*. Está chida, ocurre a bordo de una nave espacial. *Así habló Zaratustra*.

Elvis no tenía idea de lo que El Gazpacho acababa de decir, pero asintió y le ofreció su cigarro. El Gazpacho sonrió y le dio una fumada antes de regresárselo. El Gazpacho tomó sus binoculares y miró afuera de la ventana, luego consultó su reloj.

Los estudiantes estaban cantando el himno mexicano y El Antílope se burlaba de ellos cantándolo a coro. En un rincón, El Güero parecía aburrido mientras se limpiaba los dientes con un palillo. Los otros —miembros de su unidad hermana, otro grupo pequeño de cuatro— parecían tensos. Tito Farolito en particular había recurrido a contar chistes malos para aligerar la tensión porque se decía que había diez mil manifestantes y eso no era poco. Diez mil es el tipo de número que hace que un hombre se cuestione toda esta línea de trabajo, incluso aunque esté ganando cien pesos al día y el doble si está con El Mago. De nuevo, Elvis se preguntó cuántos Halcones habría en la manifestación.

Los Halcones empezaron a llegar al mitin portando carteles con el rostro del Che pegado en ellos y coreando consignas como «¡Libertad para los presos políticos!». Era una artimaña, una forma que les permitía acercarse a los manifestantes.

Y funcionó.

Justo cuando los estudiantes estaban pasando delante del cine Cosmos llegaron los primeros disparos. Era la hora del rock and roll. Elvis apagó su cigarro. Su unidad bajó a toda prisa las escaleras y salió del edificio de apartamentos.

Algunos de los Halcones llevaban palos de kendo, otros disparaban al aire con la esperanza de dispersar a los estudiantes de esa manera, pero Elvis utilizaba sus puños. El Mago había sido claro sobre lo básico: sujetar a cualquier periodista, quitarle la cámara, propinarle una paliza si se ponía terco. Solo gente con cámaras y periodistas. No debían perder su tiempo y su energía golpeando a cualquier don nadie que no llevara película. Nada de matar, tampoco, aunque podían darles una calentadita.

Elvis tuvo que golpear a los manifestantes porque al principio, cuando empezaron los enfrentamientos, no lo estaban haciendo del todo mal, pero luego los disparos dejaron de ser balas al aire, y los estudiantes empezaron a entrar en pánico y a enloquecer, pero los Halcones estaban preparados, entrando por diferentes partes.

—¡Son balas de fogueo! —gritó un joven—. No son balas reales, son solo balas de fogueo. ¡No huyan, camaradas!

Elvis agitó la cabeza preguntándose qué clase de pendejo tenías que ser para pensar que esas eran balas de fogueo. ¿Acaso creían que era un episodio de *Bonanza*? ¿Que un sheriff con una estrella de latón prendida a su chaleco iba a entrar cabalgando antes de los comerciales y todo saldría bien?

Otros claramente no eran tan optimistas como ese tipo que instaba a todos a quedarse quietos. Las puertas y las ventanas se cerraron de golpe a lo largo de la avenida y las calles cercanas, y los comerciantes bajaron sus cortinas de acero enrollables.

Mientras tanto, los granaderos y los policías estaban bien situados. Había muchos hombres con gruesos chalecos antibalas y pesados cascos en la cabeza y escudos en la mano, pero estaban formando una especie de perímetro alrededor de la zona y ninguno de ellos intervino de ningún modo.

Elvis sujetó a un periodista que llevaba una identificación prendida a su chaleco, y cuando el periodista se retorció y trató de retener su cámara, Elvis le dijo que si no la soltaba le iba a romper los dientes y el periodista cedió. Pudo ver que El Güero no estaba siendo tan educado. El Güero tenía a otro fotógrafo en el suelo y le estaba dando patadas en las costillas.

Elvis sacó la película de la cámara que había tomado y luego tiró la cámara.

Las personas con cámaras eran fácil de detectar, pero El Mago también les había dicho que dieran un susto a todos los periodistas en general, no solo a los fotógrafos —porque a todos los periodistas les vendría bien una lección sobre quién manda, hoy en día—, y era un poco difícil saber quiénes eran los periodistas de radio y de la prensa escrita. Pero el Antílope conocía todas sus caras y nombres y los señalaba en cuando los veía; ese era su papel. La otra cosa a tener en cuenta era que no podían permitir que los fotografiaran, así que Elvis se pasó la mitad del tiempo tratando de detectar cámaras, intentando estar atento a los flashes, no fuera que algún cabrón ansioso le sacara una buena foto.

No obstante, todo iba bastante más o menos como se esperaba hasta que el sonido de una ametralladora estalló en el aire y Elvis se volvió para mirar a su alrededor.

¿Qué carajo? Las balas eran una cosa, ¿pero los Halcones ahora estaban disparando con *ametralladoras*? ¿Era siquiera su propia gente? Quizás un estudiante astuto había llevado armas de fuego. Elvis levantó la cabeza y miró a los tejados, a los edificios de apartamentos, intentando averiguar de dónde venía la lluvia de balas. Era difícil saberlo, con toda la gente corriendo de un lado a otro y los gritos, y alguien en un altavoz diciendo que la gente debería retirarse a sus casas. ¡Retírense a sus casas ahora!

Las ambulancias se acercaban, podía oírlas gemir, dirigiéndose hacia Amado Nervo. Avanzaban y la ametralladora había cesado, pero las balas seguían volando y Elvis esperaba que ningún idiota de gatillo fácil diera en el blanco equivocado. La mayoría de los Halcones llevaba el pelo corto y vestía camisas blancas y tenis para ayudar a identificarlos, pero el grupo de Elvis también llevaba chamarras vaqueras y pañoletas rojas porque formaban parte de uno de los equipos de élite; porque este era el código de vestimenta de los muchachos de El Mago.

—Atrapa a ese hijo de la chingada —dijo El Gazpacho, señalando a un tipo que tenía una grabadora en las manos.

—Lo tengo —dijo Elvis.

El tipo parecía viejo, pero era sorprendentemente ágil y consiguió correr unas cuantas cuadras antes de que Elvis lo alcanzara. Estaba gritando afuera de la puerta trasera de un edificio de apartamentos, suplicando que lo dejaran entrar, cuando Elvis lo jaló hacia atrás y le dijo que le entregara su equipo. El hombre se miró las manos como si no recodara lo que estaba cargando, y tal vez no lo recordara. Elvis tomó la grabadora.

—Lárgate —le ordenó al hombre.

Elvis se dio la vuelta, dispuesto a ir a buscar a sus compañeros, cuando El Gazpacho entró a tropezones a la calle lateral donde estaba Elvis. La sangre le chorreaba por la barbilla. Miró fijamente a Elvis, y levantó los brazos en el aire e intentó hablar, pero el único sonido era el burbujeo de la sangre.

Elvis se precipitó hacia adelante y lo atrapó antes de que tropezara y cayera. Un minuto después, El Güero y El Antílope doblaron la esquina.

—¿Qué carajo ha pasado? —preguntó Elvis.

—Ni idea —dijo El Antílope—. Tal vez uno de esos estudiantes, tal vez...

—Tenemos que llevarlo al doctor.

—No, carajo —dijo El Güero, sacudiendo la cabeza—. Ya conoces las reglas: esperamos a que pase uno de los coches y entonces lo subimos a él. No lo llevamos nosotros. Todavía tenemos trabajo que hacer. Hay un camarógrafo de la NBC escondido en una taquería y tenemos que agarrar a ese pendejo.

El Gazpacho estaba gorjeando como un bebé, escupiendo más sangre. Elvis trató de sostenerlo y miró a sus compañeros.

—A la mierda, ayúdame a llevarlo al coche.

—El coche está demasiado lejos. Espera a que pase una ambulancia o una de las camionetas.

Sí, sí. Pero el problema era que Elvis no veía ninguna ambulancia ni ninguna camioneta pasando por ahí y todo el mundo estaba jodidamente ocupado. Podría no tomar nada de tiempo subir a El Gazpacho a un vehículo o podría tardar un rato.

—Hijo de la chingada, serán cinco minutos y luego puedes ir a averiguar qué pasa con el camarógrafo.

El Güero y El Antílope no parecían muy convencidos, y Elvis no podía sostener al pobre Gazpacho para siempre y no podía llevarlo a ninguna parte. No era tan fuerte; era rápido y astuto y podía dar puñetazos por cortesía de las clases de defensa personal que les había dado El Mago. El fuerte era El Güero, un puto Sansón que probablemente podría levantar un elefante en brazos.

—El Mago no va a estar contento si su mano derecha muerde el polvo —dijo Elvis, y al fin eso pareció sacudir al Antílope lo suficiente, porque El Antílope le tenía un miedo mortal a El Mago y El Güero era una serpiente servil cuando El Mago estaba cerca, arrastrándose sobre su barriga para conseguir migajas, por lo que algún instinto de conservación debió activarse dentro de su soso cerebro.

—Llevémoslo al coche —dijo El Güero y levantó a El Gazpacho, que no era un hombre pequeño, como si fuera un bebé, y corrieron las pocas cuadras necesarias para llegar al callejón para descubrir que alguien había incendiado su coche.

—¡¿Quién carajo?! —gritó Elvis y giró, furioso. ¡No podía creerlo! ¡Esos cabroncitos! Debía haber sido uno de los manifestantes que había señalado el vehículo por su falta de matrículas.

—Pues ahora se te ha jodido el plan —le dijo El Güero, y el sádico hijo de la chingada se veía un poco aturdido. Elvis no sabía si era porque las cosas no le estaban saliendo bien a El Güero o porque odiaba a El Gazpacho.

Elvis miró a su alrededor el solitario callejón desparramado de basura. El humo le hacía llorar los ojos y el olor a pólvora le tapaba las fosas nasales. Señaló el otro extremo del callejón.

—Vamos —dijo.

—Voy a regresar. Tenemos trabajo que hacer —dijo El Güero y bajó a El Gazpacho, tirándolo al suelo como un costal de harina, dejándolo ahí encima de un maldito montón de lechugas podridas.

—Tenemos que atrapar a ese camarógrafo.

—No te atrevas, hijo de la chingada —dijo Elvis—. El Mago te arrancará los huevos si no nos ayudas.

—Métetela por el culo. Se va a encabronar porque hemos sido una bola de sacatones y no hemos terminado el trabajo. Si quieres jugar a los médicos, hazlo solo.

Eso fue todo. El Güero se alejaba. El Antílope no parecía haberse decidido sobre qué hacer. Elvis no podía creer esa mierda. No era ningún blandengue, pero no dejas que uno de tus compañeros se desangre en un fétido callejón de esa manera. No estaba bien. ¡Y se trataba de El Gazpacho! Elvis preferiría que le amputaran un pie antes que dejar a El Gazpacho.

—Vamos, ayúdame aquí. ¿Qué? ¿Has perdido tu verga? —preguntó Elvis al Antílope.

—¿Qué carajo tiene que ver mi verga...?

—Solo un cojo sin verga estaría ahí parado frotándose las manos. Sujétalo de los hombros.

El Antílope gruñó y se quejó, pero obedeció. Los tres llegaron al final del callejón y bajaron a la calle. Había un Datsun azul estacionado ahí y Elvis rompió el cristal de la ventanilla del pasajero con una botella que encontró en el suelo. Se deslizó dentro del coche.

—¿Qué vas a hacer? —preguntó El Antílope.

—¿Qué te parece que estoy haciendo? —respondió Elvis mientras buscaba frenéticamente en su mochila hasta que sacó el desatornillador. Qué práctico que era. Llevarlo era una vieja costumbre suya, desde la época en que era un delincuente juvenil. Los policías te daban una golpiza tremenda si te encontraban con un cuchillo y luego te detenían por llevar un arma oculta, pero un desatornillador no era un cuchillo. La otra cosa que le gustaba llevar eran dos pequeñas tiras de metal que utilizaba para forzar cerraduras cuando no tenía su equipo completo.

—No puedes hacerle un puente así para arrancarlo —dijo El Antílope, pero al Antílope le gustaba quejarse de todo.

Elvis encajó el desatornillador en su sitio, pero no pasó nada. Se mordió el labio, tratando de calmarse. No puedes forzar una cerradura si estás temblando; lo mismo para arrancar un coche. *Gladius.*

—Hombre, ¿no puedes darte prisa?

Gladius, gladius, gladius. ¡Por fin! Puso el motor en marcha y le hizo un gesto al Antílope para que subiera al coche. El Antílope empezó a protestar.

—Todavía tenemos que terminar la misión y ¿qué pasa con El Güero y los demás y ese camarógrafo de la cadena gringa? —preguntó, sonando un poco sin aliento.

—Súbete —ordenó Elvis. No podía permitirse tener un operador en pánico y mantuvo el mismo tono uniforme de voz.

—No podemos irnos.

—Va a morir desangrado si no le presionas la herida —continuó Elvis en ese mismo tono uniforme que había aprendido de El Mago—. Tienes que meterte en el coche y presionar con fuerza.

El Antílope cedió; empujó a El Gazpacho al coche y se subió junto a él. Elvis se quitó la chamarra vaquera y se la dio al Antílope.

—Usa eso.

—Creo que va a morir de todos modos —dijo El Antílope, pero presionó la chamarra contra el pecho de El Gazpacho como se le había indicado.

Las manos de Elvis estaban resbalosas con la sangre de El Gazpacho cuando tomó el volante. Los disparos habían comenzado de nuevo.

2

La calle olía a fritangas y a aceite, muy lejos del aroma a franchipán y a rosas y a paraísos isleños que ella había intentado conjurar la noche anterior rociando con perfume barato su apartamento y poniendo *Strangers in the Night*. El conjuro había fracasado. En cambio, no había dormido bien y le dolía la cabeza.

Maite intentó acelerar el paso. El despertador no había sonado e iba a llegar tarde, pero tenía que pasar por el puesto de periódicos. ¿La operación de Jorge Luis saldría según lo previsto? La pregunta la atormentaba desde hacía días.

Esperaba que no hubiera nadie antes que ella, pero había dos hombres en la cola. Maite se mordió los labios y sujetó firmemente su bolsa. Todos los periódicos hablaban del enfrentamiento que había tenido lugar el jueves. «El presidente está dispuesto a escuchar a todos», declaró *Excélsior*. Apenas prestó atención a los titulares. Claro que había oído hablar de la manifestación estudiantil, pero la política le parecía terriblemente aburrida.

El amor, frágil como una telaraña, bordado con mil canciones y mil historietas, hecho de los diálogos pronunciados en las películas y de los carteles diseñados por las agencias de publicidad: el amor era para lo que ella vivía.

El joven delante de ella estaba comprando cigarros y platicando con el dueño del puesto de periódicos. Maite se puso de puntillas desesperadamente tratando de hacerle una seña al dueño del puesto para que despachara al hombre. Finalmente, después de otros cinco minutos, le llegó el turno.

—¿Tiene el último *Romance secreto*? —preguntó.

—Todavía no ha llegado —dijo el hombre del puesto de periódicos—. Hay algún problema en la imprenta, pero tengo *Lágrimas y risas.*

Maite frunció el ceño. No era que no le gustara *Lágrimas y risas.* Le habían encantado las aventuras de la gitana Yesenia, el exótico mundo de las geishas y el sufrimiento de la humilde empleada doméstica María Isabel. Sobre todo, se había quedado prendada de las maldades de Rubí, la antiheroína deseada por todos los hombres, una seductora y peligrosa devoradora de corazones. Pero la historia actual de *Lágrimas y risas* no le llamaba la atención. Este puesto tampoco tenía *Susy: secretos del corazón* y, francamente, era adicta a *Romance secreto.* Las ilustraciones eran de primera y el estilo de escritura era excelente. Ni siquiera estaba dispuesta a considerar una de las historietas de vaqueros que colgaban de pinzas de ropa o las más subidas de tono en las que aparecían mujeres desnudas.

Al final, Maite decidió no comprar un número de *Cosmopolitan* por la historia romántica en la parte posterior; en cambio, compró una bolsa de cacahuates japoneses y se deleitó con el último *Lágrimas y risas*, que era más barato que las revistas ilustradas. Se suponía que tenía que ahorrar dinero, de todos modos. Tenía que pagar al mecánico. Un año antes se había comprado un coche. Su madre le advirtió que no hiciera una compra tan cara, pero Maite se obstinó en adquirir un Caprice de segunda mano.

Fue un gran error. Se estropeó después de los primeros dos meses, luego tuvo una colisión y ahora estaba de nuevo en el mecánico. ¡El mecánico! Ladrones armados, eso es lo que eran esos hombres. Se aprovechaban de las mujeres solteras y les cobraban más de lo que habrían cobrado si hubieran tratado con un hombre, y ella no podía hacer nada al respecto.

Un hombre. Por eso temía el viernes. Era el cumpleaños de Maite. Cumpliría treinta años. Treinta era la edad de una solterona, el punto de no retorno, y su madre sin duda se lo recordaría, insistiendo en que conocía a algún que otro joven que sería perfecto para Maite y en que ¿no podía ser menos exigente? La hermana de Maite estaría de acuerdo con su madre y se arruinaría toda la velada.

Para empeorar las cosas, el viernes también era el día en que contribuía a la tanda. Era la política de la empresa. Bueno, en realidad no. Pero Laura, que era la más veterana de las secretarias, mantenía una tanda mensual en la oficina a la que todos debían contribuir para que al final del año recibieran una suma global. La única vez que Maite había rehusado participar en la tanda «voluntaria», Laura se enfureció. La siguiente vez, presentó el dinero.

Era un chanchullo. Laura decía que la tanda ayudaba a la gente a mantener su dinero a salvo, para que los codiciosos bancos no pudieran poner sus garras sobre él y no tuvieran que pagar las comisiones de una cuenta, pero Maite estaba segura de que Laura echaba mano de la tanda durante el año. Además, si tuvieran una cuenta de ahorros de verdad, les produciría intereses, ¿no es así? Pero no. Tenían que tener ese ridículo colchón de dinero sentado en el regazo de otra persona, y si Maite se atrevía a pedir su parte a principios de año a Laura le daba un soponcio.

El viernes y ese tinglado estúpido, y luego su cumpleaños para terminar de rematarlo.

Maite ya se imaginaba el pastel y el glaseado rosa en el que diría con letras grandes: «Maite, feliz cumpleaños». No quería que le recordaran su edad. A principios de mes, se había encontrado una cana. No podía estar encaneciendo todavía. No podía tener treinta años. No sabía a dónde se habían ido sus veinte. No podía recordar lo que había hecho durante esos años. Maite no podía nombrar ni un solo logro digno.

Maite enrolló la historieta y la metió en su bolsa, caminando a mayor velocidad. En lugar de esperar el elevador, subió los cuatro tramos de escaleras hasta Garza Abogados, S. C. Llegó diez minutos tarde; menos mal que la mayoría de los abogados aún no se habían presentado. Cuando era una jovencita recién salida de la escuela de secretariado, pensaba que trabajar para abogados sería emocionante. Quizá conocería a un cliente interesante y guapo. Se fugarían. Pero no había nada emocionante en su línea de trabajo. Maite ni siquiera tenía una ventana que se abriera y las plantas que traía para animar su escritorio siempre acababan muriéndose.

Hacia las diez de la mañana llegó la mujer con el carrito de café y el pan dulce, pero Maite recordó que se suponía que tenía un presupuesto y negó con la cabeza. Entonces Diana se acercó a su escritorio para decirle que el jefe estaba de mal humor.

—¿Y eso? —preguntó Maite. Su escritorio estaba lejos de la puerta verde estampada con el nombre «Licenciado Fernando Garza». En cambio, ella trabajaba para Archibaldo Costa, un hombre distraído y calvo. Las otras secretarias decían que la razón por la que Archibaldo seguía en nómina era que había sido el mejor amigo del viejo Garza, y Maite se lo creía. Su ortografía era atroz, su forma de escribir peor, y Maite se encargaba de la mayor parte de la redacción de actas y certificados.

—Por lo del Corpus con esos estudiantes. Estaba despotricando de los agitadores profesionales, de los comunistas.

—¿Cree que han sido los comunistas? —preguntó Yolanda, quien se sentaba en el escritorio contiguo al de Maite.

—Claro, dice que intentan hacer quedar mal al presidente Echeverría.

—Yo he oído que era una especie de complot extranjero. Rusos.

—Es lo mismo, ¿no? Los rojillos son los rojillos.

—Es un refrito de Tlatelolco.

Más secretarias se unieron a la conversación, exponiendo lo que habían leído en *Novedades* y *El Sol de México*, y un par de ellas cuestionaron la veracidad de esos periódicos diciendo que habían leído *El Heraldo de México* y que un periodista de *ese* periódico había dicho que unos matones lo habían golpeado. Este comentario le valió un airado «rojillo» de otra secretaria. Maite no sabía quién tenía la razón, solo que la gente estaba hablando de Halcones y conspiraciones y todo aquello le parecía un poco exagerado. El viernes anterior había estado haciendo diligencias para Costa y no había ido a la oficina, por lo que se había perdido la plática sobre lo ocurrido el jueves por la tarde en San Cosme. No había prestado mucha atención a las noticias durante el fin de semana y había supuesto que todo habría caído en el olvido el lunes por la mañana y que no tendría que molestarse en desentrañar la política en juego. Tal vez debería haberse comprado el periódico esa mañana, si todo el mundo iba a estar platicando de ese asunto. Maite nunca sabía lo que era importante y lo que no. Pero entonces, antes de que pudiera pedir más información, pasó el propio Fernando Garza y las mujeres volvieron a sus asientos.

—Oye, muchacha, tráeme un par de calcetines durante tu hora de la comida, ¿quieres? —le dijo mientras se dirigía al elevador.

Maite frunció el ceño. Antes tenían un mensajero que se encargaba de esas tareas, pero se había ido a un trabajo mejor y los abogados no habían considerado oportuno encontrarle un sustituto. Ahora la mayoría de las diligencias que pedía recaían en Maite o en Yolanda.

Maite intentó decirse a sí misma que era mejor que no tuviera mucho tiempo para comer, porque así no estaría tentada a gastarse el dinero en un restaurante decente, pero el hecho de tener que perder media hora de su tiempo de la comida haciendo cola y pagando por un par de calcetines la irritaba.

—Es porque le huelen los pies —le dijo Diana cuando salían de la oficina—. Podría ponerse talco, pero se le olvida al menos una vez a la semana. Cada vez que se quita los zapatos, el hedor es insoportable. El viejo Garza nunca se hubiera quitado los zapatos en la oficina, te lo digo yo.

Habían pasado seis meses desde que el padre de Fernando Garza se había jubilado y Diana no paraba de decir que el viejo nunca habría hecho esto o lo otro. Era evidente que echaba de menos al arrugado desgraciado. Maite no creía que fuera a echar de menos a Archibaldo si se jubilaba. No era que ella quisiera que se fuera. Llevaba cinco años en Garza precisamente porque no estaba hecha para soportar los cambios.

A Maite no le gustaba su trabajo, pero se negaba a buscar otra cosa. Su oficina, no muy lejos del reloj chino en Bucareli, no era ni remotamente la mejor de la ciudad, pero el sueldo era regular y había aprendido a calibrar el temperamento de los trabajadores de ahí y a cumplir con las expectativas de los jefes. Unas cuantas veces al año, sobre todo durante la temporada de lluvias, se ponía inquieta, y en lugar de resolver su crucigrama diario, echaba un vistazo a los anuncios de búsqueda de empleo del periódico y trazaba un círculo alrededor de algunos con un boli rojo, pero nunca llamaba por teléfono. ¿Qué sentido tenía? Antes de Garza había trabajado para otro abogado y era casi lo mismo.

—¿Qué te parece si nos reunimos este viernes para celebrar tu cumpleaños? —preguntó Diana.

—No me lo recuerdes —dijo Maite—. Se supone que visitaré a mi madre y probablemente mi hermana hará acto de presencia.

—Ve a verla y luego podemos cenar. Mi hermana va a servir membrillo con queso de postre.

—No lo sé —dijo Maite, encogiéndose de hombros.

Diana era tres años mayor que Maite, más extrovertida, menos nerviosa. Tejía en el autobús y vivía con sus dos hermanas mayores, su madre y su abuela en una casona enorme, húmeda y oscura. Todas las mujeres se parecían, una un poco más curtida que la otra. La abuela de Diana no tenía dientes y se pasaba los días durmiendo la siesta en la sala de estar bajo dos mantas. Maite sabía que dentro de unos años Diana se sentaría en esa silla, que su rostro sería el rostro marchito de la abuela, sus manos escondidas bajo las pesadas mantas.

Maite se imaginó mayor, tan vieja como la abuela de su amiga. No era hermosa, ni siquiera bonita, y la idea de que sus escasos encantos desaparecieran la llenaba de temor. Probablemente la madre de Maite había tenido razón todo el tiempo sobre el matrimonio. Sobre Gaspar. Pero era tan aburrido y Maite todavía estaba colmada de esperanza, de expectativas, y, a pesar de los rezongos de su madre, quería algo más que un hombre que no le inspiraba el menor sentimiento.

La mayoría de sus conocidos ya se había casado y tenía hijos. Ya no tenían mucho tiempo libre para pasar con ella y un simple acuerdo para ir al cine se convertía en una tarea monumental porque tenían que encontrar a alguien que cuidara de sus bebés. Diana, sin embargo, era una presencia incondicional. Era la única persona que realmente le caía bien en Garza.

Se preguntaba qué haría si Diana también la abandonara, si se casara y dejara de trabajar en la oficina, y una vez más se sintió miserable y vieja.

Debería haberse casado con Gaspar. Lo habría hecho si no hubiera sido por Cristóbal.

Cristóbal. Cristobalito. Su primer amor. Su único amor.

Cuando había empezado a ejercer como secretaria en un bufete recién inaugurado, las funciones de Maite habían sido sencillas: clasificar cartas, abrir la correspondencia y ponerles la dirección a los sobres, entre otras tareas. Era solo su segundo trabajo. Antes había trabajado en unos grandes almacenes, pero lo había dejado para asistir a una escuela de secretariado con la esperanza de superarse. Las clases de secretariado habían durado un año, a lo largo del cual aprendió algo de mecanografía y casi nada sobre el mundo.

Aquella primavera de 1961, Maite tenía diecinueve años, y cuando un joven le sonrió en el elevador se sonrojó. Resultó que a veces subían al elevador a la misma hora de la mañana y Maite empezó a calcular su llegada para que siempre coincidiera con la suya. Después de algunas de estas coincidencias, el chico se presentó: dijo que era Cristóbal, pero que ella podía llamarlo Cristobalito. Era un contador que trabajaba un piso más arriba que Maite.

Dejó de responder a las llamadas de Gaspar y, en cambio, centró su atención en Cristóbal.

Al principio, sus interacciones se limitaban a tomar un helado o a ver una película y todas las cosas que se supone que hacen las parejas jóvenes. Sin embargo, con el tiempo, él quiso algo más que tomarse de las manos o un rápido apretón de la pierna de ella en el cine. Organizó que visitaran hoteles baratos para cogidas rápidas. Maite, que tenía miedo de pecar, se encogía todas y cada una de las veces que entraban en uno de esos lugares, pero en cuanto la besaba y le quitaba la ropa era otra historia.

Entre las sesiones en las que hacían el amor Maite le contaba su pasión por la música, sus numerosos discos, su adquisición de libros clásicos, sus clases de vocabulario por correo. Le escribía notas de amor y mala poesía. No podía expresar sus sentimientos ni plasmar en una página los latidos de su corazón; se volcaba en cada sonrisa y en cada caricia, tratando de asir entre sus manos el océano de pasión que sentía por él.

Pero Cristobalito no entendía nada de lo que le decía.

Su relación duro casi un año entero. La dejó cerca de las Navidades por otra secretaria en otro piso porque Maite había empezado a hablar de matrimonio y, francamente, a Cristobalito le parecía aburrido cogérsela.

Maite renunció al trabajo. Fingió que estaba enferma para poder quedarse en casa, y luego se sintió realmente enferma y pasó la mayor parte del verano y buena parte del otoño de 1962 arrastrando los pies por el apartamento de su madre, sin un propósito ni muchas ideas. Finalmente, su madre la obligó a conseguir un trabajo en una papelería, que detestaba. Y finalmente, también, se topó con un número de *Lágrimas y risas*. Antes de eso había leído *Susy: secretos del corazón*, que contenía muchas historias románticas, pero fue *Lágrimas y risas* la que la cautivó. Luego llegó su actual obsesión: *Romance secreto.*

La última trama trataba de Beatriz, una joven enfermera enviada a una lejana isla tropical para cuidar a una anciana enferma, que se debatía entre su pasión por dos hermanos, Jorge Luis, un médico caballeroso, y Pablo Palomo, un playboy disoluto con el corazón roto.

Maite vivía para esas historias. Se levantaba, daba de comer a su periquito, se iba a trabajar, volvía, ponía música y se dedicaba a leer cada recuadro en las historietas; roía cada palabra como una mujer hambrienta. Amaba a los personajes que se encontraba entre las páginas impresas y sufría amargamente con ellos y, de alguna manera, ese sufrimiento era como un dulce bálsamo que borraba el recuerdo de Cristobalito.

Y ahora Jorge Luis había tenido un accidente y debía ser operado. Casi no le importaba su próximo cumpleaños, comparado con eso. El coche, aún en el taller, no le importaba. Se concentró en el problema del lisiado Jorge Luis, en tratar de imaginar si Beatriz se enteraría de la verdad sobre su desaparición o si la malvada madre de Jorge Luis mantendría su estado de salud en secreto. La historia era una nube rosa que difuminaba la realidad.

Hasta que llegó el viernes. El viernes llegaron las lluvias y limpiaron los colores pastel que la habían obnubilado. Viernes, y el siguiente número de la revista estaba por fin ahí, por fin entre sus manos. Reservaba la lectura para las tardes, cuando podía sentarse en su vieja silla verde y poner a Bobby Darin, Frank Sinatra o Nat King Cole. Había comprado un conjunto de discos para aprender inglés por su cuenta y diseccionar las letras de las canciones, pero no se había molestado en escucharlos. Si realmente hubiera querido, podría haberse comprado las versiones en español que eran mucho más asequibles y fáciles de encontrar, aunque en muchos casos se dio cuenta de que no se parecían a las letras originales ni por asomo. No le importaba el misterio que planteaban las canciones. Al fin y al cabo, le gustaba la música aunque no pudiera entender la letra. A veces, escribía letras para acompañar las melodías. El *Larousse Ilustrado* le era muy útil para encontrar nuevas palabras que pudieran rimar con «amor» y sinónimos de «miseria» que esparcía por los cuadernos de espiral.

Maite estaba tan nerviosa que aquella mañana hizo una excepción y leyó *Romance secreto* antes de la comida, hojeándolo mientras las demás secretarias se dedicaban a mecanografiar o a corregir documentos.

En la página veinticinco Jorge Luis cayó en coma. Maite se quedó atónita. Se apresuró a ir al baño, encerrándose en uno de los retretes, y volvió a repasar las últimas páginas. Pero ahí estaba. ¡Jorge Luis estaba en coma! No había ningún error.

Maite no estaba segura de cuánto tiempo se había quedado en el baño, pero para cuando volvió a entrar a la oficina, las secretarias estaban metiendo su dinero en la caja de la tanda. Miró fijamente a Laura mientras esta levantaba la caja y se la sacudía en la cara.

—Laura, se me ha olvidado.

—Maite, *siempre* se te olvida. Esto no funciona así —dijo la mujer, y las otras secretarias negaron con la cabeza.

—Vale —murmuró Maite. Encontró un billete y lo echó en la caja.

Después del trabajo, bajó corriendo las escaleras en lugar de esperar a Diana como hacía normalmente. No había comido nada ese día y le dolía otra vez la cabeza. Quería ir a casa a dormir, pero su madre la estaba esperando.

Maite miró la cabina telefónica que tenía delante, pero si no aparecía era probable que su madre pasara por su apartamento para ver cómo estaba. Seguía sin estar de acuerdo con que una mujer viviera sola. Las mujeres no se iban de casa hasta que se casaban, pero hacía dos años que Maite se había hartado de los límites de la casa de su madre y se había esfumado a su apartamento en la Escandón. Sabía que realmente no ganaba lo suficiente como para permitirse el apartamento, que estaba situado cerca del límite de la elegante Condesa y, por tanto, alcanzaba un precio más elevado que si hubiera vivido en el límite de Tacubaya. Eso, los muebles que había comprado, el coche y su propensión a comprar discos, libros y revistas, estaban torpedeando su presupuesto.

Maite llegó al apartamento de su madre en la Colonia Doctores. La zona había sido durante muchos años de clase media baja, pero actualmente se inclinaba hacia la baja a pesar de los ilustres médicos que habían dado nombre a la zona. Aunque hubiera tenido su coche, no lo habría llevado a casa de su madre. Allí robaban cualquier cosa con cuatro ruedas y también había carteristas. Los moteles baratos y los bares bulliciosos daban un aire todavía más sórdido a la zona. Cuando Maite era pequeña, había mentido a sus compañeros de clase y les había dicho que vivía en la elegante Colonia Roma.

Maite deseaba haber nacido en Mónaco o en Nueva York. La mayoría de las chicas de las historietas que leía parecían no haber puesto nunca un pie en lugares como la Doctores. Si vivían en la pobreza, luego eran elevadas a un plano superior por la cartera abultada de su amado. Cenicientas, soñando. Maite también soñaba, pero no le servía de nada.

Treinta años. Tenía treinta años y a su pelo le empezaban a salir mechones canos. Su cuerpo la traicionaba.

Cuando entró a la combinación cocina-comedor, lo primero que hizo la madre de Maite fue reprenderla por estar toda mojada por la lluvia.

—Hoy he trapeado —dijo su madre.

—Lo siento.

—Siéntate. Manuela no tardará en llegar.

Maite caminó a la sala de estar y encendió la radio. Esperaba que la lluvia mantuviera alejada a su hermana. Manuela era dos años más joven que Maite y llevaba ya cinco años casada. Tenía dos hijos molestos y un marido igual de molesto que se estaba quedando calvo prematuramente y nunca estaba en casa. La madre de Maite cuidaba a los niños por las tardes. Si no estaban todavía en el apartamento, significaba que estaban en camino y dentro de poco interrumpirían el bendito sonido de la música en la sala de estar: estaba sonando *Can't Take My Eyes Off You*. En su bolsa, *Romance secreto* pesaba mucho. Quería volver a leerlo. Para asegurarse de que no lo había leído mal.

Entonces entró Manuela con sus hijos. Los niños procedieron a ignorar a Maite e inmediatamente se dirigieron a su abuela exigiendo pastel.

—Muy bien —dijo la madre de Maite, y fueron hacia la cocina-comedor. Sacó el pastel que había horneado ese día mientras Manuela buscaba un paquete con velas.

—Es de chocolate —dijo Maite, mirando el pastel.

—¿Y?

—No me gusta el chocolate.

—A todos los demás les gusta el chocolate. Además, también tiene cerezas. A ti te gustan las cerezas.

—A Manuela le gustan las cerezas, mamá. No, eso no. No quiero velas —protestó.

—No puedes tener un pastel sin velas —dijo su madre mientras empezaba a colocar sistemáticamente cada vela.

—No tienes que ponerlas *todas* sobre el pastel.

—Tonterías, Maite. Treinta años y treinta velas.

Maite se cruzó de brazos y se quedó mirando el pastel de chocolate y cerezas.

—Por cierto, me promovieron en el trabajo —dijo Manuela en el momento en que su madre hubo contado hasta veinte velas—. Y el jefe me ha regalado una pluma estilográfica. Mira, ¿no es preciosa?

—Sí que es preciosa. Mira, ¡qué bonita! —dijo su madre y dejó las velas, ahora embobada con la nueva pluma estilográfica que Manuela exhibía ante ellas.

Manuela ni siquiera había querido ir a la escuela de secretariado. Se había limitado a copiar a Maite. Cuando eran niñas su hermana quería ser azafata de avión. Ahora trabajaba en una empresa más grande y mejor que Maite en la que, al parecer, daban a sus empleados lujosas plumas estilográficas.

Maite se preguntaba si podría apañarse la pluma sin que su hermana se diera cuenta, pero no le había robado nada desde que eran adolescentes. Ahora se limitaba a robar cosas pequeñas a los inquilinos de su edificio y, ocasionalmente, artículos de la farmacia o de los grandes almacenes.

La madre de Maite volvió a contar las velas y encontró una caja de cerillas.

—Pide un deseo —dijo Manuela.

Maite se quedó mirando las diminutas llamas y no pudo pensar en un deseo apropiado. Los niños empezaron a quejarse, pidiendo pastel. La madre de Maite le advirtió que iba a derramar cera por todo el pastel y, finalmente, Maite sopló las velas sin pedir ningún deseo. La madre de Maite cortó el pastel, sirviendo primero a los niños y luego a Manuela.

—Sabes que estoy cuidando mi figura —dijo Manuela, haciendo una mueca. Su hermana era delgada, pero le gustaba hacer teatro de todo.

—Vamos, tienes que comer un poco.

La madre de Maite le suplicó a Manuela, quien accedió a comer una rebanada delgada de pastel. Finalmente, Maite recibió una rebanada, casi como una ocurrencia de último momento. Tenía hambre, pero jugaba con las cerezas del plato, haciéndolas rodar de un lado a otro, sin querer comer nada.

A Manuela le gustaba el pastel de chocolate y cerezas. Maite debería haber sabido que su madre le daría gusto a ella, incluso en este día. Deseó haber esperado a Diana y haber aceptado su oferta para cenar. Ahora era demasiado tarde.

Maite pensó en Jorge Luis y empezó a convencerse a sí misma de que su accidente no había ocurrido realmente. En el próximo episodio habría una explicación. Quizá había sido una pesadilla. Sí, eso era. Beatriz se despertaría, se oiría el sonido de los tambores retumbando a lo lejos...

La selva, sí. Cómo le encantaba la selva que dibujaban en *Romance secreto*. Las flores, anormalmente grandes y exuberantes;

los monos y las aves exóticas refugiándose en el follaje. Los jaguares, esperando en la oscuridad, y la noche hecha de tinta barata; pinchazos de estrellas y la luna redonda engalanando el cielo. Amantes tomados de la mano, amantes nadando en una poza...

Uno de los hijos de Manuela se estaba paseando con las manos llenas de pastel. Las apoyó en el blazer de Maite, que colgaba del respaldo de su silla, llenándolo de chocolate. Manuela se rio, atrapó al niño y le limpió las manos con una servilleta.

—Tendré que mandarlo a la tintorería —dijo Maite, clavándole los ojos a su hermana intencionadamente.

—Lávalo con un poco de jabón.

—No se puede lavar con agua. Hay que limpiarlo en seco.

—No seas tonta. Ve a lavarlo. Te tomará un minuto. Ve.

Maite tomó el blazer. Entró en el baño y restregó furiosamente la mancha, pero no sirvió de nada. Estaba firmemente pegada. Cuando salió, su madre y su hermana hablaban vertiginosamente de una prima suya. Manuela había encendido un cigarro. La marca de cigarros de su hermana le daba dolor de cabeza y Manuela lo sabía.

—¿Puedes fumar en otro lado? —preguntó Maite.

—Maite, siéntate y cómete el pastel —dijo su madre.

—Tengo que irme —anunció ella.

Ni su madre ni su hermana respondieron. El hijo más pequeño de Manuela se puso a llorar. Maite tomó su bolsa y se fue sin decir nada más.

De vuelta en su apartamento, Maite encendió las luces y saludó al periquito verde y amarillo que tenía en una jaula junto a la ventana de la sala de estar. Luego fue a la cocina y se preparó un sándwich de jamón y queso. Se lo comió rápidamente, luego desenrolló la revista que había estado cargando todo el día y volvió a mirar las viñetas.

Llamaron a la puerta. Lo ignoró, pero a continuación volvieron a llamar. Maite suspiró y abrió la puerta.

Era la estudiante de arte del apartamento del otro lado del pasillo. A veces Maite la veía subir las escaleras con un lienzo bajo el brazo. No la conocía, pero sí su tipo: moderna, libre, joven, miembro de una nueva generación que no tenía que rendir pleitesía a sus quisquillosas madres ni a sus irritantes hermanas, sino que bebía, fumaba y se daba la gran vida alegremente.

—Lo siento, espero que no sea demasiado tarde —dijo la chica. Llevaba un poncho con exuberantes diseños florales. Maite seguía vestida de oficina, con su blusa blanca de cuello alto con volantes y su falda color canela, aunque se había quitado el blazer manchado. Al lado de esta chica, parecía una enfermera escolar.

—No pasa nada.

—Soy Leonora. Vivo enfrente de ti.

—Ah, sí. Lo sé —dijo Maite. La chica estaba desde hacía seis meses en el edificio. Maite había calculado el tiempo. Llevaba un buen seguimiento de los inquilinos.

—Lamento no haberme presentado, ya sabes cómo es esto. En fin, estaba hablando con la portera y me ha dicho que a veces cuidas mascotas.

La portera del edificio, una anciana diminuta y chismosa llamada Doña Elvira que vivía en el primer piso, era alérgica tanto a los gatos como a los perros. Esto resultó ser una pequeña ayuda para Maite, ya que ofrecía sus servicios a sus vecinos cuando necesitaban una cuidadora de mascotas, un trabajo que normalmente realizaban las porteras.

—Así es. ¿Necesitas que te cuide una mascota?

—Sí, mi gato —dijo Leonora—. Sería por un par de días. Me voy a Cuernavaca esta noche y estaré de vuelta para... bueno, el domingo por la noche. El lunes por la mañana, a lo sumo. ¿Podrías hacerlo? Sé que es de último momento, pero te lo agradecería. La portera dice que eres de confianza.

La portera se había quejado de que la chica invitaba hombres y que eran *ruidosos*. Lo había dicho con una ceja levantada que no dejaba dudas sobre el origen del ruido. Maite se preguntó si Leonora iba a reunirse con uno de esos hombres, de preferencia en un lugar en el que a los vecinos no les importara que hicieran el amor con un estilo operístico. Estaba segura de que la chica tenía un número impresionante de novios. Era hermosa. Se parecía a las chicas de las historietas, con sus ojos verdes y su pelo castaño. Pero no estaba llorando. Muchas de las chicas de las portadas lloraban o besaban a un hombre.

—¿Qué me dices? —preguntó la chica. Su sonrisa era agradable y nerviosa a la vez, como ver revolotear a una mariposa. Maite se encogió de hombros.

—Suelo hacerlo por más de un par de días. No vale la pena el esfuerzo si es menos de una semana, ¿sabes? —mintió, preguntándose cuánto podría cobrar sin que la chica saliera corriendo. Los aretes en los lóbulos de Leonora parecían de oro auténtico, no el falso que vendían en el centro y que se ponía verde a los pocos días. Maite olfateó dinero.

—Oh, por favor, no quiero irme sin saber que alguien está cuidando al gato. Los animales pueden meterse en todo tipo de problemas cuando no estás cerca. Tuve un perro que se comió una caja de chocolates y se murió.

—Lo sé. Ningún dueño de mascotas deja a un animal sin alguien cerca y veo que tienes prisa. Muy bien, déjame pensar —dijo Maite y le cotizó a la chica una tarifa más alta de lo habitual, a lo que Leonora accedió, agradecida por la amabilidad de Maite.

Leonora le entregó a Maite las llaves de su apartamento.

—¿Te importaría darme tu número de teléfono? —preguntó la chica—. Yo... por si... el gato, ya sabes. Por si necesito comunicarme contigo por el gato.

Así que era de ese tipo de dueña de mascotas, de las que se preocupan por su angelito, llamándolo «bebé» y «cariño» y vistiéndolo con atuendos ridículos. A Maite nunca le habían gustado especialmente las mascotas, salvo su periquito. Cuidar de ellas simplemente era una forma de obtener una fuente extra de ingresos y le daba la posibilidad de sustraer los objetos personales de sus dueños.

Mientras anotaba su número, Maite se preguntaba qué sería lo primero que le robaría a Leonora. Tenía mucho cuidado al elegir su botín. Nunca era algo extravagante, algo que la gente notara, pero siempre debía ser algo interesante.

La chica, aún nerviosa por el gato, detuvo a Maite con una explicación sobre el lugar donde guardaba la comida del animalito antes de irse.

Maite volvió a la cocina y tomó su revista. No había ninguna duda. Jorge Luis volvería; se despertaría en uno o dos números. Animada por este pensamiento, se dirigió al cuarto de huéspedes y buscó entre sus discos. Puso a Bobby Darin y se permitió imaginar que la esperaba un amante de ensueño.

Esa noche Maite soñó con tambores en la selva verde jade. Pero por la mañana, la vista desde su sala de estar seguía siendo una ciudad gris, con los tejados repletos de antenas de televisión, y no había ningún amante para ella, por mucho que esperara y rezara.

3

Mantén un perfil bajo, eso es lo que le había dicho El Mago cuando había llamado por teléfono. Elvis estaba totalmente dispuesto a cumplir, teniendo en cuenta el gran alboroto que la gente estaba armando por la noche del 10 de junio. Oficialmente, nadie vinculado al gobierno estaba dispuesto a admitir la existencia de los Halcones y algunos periódicos que seguían la línea del gobierno habían señalado que los estudiantes eran todos agitadores comunistas, lo que debería haber bastado para acallar las quejas. Pero otros periódicos y algunas personas —manifestantes estúpidos y sus amigos e incluso uno o dos columnistas que no sabían mantener la boca cerrada— estaban dándole a la lengua, hablando de brutos que los habían perseguido e incluso disparado. La cosa se estaba poniendo fea.

Para ser sincero, Elvis no se esperaba este tipo de atención. Los Halcones regularmente propinaban palizas a los activistas y disolvían las pequeñas reuniones estudiantiles sospechosas. El mes anterior, unos cuantos Halcones fueron a una preparatoria pública y destrozaron la biblioteca. Nadie dijo ni pío o, si lo hicieron, la gente no dudó en ignorar los altercados.

Pero ahora todo era muy delicado. La gente estaba publicando nombres en circulares clandestinas. Nombres como Alfonso Martínez Domínguez. Imagínate. Era el pinche regente de la ciudad, no un rufián de poca monta del que la gente pudiera hablar mal sin consecuencias, sino el pinche *regente*. El presidente Echevarría seguía diciendo que no sabía nada y, en general, Elvis tenía la impresión de que todo el maldito asunto se había convertido en un desastre. Demasiadas personas estaban haciendo demasiadas putas preguntas.

No era de extrañar que El Mago les hubiera ordenado permanecer dentro del apartamento todo lo posible. Normalmente, aquello le habría gustado bastante a Elvis, ya que le daba la oportunidad de repasar su diccionario *Larousse* y escuchar sus discos, pero con El Gazpacho fuera de servicio y en otro lugar, eran El Güero y El Antílope quienes le hacían compañía, que era lo mismo que tener dos buitres vigilando sobre sus hombros.

Estaban salivando, esos hijos de la chingada, esperando para quejarse y contarle a El Mago todas las formas en que la había cagado el otro día. En consecuencia, decidió ponerse sus audífonos e intentar amortiguar sus preocupaciones con un poco de Bobby Darin; era empalagoso, pero a Elvis no le importaba un *crooner* con un buen par de pulmones. ¿A quién carajo no le gustaba *Beyond the Sea*?

Elvis no iba a volver a Tepito. No iba a hacerlo. Tepito era un pozo sin fondo, una maldita cloaca. No había futuro allí para él.

Se había ido de casa a los quince años. Dos años antes había sido expulsado de la escuela. Tampoco por una buena razón. A Elvis le gustaba aprender y le gustaba leer, pero a la hora de escribir las palabras a menudo cambiaba las letras, su caligrafía era mala y tardaba mucho en hacer las tareas. Era como si las palabras se atascaran en su cabeza y tuviera que pescarlas cuidadosamente una por una.

Bueno, sus maestros no tenían muy buena impresión de él. Cuando Elvis vandalizó un baño, lo consideraron suficiente para expulsarlo, aunque él sabía que otros niños hacían cosas mucho peores y nunca los expulsaban. Sus maestros simplemente querían deshacerse de uno de los niños «más tontos» de la clase. Muy amable por su parte.

Después de aquello no volvió a inscribirse en otra escuela. Su madre tenía cuatro hijos que cuidar y no tenía paciencia con él, así que lo golpeó con el trapeador y le dijo que se buscara un trabajo. Elvis no pudo encontrar un trabajo mejor que el de empacador de supermercado, así que se unió a una de las pandillas de la zona para ganar dinero y por diversión. Todos los miembros de esta pandilla tenían más o menos su edad y no hacían nada realmente malo, se limitaban a acosar a las empleadas domésticas cuando hacían su ronda de compras. Por ganar un dinerito, extorsionaban a los comerciantes amenazándolos con tirarles piedras a los escaparates de las tiendas. La mayoría pagaba.

Hubo una excepción: el dueño de la Farmacia Andorra tenía un hijo unos años mayor y unos centímetros más alto que los chicos de la pandilla, y les advirtió que haría intervenir a su tío —supuestamente un policía— si intentaban algo. También golpeó a un par de ellos cuando se acercaron demasiado a su preciada farmacia.

No había sido idea de Elvis tomar represalias. Dios sabía que tenía mejores cosas que hacer que buscar peleas. Pero uno de los chicos de su pandilla estaba muy encabronado porque el hijo del farmacéutico le había dejado un ojo morado y quería vengarse. Así que se unieron, esperaron a que el chico caminara a casa una noche y le dieron una paliza. Era grande, pero contra la fuerza combinada de media docena de adolescentes fue una pelea dura, y más dura aún resultó cuando el chico del ojo morado había tenido la ocurrencia de llevar un viejo trozo de metal oxidado a la pelea y apuñaló al hijo del farmacéutico.

Afortunadamente, el hijo del farmacéutico no murió. Por desgracia, resultó que sus advertencias sobre su tío policía eran reales. Al cabo de un par de días se corrió la voz de que la policía estaba buscando a todos los cabroncitos que habían participado en el ataque.

Elvis no tenía ganas de ir a la cárcel o al reformatorio o a cualquier puto lugar con un policía enfadado, así que se largó de la ciudad. Tenía quince años y poca comprensión del mundo, pero había escuchado de otro adolescente que San Miguel de Allende estaba lleno de turistas que querían coger y pensó que qué demonios.

Tenía razón en cuanto a las turistas, aunque coger era un poco más difícil ya que la mayoría de las gringuitas de la ciudad buscaba hombres musculosos y de vergas grandes, y Elvis era un adolescente delgado, no un tipo hecho para las películas porno y las fantasías de las chicas cachondas. Pero si lograba parecer desamparado, normalmente le daban unos cuantos pesos y se las arreglaba.

Cuando conoció a Sally las cosas mejoraron. Era una estadounidense de quien decían que le gustaban los jóvenes y que tenía una especie de fetiche por la «auténtica» cultura mexicana. Elvis necesitaba un lugar para quedarse y comidas calientes, así que cambió sus zapatos por huaraches para complacer su fantasía de carne morena. Durante un tiempo estuvo bien. Le hacía mandados, cuidaba las plantas de la casa que alquilaba, le comía el coño cuando ella se lo pedía. A cambio, tenía total acceso a su colección de discos y una habitación, un baño y una televisión, aunque no dinero para gastos.

La colección de discos era la mejor parte, a decir verdad. Así es como había elegido el nombre de Elvis, después de haber escuchado varios discos del Rey. Pensaba que había un cierto parecido entre el joven Elvis y él mismo, así que se compró una chamarra de cuero negro como la que llevaba el cantante en una de sus películas. Su verdadero nombre era horrible, de todos modos, y empezó a tocar una guitarra que Sally tenía colgada en la sala de estar y que nunca había tocado.

Le gustaba Sally, por lo que le sorprendió un poco cuando descubrió que ella se había ligado a otro tipo: un poco mayor que Elvis, pero no mucho, que debía tener una verga más grande o que le chupaba mejor el coño, y luego echó a Elvis. Así, de un día para otro. Elvis no tuvo problemas en terminar con la dama, pero solo después de colarse en la casa, robarle el dinero que sabía que guardaba en una caja y también fugarse con seis discos de vinilo.

Hizo lo que cualquier chico tonto con una riqueza repentina hubiera hecho: gastarlo en los billares de Guadalajara, que era su nuevo hogar. Afuera de una heladería, mientras comía una nieve de mamey, conoció a Cristina, una chica más o menos de su edad que terminó involucrándolo en un extraño culto religioso cerca de Tlaquepaque.

Elvis era un tonto para las mujeres bonitas y Cristina lo atrajo como un maldito torbellino con su suave, suave voz y su aún más suave mirada. Para cuando le preguntó si no quería salir con sus amigas en Tlaquepaque, a Elvis no le hubiera importado que anduviera por Guadalajara embaucando y reclutando chicos con regularidad, lo cual más tarde se dio cuenta que era exactamente lo que hacía.

Cristina lo condujo a una casa en mal estado con gente extraña que vestía de blanco y hablaba de hongos mágicos, auras y cristales curativos. Muchos de ellos venían de Ciudad de México, donde se habían conocido haciendo yoga en los alrededores del Parque Hundido y habían pasado tiempo en Real de Catorce y en Huautla, como cualquier hippie que aspira a ser de la clase media, antes de dar con Jalisco. Su líder no hacía otra cosa que cogerse a las jóvenes bonitas de la congregación, mientras que los feos y los hombres eran enviados a trabajar a la granja que el culto utilizaba como base de operaciones.

Resultó que a su líder no le gustaba mucho la música moderna e insistía en poner discos con campanillas de viento y gongs, lo que fue la gota que colmó el vaso. A Elvis le gustaba Cristina, tal vez incluso la amaba, pero no lo suficiente como para quedarse viendo cómo otro tipo se la cogía por atrás mientras Elvis tenía que dar de comer a las gallinas o palear estiércol, todo ello sin el consuelo siquiera de una o dos canciones de rock and roll.

Tenía diecisiete años cuando volvió a caer en Tepito, de nuevo en el apartamento de su madre, sin dinero y sin perspectivas. Su madre no parecía muy contenta de verlo. No le apetecía mucho volver a formar parte de una pandilla, aunque se reunía sin ganas con sus viejos amigos y durante unos dos meses estuvo muerto de aburrimiento hasta la tarde en que robó el *Larousse Ilustrado* de una librería Porrúa. Había conocido a un compañero de clase que había tenido uno de esos y le había parecido fascinante. Era un libro grande y voluminoso para robar, pero lo consiguió y pensó que tal vez su futuro estaba en los libros.

¡Los libros! Él, que no podía deletrear cuando estaba estresado, las letras aún se le confundían en la cabeza. Pero sí que le gustaba leer y, habiendo robado un libro gigantesco, pensó que podría robar más y luego revenderlos a través de los vendedores ambulantes a lo largo de Donceles. Rápidamente se puso a robar, leer y revender. Entonces, al darse cuenta de que las librerías de segunda mano y esos pendejos de Donceles le pagaban una miseria y obtenían una enorme ganancia, se instaló en un callejón cercano al Palacio de Minería. Unos cuantos vendedores ambulantes llevaban mesas plegables; otros simplemente se limitaban a colocar sus libros en trozos planos de cartón. Elvis llevó un mantel y apiló su mercancía.

Después de un tiempo, descubrió el giro de comercio más rentable: los libros de texto. Los estudiantes universitarios se acercaban, le preguntaban si tenía algo y él les prometía conseguirlo. Esto significaba que lo robaría de cualquier librería que le fuera más fácil y luego se lo vendería al estudiante.

Robar resultó ser el talento de Elvis. Al cabo de un par de semanas decidió aumentar su venta de libros con discos de vinilo, lo cual era una opción sensata. Aspiraba a abrir su propia tienda en Donceles, y sentarse detrás de una caja registradora, con un libro en la mano y sus discos de Presley sonando.

Eso no sucedió, porque un día aparecieron en su callejón un grupo de cabrones que empezaron a golpear a los vendedores ambulantes. Elvis había oído hablar de cosas así que ocurrían en la ciudad, con policías u otros hijos de la chingada que debían trabajar para la policía, ahuyentando a los vendedores ambulantes y a los mendigos. Querían limpiar la ciudad para los Juegos Olímpicos.

A pesar de la violencia latente, Elvis había corrido con suerte. Bueno, ya no. Todos empezaron a tomar su mercancía y a huir. Elvis también empezó a recoger sus mercancías, con la intención de salir rápidamente y sin aspavientos, pero entonces un cabrón decidió hacer añicos la copia de *Jailhouse Rock* que Elvis había estado exhibiendo con orgullo y perdió la cabeza.

Si bien no era terriblemente fuerte ni realmente un peleador, Elvis tomó un grueso tomo de Rousseau y empezó a golpear al hijo de la chingada en la cara. A los pocos minutos, algunos de los compañeros del tipo se percataron de lo que sucedía e intervinieron, tratando a Elvis como a una piñata humana, hasta que, tras varios golpes y escupitajos, oyó hablar a un hombre mayor.

—Déjenlo —dijo.

Los matones que sujetaban a Elvis dejaron de golpearlo. Se sentó, sin aliento. El hombre mayor se puso delante de Elvis. Iba vestido de forma impecable, con un traje, una corbata de color vino y unos zapatos brillantes. Miró a Elvis con curiosidad.

—Sí que has opuesto resistencia —dijo el hombre, metiendo la mano en su bolsillo y sacando un pañuelo.

Elvis se quedó mirando la mano del hombre. El hombre agitó de nuevo el pañuelo y Elvis lo tomó lentamente y lo apretó contra su boca, limpiándose la sangre.

—Si hubiera sido una lucha justa, habría destrozado a ese tipo —dijo Elvis.

—Lo sé. Eres rápido. Buenos reflejos.

—Supongo —dijo Elvis, sin querer especificar que robar requiere buenos reflejos y la capacidad de apurar el paso en caso de que un empleado te pille con las manos en la masa y tengas que salir corriendo para ponerte a salvo.

—¿Esta es tu mercancía? —preguntó el hombre, inclinándose y tomando un libro: *Veinte mil leguas de viaje submarino.*

—Ajá —dijo Elvis.

El hombre pasó las manos por el lomo. Volvió a mirar a Elvis.

—¿Cuántos años tienes, chico? ¿Dieciocho? ¿Diecinueve?

—Casi dieciocho, sí —dijo—. ¿Pero a usted qué le importa?

—Podría darte un trabajo —dijo el hombre—. Me llaman El Mago. ¿Sabes por qué? Porque puedo sacar a la gente de situaciones difíciles, como Houdini. Y también puedo hacer aparecer y desaparecer cosas.

—Y estos tipos —dijo Elvis, señalando a los matones que estaban ahuyentando a los últimos vendedores ambulantes—, ¿son los que te ayudan a sacar conejos de los sombreros?

—Todo mago necesita un ayudante, ¿no es así? Quizá tú tengas madera para ello.

—No tendría muy buen aspecto con leotardos o siendo serruchado por la mitad, señor.

El Mago sonrió. Tenía una sonrisa traicionera. Era cálida y te hacía pensar en que era tu mejor amigo en el mundo, incluso cuando estaba viendo cómo uno de sus hombres le molía los riñones a un tipo, como Elvis descubriría más tarde. Pero en ese momento no sabía nada y pensó que era una sonrisa agradable.

El Mago le dio a Elvis una tarjeta con su número de teléfono y le dijo que lo llamara si quería dejar de hacerse guaje y ganar dinero de verdad. Elvis concertó una cita para reunirse con El Mago. No confiaba mucho en que saliera algo de eso, pero recordó que el coronel Tom Parker había descubierto a Presley y lo había sacado de las sombras para convertirlo en una superestrella. Así que, obviamente, a veces ocurren mierdas raras como esa. Tal vez El Mago fuera auténtico, un hombre importante, o tal vez no fuera nada. Pero Elvis necesitaba averiguarlo. Fue al apartamento de El Mago, curioso y sin saber qué esperar.

Era un apartamento fabuloso. El Mago tenía repisas tras repisas forradas con tomos de lujo y una increíble consola estéreo. También tenía discos interesantes. No de rock ni de nada que Elvis hubiera escuchado, sino de jazz. Tenía un carrito de bar, con una licorera y vasos a juego y una coctelera. Cuando le preguntó a Elvis si quería un cigarro, sacó una cigarrera de plata.

Dinero en efectivo. Sí, Elvis olía dinero, pero más que nada estaba encantado con la forma de vida de El Mago. Aquello era exactamente lo que quería: tener un apartamento con los techos altos y libreros que llegaran hasta arriba, los pisos de madera y la mesa de centro de cristal y metal pulido.

El Mago era regio. Elvis nunca había visto nada parecido, tanta seguridad en los modales, tanta *clase*. Era un caballero. Elvis nunca había conocido a un caballero; había crecido con escoria y pendejos y aquí estaba este hombre, tendiéndole la mano —y le pareció que era la mano de Dios, así de impresionado estaba— y levantándolo del fango.

Lo único que Elvis había ganado en su vida eran las figuritas de plástico de Hanna-Barbera que venían en los Twinkies. Esto era como encontrar un maldito diamante dentro del pastelillo.

Por supuesto, Elvis aceptó la oferta de trabajo de El Mago y se unió a los Halcones. Se convirtió en uno de los muchachos de El Mago. Así los llamaba él: mis muchachos.

No había sido fácil, todo el entrenamiento y las reglas. Los Halcones funcionaban al estilo militar y, dado que muchos de sus miembros habían sido pendejos de bajos fondos como él, aprender las rutinas y seguir las órdenes no era algo natural. Pero perseveró en los ejercicios y dominó las tácticas que les enseñaron: cómo ocultar micrófonos en una habitación, cómo seguir a alguien sin ser descubierto, etcétera. Aparentemente, algunos de los Halcones habían sido incluso entrenados por la CIA, que no quería comunistas en América Latina y estaba ayudando al gobierno mexicano, lo que significaba que Elvis había recibido una educación de primer nivel.

Tras unos meses de preparación inicial, fue asignado a un grupo y luego reasignado al dirigido por El Gazpacho, con El Mago supervisándolos. Su entrenamiento no terminó, pero lentamente le fueron asignando más y más tareas. Llevaba dos años en esa unidad y pensaba que lo tenía todo resuelto, que sería un ascenso fácil. Hasta ahora.

No tiene sentido asustarse. Todavía no, se dijo Elvis. Bien. Eso significaba más música —el señor Sinatra siempre era una apuesta segura y nadie podía cantar *Fly Me to the Moon* como él— y revisar su diccionario. Intentaba aprender una palabra cada día y cuando una palabra le gustaba de verdad la anotaba en un pequeño cuaderno, para apreciarla. Habían pasado tres días desde la operación y Elvis trataba de mantener su rutina. Sus lagartijas, su música, las comidas puntuales, la palabra del día.

Los chicos necesitan rutinas, eso es lo que les decía El Mago. Pero El Mago no había asomado la cabeza por el apartamento y lo único que había dicho cuando llamó por teléfono era que todos debían quedarse quietos. Elvis se limitó a comprar los periódicos y los cigarros, mirando la ciudad cansinamente.

Tres días ya.

Ecléctico. Miró el diccionario. *E-cléc-ti-co.* Elvis probó la palabra, susurrándola para sí mismo y luego diciéndola más alto. Cuando terminó de memorizar la palabra, puso un disco de los Beatles y se ajustó los audífonos. No a todo el mundo le gustaban los Beatles, en especial en su línea de trabajo. Otros Halcones refunfuñaban que esa mierda de rock era peligrosa, que olía a comunismo. Pero Elvis no veía nada de malo en la música y El Gazpacho amaba en secreto la voz de Lennon.

Inclinó la cabeza, se miró al espejo, y cuando Lennon dijo la línea sobre más vale correr por tu vida, hizo un movimiento con las manos y fingió dispararse frente al espejo.

No hablaba inglés, pero sabía algunas frases. El Gazpacho le había traducido gustosamente las letras de las canciones y Elvis tenía una memoria decente.

Elvis no dejaba de pensar en que a El Gazpacho le encantaban todas esas películas japonesas y en la vez que habían ido a ver una película de Godzilla y habían lanzado palomitas a la pantalla.

¿Cómo estaría El Gazpacho? ¿Volvería pronto?

Frunció el ceño, buscó sus lentes de sol y se los puso, subiéndoselos por el puente de la nariz. Volvió a hacer el movimiento con las manos simulando que sostenía una pistola y luego dejó caer los brazos a los lados.

Podría haber ido a la habitación de El Gazpacho y tomado una pistola de verdad, pero no se atrevía a entrar allí.

Alrededor de las siete apareció El Mago, que los citó en la sala de estar. El Güero se lanzó de inmediato a explicar que Elvis era un imbécil y que no se podía esperar mucho de una escoria de Tepito, mientras que El Antílope asentía en general y añadía un sonoro «¡ajá!» aquí y allá.

—Si me permite, señor, si puedo ser completamente honesto, El Elvis es medio maricón —dijo El Güero, sonando como un profesor que estaba dando una conferencia muy importante sobre física nuclear o alguna mierda así—. No se puede confiar en que haga algo bien. ¿Cómo lo llamaste Antílope?

—Un pelele —dijo El Antílope.

—No, lo otro.

—Chamaco baboso.

—No. Un chimpancé que lanza mierda desde la jaula más sucia de Chapultepec. Sin ánimo de ofender a los monos de verdad. Y él escucha toda esa propaganda, como un puto anarquista degenerado —dijo El Güero.

—¿Qué propaganda? —preguntó El Mago. Sonaba más curioso que preocupado.

—Esa música rock. El presidente dijo que había que censurarla, que conduce a la anarquía. Yo estoy de acuerdo. Cerraron los cafés de canto, ¿pero de qué sirve eso si la gente puede seguir escuchando esta mierda a su antojo? —dijo El Güero, y Elvis pensó que si El Güero pudiera, se habría envuelto en la bandera de México y habría rodado por el suelo para enfatizar su punto de vista.

Sí, habían cerrado un inofensivo grupo de cafés de canto como el Pau Pau, donde lo único que hacían era tocar tontas versiones de canciones. Ni siquiera se podía *bailar* en un puto café y aun así los policías iban y sacaban a la gente de allí cuando les daba la gana.

No creía que nadie debiera alterarse por unas cuantas canciones; no eran ninguna señal de anarquía. Había buscado esa palabra una vez y no había nada, pero nada, que se aplicara a Elvis. Además, todo el mundo sabía que los niños ricos de Las Lomas contrataban a grupos como *Three Souls in My Mind* para que tocaran en sus fiestas privadas y escuchaban lo que les daba la puta gana mientras se tomaban su ron con Coca-Cola, así que no le parecía justo que a unos pocos les dieran pastel y a otros mierda. Pero nadie le pagaba por decir sus opiniones, así que Elvis estaba de pie, con las manos metidas en los bolsillos, en silencio.

Llevaba todo el día preparándose para ese momento, llenando su cabeza con palabras y canciones y datos —la guitarra del primer álbum de Elvis Presley era una Martin D-28; una arúspice era una antigua sacerdotisa que examinaba las entrañas de los animales—, y no interrumpió a El Güero, ni una sola vez.

Le llegaría su turno antes que a El Mago y no quería estropearlo armando un teatro.

—Chico, vamos a dar un paseo —dijo El Mago después de un rato, y Elvis simplemente asintió y obedeció.

El Güero parecía verdaderamente mareado ante esa orden. Elvis no se molestó en tomar su chamarra; simplemente siguió a El Mago por las escaleras.

—Quiero que me expliques por qué desobedeciste mis órdenes —dijo El Mago cuando llegaron a la calle—. Se suponía que debías esperar a que una camioneta los recogiera si alguien estaba herido.

—Habría muerto si hubiéramos esperado, señor. Estaba muy golpeado.

—Pero esa no es la razón por la que robaste un coche y lo llevaste al doctor.

—¿Qué quiere decir?

—Estoy tratando de determinar tu motivo. ¿Fue porque El Gazpacho es tu amigo? ¿Porque pensaste que me molestaría si muriera un miembro de la unidad? ¿O porque pensaste que mi reacción no tendría importancia? Explícate.

Elvis no sabía qué esperaba El Mago que dijera. Le parecía que cuando has estado compartiendo comidas y tareas con un tipo durante meses le debes al tipo al menos intentar conseguirle ayuda y no dejarlo morir como un perro en la calle.

El Gazpacho llamaba a Elvis «hermano» y, claro, quizá fuera una rápida expresión de cariño, pero también significaba algo. Mano, ya sabes.

Mi hermano.

Compañeros de armas y todo eso, salvo que eso sonaba tal vez un poco comunista y a El Mago no le agradaban los comunistas. Así que frunció el ceño, pensando mucho mientras caminaban lentamente, doblando la esquina.

—Hay que tener algo de lealtad en este mundo —dijo por fin Elvis. Miraba al frente para no ver la expresión de El Mago cuando hablaba; no quería verla, no fuera que detectara algo desagradable detrás de sus ojos.

—Lealtad.

—Eso creo.

El Mago se quedó callado.

—Nunca dejas de sorprenderme, Elvis —dijo—. Lealtad. Un bien valioso. Parece que escasea en estos días.

Elvis levantó la cabeza al oír eso, a pesar de sus nervios, y miró al hombre mayor. En ese momento pensó que había algo melancólico en El Mago. Solo lo había visto así un par de veces. El Mago guardaba sus secretos. Tenía que hacerlo, supuso Elvis. No se podía ir por ahí soltándolo todo, mostrando todas y cada una de las emociones.

Se habían detenido junto a un puesto de periódicos. El Mago se volvió hacia las revistas y los periódicos, mirando las fotos y los titulares.

—La operación se nos salió de las manos el otro día. Tu unidad, de hecho, no la regó tanto. Pero otras unidades y sus líderes perdieron el control. En uno o dos días, el presidente va a ordenar una investigación pública sobre lo ocurrido.

—¿Qué pasará?

—Algunas personas tendrán que irse. El jefe de la policía y el regente no durarán más allá de la próxima semana, estoy seguro. Así son las relaciones públicas, ¿sabes? Puede que haya una reorganización de las unidades. Todo el mundo está nervioso, se señala con el dedo. Es un momento peligroso.

Elvis asintió. No sabía en qué situación se encontraba, pero no se atrevió a preguntarlo. Entonces, como si hubiera leído su mente, El Mago se volvió hacia él.

—Te quedarás con El Güero y El Antílope. Quiero que te quedes en el apartamento y mantengas un perfil bajo, como has estado haciendo en los últimos días.

—El Tunas y los demás... ¿también vendrán por aquí? —preguntó Elvis, porque su unidad era normalmente más grande que solo ellos. Cooperaban con los otros dos pequeños grupos. Los doce juntos.

—Son solo ustedes tres. Los demás son necesarios en otra parte. Por ahora, si hay un encargo, tú serás el líder.

Había soñado con liderar una unidad y las ventajas que eso conllevaba, como el coche y tener tu propia pistola. No es que le gustaran especialmente las armas, pero le parecía genial tener una buena pistola para atársela a la cintura; tampoco es como si pudiera conseguir una espada y llamarse «samurái», aunque le gustara más. Además, si querías ascender, si querías ser alguien, tenías que ser un líder de unidad.

Era el primer paso para convertirse en alguien como El Mago.

Sin embargo, el operador más veterano era El Güero y era de esperar que él fuera el líder.

Elvis abrió la boca, con la intención de señalarlo y luego la cerró rápidamente, ya que el instinto de autoconservación lo conminó sabiamente a callarse. Si El Mago se había decidido por él, no tenía sentido pedir explicaciones, además de que simplemente se alegraba de no haber sido dado de baja de los Halcones.

El Mago se dio la vuelta y comenzaron a caminar de regreso al apartamento.

—¿Tienes alguna pregunta? —dijo El Mago, y la sonrisita de su cara hizo que Elvis se diera cuenta de que sabía exactamente lo que había estado pensando.

Elvis sacó las manos de los bolsillos y tomó la cajetilla arrugada de cigarros del bolsillo trasero de sus jeans.

—Eh... El Gazpacho, ¿cómo está? —preguntó, tanto porque quería saberlo de verdad como porque preguntar por la veteranía de El Güero hubiera sido una estupidez.

El Mago frunció el ceño.

—Está herido.

—Sí, pero ¿cómo se encuentra?

—Está en cama con una bala en las tripas, ¿cómo crees que se encuentra?

—Solo me lo preguntaba.

—Pues no lo hagas —dijo secamente El Mago—. Regresa, chico.

Elvis asintió. Sacó un cigarro, lo encendió y cruzó la calle hacia el apartamento mientras El Mago iba en dirección contraria. Esperaba no haberla cagado al haber preguntado por El Gazpacho. Pero esa noche El Mago llamó por teléfono e informó oficialmente a El Güero y al Antílope de que su nuevo jefe de unidad era El Elvis. Elvis lo celebró en silencio. Con los audífonos puestos, escuchó *Eleanor Rigby* y bebió Fanta.

4

Las rutinas dan sentido, eso es lo que creía Maite; por lo tanto, intentaba ceñirse a sus propios patrones. Las rutinas de lunes a viernes eran bastante fáciles, ya que el trabajo dictaba su comportamiento. Los fines de semana, sin embargo, eran muy abiertos. Había muchas posibilidades de vacilar, de hundirse en el tedio.

Los sábados se levantaba una hora más tarde de lo habitual, se preparaba una taza de café y se la tomaba en compañía de su periquito. Alrededor de las once salía a comprar víveres en el tianguis que se instalaba en un parque cercano. Ahí comía algo en uno de los puestos de comida antes de arrastrar su bolsa de mercado, entonces llena de verduras y frutas, de vuelta a casa y comprar un periódico.

Ese día, sin embargo, se apresuró a hacer sus compras, ansiosa por volver al edificio de apartamentos. Había pasado la mitad de la noche en vela, imaginando cómo sería el apartamento de su vecina. Podría haber ido allí al amanecer, pero sabía que era mucho mejor alargar el momento, dejar que se prolongara en el paladar. Mientras compraba, se preguntaba por el color de las cortinas, el tipo de muebles que encontraría. Entre los puestos con plátanos y jitomates maduros, soñaba despierta.

Después de guardar las compras, se permitió finalmente girar la llave y entrar en el apartamento de Leonora, cerrando lentamente la puerta tras ella. Asimiló el lugar, de pie en la sala de estar, con las manos apretadas contra el estómago.

Las cortinas eran azules, de mezclilla, y estaban cerradas. Maite encendió una luz. Una pantalla de papel bañaba los muebles con un suave resplandor amarillo. Leonora tenía menos muebles que Maite, pero se notaba que eran de mejor calidad que los suyos. En un rincón había una silla de mimbre con forma de pavorreal llena de lienzos y el sofá estaba cubierto con una larga tela adornada con borlas y estampada con mariposas. Una mesa baja y dos sillones hacían las veces de comedor. También había lienzos recargados sobre las paredes.

Maite miró las pinturas y le parecieron aburridas: salpicaduras de rojo sin ningún significado posible. Le interesaban más las fotos que había sobre un estante. Leonora y sus amigas aparecían en diversas poses. Había una foto en la que ella estaba tendida sobre el regazo de un hombre, con un cigarro en la mano y la cabeza echada hacia atrás. Maite miró prolongadamente esa foto, deteniéndose en el apuesto rostro del hombre.

Un gato atigrado rechoncho se frotó contra las piernas de Maite y ella lo apartó, irritada por el animal. Quería terminar de explorar antes de ponerse a realizar las tareas mundanas de alimentar al animal y limpiar su mierda.

Entró en el dormitorio y vio que Leonora tenía su colchón en el suelo. Las sábanas de seda roja estaban arrugadas y hechas una bola en el centro de la cama, y en el suelo había un cenicero. También había bebida, botellas de vino caro y un par de copas sucias olvidadas en un rincón. Un Buda de cerámica y un plato con palitos de incienso a medio quemar habían sido colocados encima de una pila de libros, pero a pesar de toda la decoración bohemia se podía oler el dinero. Se notaba en una mesa de cristal y latón muy moderna, en la calidad de las copas y los platos, en la caja de madera finamente tallada en la que Leonora guardaba pastillas de colores, en una bolsa llena de marihuana y en otra con setas. Los brazaletes de oro y los lentes de sol de diseño estaban descuidadamente esparcidos por el suelo, junto con pulseras baratas con cuentas de madera.

El apartamento apestaba a dinero y a maría, a botellas de vino caras que se habían dejado abiertas y se estaban estropeando, agriando el aire.

Maite hurgó en el clóset de Leonora, apretando una chamarra de terciopelo verde contra su cintura y mirando hacia el alto espejo con marco plateado apoyado sobre la pared. Un vestido largo, color crema, con flores bordadas, completamente distinto a todo lo que poseía Maite, la cautivó y también lo apretó contra su cuerpo, deslizando sus manos por la delicada tela. Vio la etiqueta y decidió que debía tener un precio exorbitante. Pero no podía llevarse ropa. Una vez había robado un arete a una inquilina del segundo piso, pero solo uno, para que la mujer pensara que simplemente lo había perdido. La ropa y las joyas eran demasiado evidentes. Además, Leonora y Maite no tenían la misma talla.

Volvió a guardar la chamarra y el vestido en el clóset y entró al baño. El espejo del baño de Leonora tenía un marco de yeso blanco con pequeñas flores blancas. Maite tomó el cepillo plateado de estilo antiguo que descansaba sobre el lavabo y se cepilló el pelo con cuidado. En un estante sobre el retrete encontró un tarro de crema facial y varios lápices labiales. Se probó uno.

Era un rosa chillón, apropiado para una chica más joven. Envejecía a Maite, le añadía años al rostro, y se limpió la boca con un Kleenex, repugnada por lo que veía.

Se aventuró de nuevo a la sala de estar y se cruzó de brazos, mirando de nuevo las fotos de Leonora, fijando de nuevo los ojos en aquella foto en la que la joven tenía la cabeza echada hacia atrás. El hombre de la foto llevaba corbata y las comisuras de la boca estaban torcidas en una sonrisa encantadora. *Ese* sí que era un hombre guapo. Incluso se parecía un poco a Jorge Luis, si Jorge Luis no hubiera sido un dibujo en blanco y negro. Leonora podría haberse ido con ese hombre, o con otro igual de guapo, a pasar el fin de semana. Seguro que en aquel momento estaba echando la cabeza hacia atrás y riéndose.

Maite se dio la vuelta.

No había nada que quisiera llevarse. A veces era así, una lucha. Otras veces entraba a una habitación y sabía enseguida lo que quería. Tenía que ser algo personal, algo que le recordara a ese apartamento en particular, para que luego pudiera conjurar fácilmente el espacio en su mente. Esa era la clave.

Ya había robado antes, en grandes almacenes y en tiendas de la esquina miserables, pero nunca le había producido alegría. Era una mera compulsión que la dejaba inquieta e insatisfecha. Le había costado un tiempo darse cuenta de que lo que buscaba no era el objeto en cuestión, sino la emoción de poseer un secreto. Como si hubiera sido capaz de asomarse a los recovecos más íntimos de la mente de una persona y hubiera abierto un compartimento oculto.

Había robado un viejo abanico de encaje italiano a la señora con el perro ciego del quinto piso y un arco de violín roto a la atareada madre del tercer piso que siempre andaba detrás de uno de sus hijos. En un momento dado, todos le habían pedido que regara sus plantas o diera de comer a sus peces de colores, y ella se había colado en sus casas tranquila y sonriente, probándose sus zapatos, usando su champú, comiendo uno de los caramelos de la caja. El objeto robado era el punto final de su aventura, la rúbrica de una firma.

El gato estaba maullando. Maite entró a la cocina. Encontró las latas de comida junto a los fogones y abrió una, echándola distraídamente en el plato del gato. Leonora había dejado una caja de cartón sobre el cubo de la basura. Miró dentro, no encontró más que periódicos viejos y apartó la caja para poder tirar la lata. Cuando estaba volviendo a tapar el cubo vio algo blanco en la esquina.

Maite apartó el cubo de la basura. Era una pequeña estatuilla de yeso de San Judas Tadeo. Tenía una grieta en el costado y la chica había pegado el fondo con cinta adhesiva amarilla. Era basura que había olvidado tirar, como los periódicos viejos.

Maite levantó la estatuilla y pasó los dedos por el suave pelo del santo.

Envolvió la estatuilla en un periódico y salió del apartamento, con cuidado de cerrar la puerta y asegurarse de que el gato no la siguiera.

De vuelta en su casa, puso música. Los Beatles sonaban mientras desenvolvía su nuevo tesoro y lo colocaba en el pequeño cofre color café del cajón inferior de su tocador, donde guardaba todos los objetos que había robado. Sentía que todo iba bien. Había sido un buen día.

El domingo fue al cine, lo cual fue un error. Prefería los romances y las comedias, pero le parecía que escaseaban en esos días. Acabó viendo una película de acción japonesa mientras una pareja a su lado se besaba, ajena al mundo. Las palomitas que había comprado estaban rancias y alguien fumaba en la fila de enfrente mientras un samurái se enfrentaba a un enemigo manco en la pantalla grande. Se movía de un lugar a otro en su incómodo asiento. Cuando salió del cine estaba lloviendo, se cruzó de brazos y atravesó la calle a toda prisa, tratando de protegerse la cabeza con un periódico, pero desistiendo después de unas cuantas cuadras.

Tras el subidón de la noche anterior, ya sentía que se estaba hundiendo en un desagradable bajón. Así era para ella, subiendo y bajando como una montaña rusa. Por qué el mundo tiene que ser así, se preguntó mientras esperaba el autobús. Gris, desagradable. En las historietas todo tenía una cierta alegría, aunque las páginas fueran todas en blanco y negro. Y el día siguiente era lunes. Pensar en la oficina, con el aburrido tintineo de las máquinas de escribir, provocó que hiciera una mueca. Dos días de descanso no eran suficientes para borrar el tedio de la semana de trabajo.

Tal vez debería buscar otro trabajo. Echar un vistazo a los anuncios de empleo, y luego presentarse a las entrevistas. Había mejores empresas allá afuera. Ni siquiera tenía que limitarse a trabajar en un bufete de abogados. Quizás hubiera un puesto más emocionante disponible en otro lugar. En una editorial. Eso sonaba elegante. Seguramente todo lo que leía le sería útil allí. Es cierto que leía sobre todo historietas, pero algo debían contar y tenía varios clásicos de la colección

Sepan cuántos. Además, había aprendido lo suficiente sobre la moda sofisticada de las revistas como para no destacar en un ambiente así. Oh, dejaría de lado los zapatos prácticos y los sacos de color café por algo con un poco más de chispa. En un lugar como ese, un poco de glamour no sería inesperado, ¿verdad? Solo una pizca.

O vería esos discos de *Learn English at Home* que hacía tiempo que no tocaba y esta vez sí que se metería de lleno en las clases. Podría ser secretaria bilingüe y ganar más dinero. Incluso podría trabajar para un diplomático. ¡Un embajador! ¿No estaban todas las embajadas bonitas en Polanco? Esto también requería sofisticación y quizá viajar un poco, pero Maite estaba dispuesta a volar adonde se la necesitara para apoyar la importante labor de sus jefes.

¿No se moriría de envidia su hermana entonces?

Estaba ansiosa por poner en marcha su plan. En cuanto llegó a casa, buscó en el periódico trabajos adecuados, pero al poco tiempo se desanimó al ver que muchas veces aparecía la frase «de veinte a veintiocho años». Incluso cuando estaba dentro del rango de edad especificado, todos los mejores trabajos parecían exigir más de lo que ella podía ofrecer y también estaba esa otra frase: «excelente presentación».

Bonita. Eso era lo que querían decir. Todo el mundo quería chicas bonitas o, al menos, chicas presentables. No era que Maite tuviera un aspecto descuidado, pero su ropa nunca le quedaba bien. Su madre decía que era porque no tenía ropa interior adecuada y explicaba que en su época se usaba una faja de buena calidad. Pero no era eso. Era que la ropa era barata, no estaba hecha a su medida, una costura se descosía aquí y allá, y los colores eran incorrectos. Pero nunca parecía ser capaz de elegir lo correcto. Como aquella vez que ahorró y ahorró y compró la blusa color crema con cuello alto y volantes para luego llegar a casa y darse cuenta de que tenía un aspecto ridículo, como un monstruo sin cuello.

Ese era el problema. Maite era ridícula, y algo peor. Era pusilánime, aburrida, completamente mediocre. Una vez sumado todo eso con su falta de iniciativa, realmente no había ninguna razón para considerar otro trabajo.

Miró por la ventaja mientras caía la lluvia.

Debería prepararse una taza de café, eso era lo que debería hacer. Debería leer sus viejas historietas y escuchar tangos. Poner a Carlos Gardel y canciones de amor y desamor. Pero mientras Maite estaba sentada allí, con la lluvia cayendo, arrugando el periódico en sus manos, no sentía ningún deseo de hacer nada de eso.

Maite tomó su abrigo y decidió salir. Iba a caminar.

Eso era lo mejor. Salir a caminar, huir de su horrible apartamento. El aire estaba viciado en la habitación y no quería pensar en trabajos ni en requisitos ni en nada por el estilo.

En cuanto salió al pasillo vio al hombre parado frente a la puerta de Leonora. Giró la cabeza rápidamente y la miró. Lo reconoció como el hombre de la foto que había estado admirando antes, pero su pelo era un poco más largo y llevaba una chamarra roja.

—Oh, eres tú —espetó ella estúpidamente y el hombre frunció el ceño.

—¿Nos conocemos? —preguntó con cara de sorpresa.

—No, no —dijo ella sacudiendo rápidamente la cabeza, tratando de arreglar su metida de pata—. Te vi en una foto con Leonora.

—¿Conoces a Leonora?

—Más o menos. Estoy cuidando a su gato. Volverá mañana. ¿La estabas buscando?

Asintió con la cabeza.

Bueno, por supuesto que sí, tonta, pensó ella. ¿Por qué, si no, iba a estar aquí?

Se preguntó quién lo había dejado entrar. Se suponía que los inquilinos debían tener cuidado con dejar entrar a desconocidos al edificio y ahí estaba la portera en el primer piso que chismeaba sobre todo el mundo, pero supuso que alguien debía haber sido poco estricto con la política de entrada. La gente siempre hacía eso, dejar las puertas abiertas aunque no debían.

—Dijo que estaría por aquí.

—No creo que vuelva hoy —dijo Maite, metiendo la mano en la bolsa, fingiendo que buscaba las llaves para poder cerrar su puerta. Miró lentamente, como si no las encontrara, esperando que él dijera algo más.

Lo hizo.

—Si estás cuidando a su gato, entonces debes tener la llave de su apartamento. Se suponía que tenía que recogerle algo. Creo que me lo ha dejado adentro.

—Eso deberías preguntárselo a la portera.

—Tomó prestada mi cámara y debe estar adentro de su apartamento. ¿Tal vez podrías abrirme la puerta? Tomaría un minuto.

—Bueno…

—Cuarenta y cinco segundos. Si no está sobre la mesa, saldré enseguida. Puedes entrar conmigo si quieres. —Había un dejo de ansiedad en sus palabras, pero también una fuerte dosis de encanto.

—Ni siquiera sé cómo te llamas —dijo Maite y se felicitó por haber sido lo suficientemente ingeniosa como para haber inventado esa frase.

El hombre sonrió. Extendió una mano.

—Emilio Lomelí.

—Soy Maite.

—Veo que te estabas yendo a algún lado, pero esto solo tardaría un minuto.

—No tengo prisa.

Sacó las llaves de Leonora y abrió la puerta, y entraron al apartamento. Él parecía conocer el lugar y entró en el dormitorio, abriendo el cajón de un tocador blanco y alto. Maite lo observó desde la puerta, tratando de pensar en algo más que pudiera decir, algo ingenioso e interesante.

—¿Qué tipo de cámara es?

—Es una Canon F-1. ¿Te interesa la fotografía?

—No, la verdad es que no —admitió Maite.

Él asintió y abrió otro cajón. Maite se frotó las manos, esforzándose por imaginar qué más decir. Un minuto o dos más y él se daría por vencido y saldría del apartamento, pero ella no quería que se fuera todavía. Era un hombre tan distinguido y ella rara vez tenía la oportunidad de hablar con alguien como él.

Maite se lamió los labios.

—¿Eres fotógrafo? Me imagino que sí.

—Sí.

De nuevo el silencio. Había abierto el último cajón. Por la forma en que encorvó los hombros, pudo adivinar que no había encontrado lo que quería.

—¿Quieres que te ayude a buscar?

—No, no hace falta —dijo él mientras se levantaba y echaba un vistazo a la habitación.

—Guarda todo el equipo fotográfico en este tocador. Si no está ahí, no estoy seguro de dónde podría estar y no quiero retenerte aquí para siempre.

—No es ninguna molestia —dijo Maite—. ¿Quieres que busquemos en otro lugar?

—Vamos a probar en la sala de estar.

Pasó junto a ella y volvió a la sala de estar. Apartó algunos de los lienzos e inspeccionó el estante con las fotografías. Todo parecía ser en vano. Finalmente se volteó hacia ella encogiéndose de hombros. La luz amarilla de la sala de estar acentuaba sus ojos color ámbar, haciéndolos más vivos.

—Supongo que se la habrá llevado. Oye, si por casualidad la encuentras, ¿podrías llamarme? —preguntó.

—Claro, pero Leonora vuelve mañana.

—No estoy tan seguro. Cuando Leonora se va así puede estar fuera durante días. Se pone inquieta. Necesita inspiración —dijo sonriendo de nuevo y metiendo la mano en el bolsillo. Sacó una tarjeta de presentación—. Toma. Este es mi teléfono. ¿Me llamarás si encuentras la cámara?

Emilio Lomelí, Antigüedades. La tarjeta estaba estampada en relieve, las letras eran suaves como el terciopelo contra las yemas de sus dedos.

—Si veo una cámara, te llamaré. Por cierto, ¿eres su novio? —preguntó, esperando que la pregunta sonara indiferente, despreocupada.

—No. Es un poco difícil de explicar.

Explícate todo lo que quieras, quiso decir ella, pero él ya se dirigía hacia la puerta consultando su reloj, y ella imaginó que tenía que estar en algún lugar importante. Cosas importantes que hacer. Lo siguió y cerró la puerta, y volvieron a estar en el pasillo. Maite recordó que debía salir, así que se dirigió hacia las escaleras y él también lo hizo.

Se apresuró a pensar en algo para decirle. Le hubiera gustado mucho haberse puesto algo más bonito. Llevaba un abrigo gris raído y sin forma y sus cómodos zapatos azules. De haber sabido que iba a hablar con un hombre así, se habría tomado el tiempo necesario para ponerse un poco de rímel y elegir un atuendo más favorecedor. Recordó haber visto un abrigo de pelo de borrego dentro del clóset de Leonora y se preguntó cómo le quedaría algo así.

—Gracias, Maite —dijo cuando llegaron a la entrada principal.

—No hay problema —respondió ella, extasiada de que hubiera dicho su nombre. Sonaba maravilloso viniendo de los labios de un hombre guapo.

Cerró la puerta y fingió tocar la cerradura, mirando con disimulo en la dirección en que él se había ido y viéndolo alejarse. Dobló la esquina y desapareció. Maite sujetó firmemente su bolsa contra el pecho.

Pensó en seguirlo por un momento. No con ninguna intención perversa, sino simplemente porque se preguntaba a dónde se dirigiría, simplemente para prolongar el momento entre ellos. Pero no se atrevió, temiendo lo que pudiera pensar si volteaba la cabeza y la veía caminando detrás de él.

A la mañana siguiente llegó al trabajo muy temprano. Estaba deseando platicar con Diana, pero no tuvo oportunidad hasta la hora de la comida, cuando ambas se apresuraron a ir a la cafetería de enfrente.

—He conocido a alguien —dijo Maite—. Se llama Emilio.

—Entonces por eso no quisiste cenar conmigo el viernes —dijo Diana, levantando una ceja hacia ella.

—No seas tonta, no. Lo conocí ayer. Es muy guapo, muy interesante. Vende antigüedades. ¿Lo puedes creer? Una amiga de los dos nos presentó —hubo una pequeña reunión, yo ni siquiera iba a ir— y hablamos durante horas. Tenemos mucho en común.

—Bueno, eso es emocionante. Pero ¿y Luis?

Maite decía mentirijillas. Nunca grandes mentiras. Cosas pequeñas. No era con mala intención. Simplemente no se podía ir por la vida siendo franca. Cuando alguien le preguntaba qué había hecho durante el fin de semana, no podía decir siempre «nada». «Nada» sonaba seco y triste. Por eso, de vez en cuando, adornaba su vida con una pequeña mentira. Tomaba a los hombres de las historietas que leía y los convertía en citas y en novios imaginarios.

Además, era agradable tener a alguien con quien compartir sus fantasías, ver cómo los ojos de Diana brillaban de admiración cuando Maite la agasajaba con una historia sobre su excitante cita de fin de semana. Tampoco lo hacía todo el tiempo. Hacía semanas que no mencionaba a Luis, que evidentemente se parecía al héroe de *Romance secreto*. Un gallardo médico.

—No lo sé —dijo Maite—. Es demasiado callado.

—Eres tremenda, Maite —contestó Diana, pero hablaba con admiración y Maite sintió que en el fondo le estaba haciendo un favor contándole esas historias. Las entretenían a las dos; convertían lo que podría haber sido una sombría pausa para comer en algo mágico.

—¿Vas a volver a verlo entonces?

—Todavía no lo he decidido.

—Qué bien te lo pasas.

—Bueno, ya sabes, de vez en cuando —dijo Maite con modestia mientras pensaba en el fin de semana que había pasado resolviendo un crucigrama y observando al pájaro en su jaula.

Diana quería más detalles sobre su nuevo cuasinovio, así que Maite inventó intereses y pasatiempos adecuados —había aprendido a tocar la guitarra por su cuenta y le gustaba ver películas japonesas—, e incluso compartió algunos de sus imaginarios comentarios encantadores. Al final se cansó de la farsa y se alegró cuando volvieron a cruzar la calle y regresaron al trabajo.

En el camino de vuelta a casa se sintió cansada, y apoyó la cabeza en la ventana del autobús mientras observaba con indiferencia cómo un par de jóvenes intentaba pellizcar el trasero de una estudiante adolescente que se defendía valientemente. Cerró los ojos. No quería ver nada de eso. Había tanta fealdad en el mundo.

Después de prepararse la cena y darle un premio a su periquito, tocó a la puerta de Leonora, pero nadie respondió. Entró y vio que el apartamento tenía el mismo aspecto que el día anterior. La chica aún no había regresado. En el sofá, el rechoncho gato atigrado levantó la cabeza y miró a Maite. Alimentó al gato, suponiendo que la chica llegaría más tarde esa noche. Quería probarse el abrigo de pelo de borrego que había visto en el clóset, pero en lugar de ello hurgó entre los artículos de tocador de la chica y se roció un perfume caro en las muñecas.

Había leído que había que poner el perfume en los puntos de pulso. Se olfateó la muñeca, preguntándose qué pensaría un amante de ese aroma.

El perfume de Leonora era empalagoso.

De vuelta en su apartamento, leyó *Romance secreto.* Se mordió una uña, preguntándose cuándo se daría cuenta Beatriz de que su amante estaba escondido en una casa apartada, en las profundidades de la selva. Era temprano, pero se quedó dormida en el sofá.

Soñó con la historieta. La selva, con altas palmeras y una luna errante y sensual. Con orquídeas y un perfume de jazmín. El batir de los tambores a altas horas de la noche y la música lejana de las olas contra la orilla. Soñó que llevaba un vestido negro con cuentas que se arrastraba detrás de ella y que caminaba por la selva, acercándose al lugar donde la gente tocaba los tambores.

Tambores como un corazón palpitante, tambores que sacuden la tierra.

Apartó el follaje para salir a un claro, y en el centro del claro había una losa de piedra, y en la losa de piedra estaba Leonora, tumbada como la víctima de algún antiguo sacrificio azteca filmado por un equipo de Hollywood, vestida toda de blanco, con los ojos fijos en la luna mientras esperaba la llegada de un sacerdote-guerrero con un cuchillo.

Maite miró a la chica, pero esta no la vio. La chica solo veía la luna. Estaba atrapada en un hechizo, en un trance, como Jorge Luis en su coma.

Maite se hizo a un lado, dejó atrás los tambores, dejó a la chica sobre la losa de piedra y descendió hacia la playa. Los cangrejos le mordían los pies y las piedras le raspaban la piel, y ella olía ese rico aroma, como a sal y azufre y salmuera. El mundo había olido así en el principio, durante la creación, cuando el océano se enfurecía y las criaturas en el agua se multiplicaban, haciendo que el océano rebosara de vida.

Cuando Maite se despertó era tarde y le dolía el cuello por haber dormido en una postura extraña. Se lo frotó, se arrastró hasta la cama y trató de descansar un poco más.

5

Maite esperaba que Leonora volviera el martes, pero cuando tocó a la puerta la chica no respondió. Abrió la puerta del apartamento y alimentó al gato antes de dirigirse al trabajo, irritada por la desconsideración de su vecina. Se preguntó qué podía estar haciendo Leonora para estar tan ocupada. Bueno, probablemente no le iba a costar mucho adivinarlo: salir de fiesta. Desde que Leonora se había mudado al edificio, Maite había escuchado más de una vez música a todo volumen procedente de su apartamento a altas horas de la noche. La portera se había quejado de que la chica organizaba grandes reuniones a pesar de que se suponía que era un edificio «familiar».

—Ya sabes, chicas jóvenes —dijo la portera, sacudiendo la cabeza—. Pero siempre paga la renta a tiempo, que es más de lo que puedo decir de ciertas personas.

Maite había querido decirle a la portera que ella también era una persona joven, que ella también podía subir la música de su consola, hacerla sonar muy fuerte e invitar a sus amigos a tomar algo. Pero habría sido una mentira. Así que asintió con la cabeza.

Maite se pasó la mayor parte de la mañana preguntándose si Leonora seguiría de fiesta y, de ser así, cómo exactamente. Tal vez el domingo se había extendido al lunes y luego al martes. Una larga celebración orgiástica con champaña y trufas. Tal vez fuera algo más terrenal. María, el rasgueo de una guitarra, el tipo de tonterías hippies en las que incurrían los estudiantes universitarios.

Se preguntó por qué la chica no había invitado a Emilio Lomelí a acompañarla. Si Maite hubiera sido la chica, lo habría llamado de inmediato y le habría pedido que la acompañara. Tal vez Leonora tuviera acceso a hombres aún más interesantes y bien parecidos que Emilio Lomelí.

Algunas personas tenían toda la suerte, ¿no es así? Leonora era joven, hermosa, no tenía problemas de dinero. Maite frunció el ceño, resentida por toda la gente preciosa y perfecta que andaba por ahí sin ninguna preocupación en el mundo y que no se molestaba en regresar a sus casas, en dar de comer a sus malditos gatos.

Cuando Maite llegó a su apartamento antes de siquiera poder quitarse los zapatos y ponerse las pantuflas, sonó el teléfono.

—¿Hola? —dijo.

—¿Maite? Soy yo, Leonora.

—Leonora, pensé que habías dicho que volverías el domingo. El lunes, a más tardar.

—Me he retrasado —dijo la chica. Su voz sonaba un poco extraña, como si tuviera el auricular muy cerca de la boca—. Necesito pedirte un favor. No voy a volver durante un tiempo y necesito que me traigas una caja con mis cosas y el gato.

—¿Que te los lleve?

—Por favor. No puedo pasar por el apartamento ahora mismo. La caja está encima del cubo de la basura. El transportín del gato está debajo del fregadero. ¿Podrías reunirte conmigo en media hora? Te daré una dirección.

—No tengo coche. ¿Cómo esperas que lleve un gato y una caja?

—¿Puedes tomar un taxi? Te lo pagaré yo. Te pagaré el triple por cada día. Oh, por favor, por favor, no te lo pediría si no fuera importante.

Podía oír la respiración de la chica al otro lado de la línea. Podía imaginarla retorciendo el cable del teléfono entre sus dedos.

—Tenía que encontrarme con mis amigos —mintió Maite.

—Te prometo que te pagaré el triple. Te pagaré el tiempo extra, el taxi... Tráeme la caja y el gato. Por favor, los necesito de verdad.

—Bueno, está bien. ¿Cuál es la dirección? —preguntó Maite, tomando el cuaderno que tenía junto al refrigerador y anotando la información.

—No se la des a nadie más. ¿Entiendes?

—Sí, sí.

—En media hora. ¿Estarás allí?

—Sí, está bien.

Después de colgar, Maite se dirigió al departamento de Leonora y metió al gato en el transportín. El gato atigrado era demasiado gordo: apenas cabía en el pequeño contenedor de metal. La caja no era grande, pero seguía siendo engorroso arrastrar a un felino con sobrepeso por las escaleras. Por un momento pensó en tomar el autobús, decirle a la chica que había llamado a un taxi y luego embolsarse la diferencia. Decidió que era demasiado esfuerzo y optó por el taxi.

Supuso que Leonora estaría en casa de una amiga, pero el taxi la dejó en una imprenta. El impresor había pegado numerosos carteles y tarjetas de presentación en las ventanas, por lo que era imposible ver el interior con claridad. Maite consiguió abrir la puerta y hacer malabares con un gato y una caja, introduciendo a ambos tras algunos refunfuños.

Había un largo mostrador y, detrás de él, todo el equipo de impresión y el papel y la tinta necesarios para operar un negocio como ese. Un joven manejaba un mimeógrafo en un rincón, accionando una manivela.

Maite dejó la caja sobre el mostrador y el gato en el suelo. Se preguntó si Leonora estaría en la parte de atrás.

El joven se volteó para mirar a Maite. Tenía una barba con estilo, llevaba una camiseta y un mono y detrás de la oreja se había metido un lápiz. Tenía el pelo largo y las cejas muy pobladas, como si un par de orugas extrapeludas se hubieran instalado encima de sus ojos.

La saludó con la cabeza, se limpió las manos con un trapo que llevaba en el bolsillo y se acercó al mostrador.

—¿Puedo ayudarte? —preguntó.

—Vengo a ver a Leonora.

El joven frunció el ceño.

—¿Leonora? ¿Por qué has venido a verla aquí?

—Me ha dicho que nos encontraríamos en esta dirección. Tengo algunas cosas para ella.

—No sabía que vendría por aquí.

—Tal vez se le ha hecho tarde.

—¿A qué hora te ha dicho que te vería?

—Más o menos a esta hora.

El joven asintió. Había tres sillas junto a la ventana. Maite se sentó en una de ellas y puso al gato en otra. Mantuvo la caja en su regazo, tamborileando con los dedos. El joven volvió a darle vueltas a la manivela del mimeógrafo. En un rincón, un pequeño ventilador metálico hacía girar sus aspas.

Al cabo de diez minutos Maite empezó a inquietarse, golpeando el suelo con el pie. Después de unos veinte minutos, el maldito gato empezó a maullar lastimeramente de forma periódica. Cuando había pasado una hora entera, Maite se levantó y se acercó de nuevo al mostrador.

—Creo que Duque tiene hambre —le dijo el joven. Sonreía un poco.

Maite parpadeó. Por un momento no supo a qué se refería. Luego se dio cuenta de que se refería al maldito gato. ¡Claro que tenía hambre! Maite también tenía hambre.

—¿Tienes alguna idea de dónde puedo encontrar a Leonora? Necesito entregarle al gato.

—Lo siento. Digo, si no está en casa... —El joven se rascó la mejilla—. Podría ser que estuviera en casa de su hermana. Está cerca de aquí.

—¿Sabes el número de teléfono de la casa de su hermana?

—Tengo la dirección. Le he entregado folletos allí.

—¿Puedes dármela?

El joven frunció el ceño.

—No estoy seguro de que deba dar su dirección a desconocidos.

—Soy la vecina de Leonora, ¿vale? Vivo justo enfrente de ella, así es como he terminado vigilando a su gato. Ahora de verdad no quiero arrastrar al gato y esa caja de un lado a otro un millón de veces. ¿De verdad que la casa de su hermana está cerca? Si es así, podría pasarme y preguntar si está ahí. Parecía que necesitaba los papeles de la caja.

A Maite no le importaba si Leonora necesitaba un comino, pero quería que le pagara. Su coche no iba a salir solo del taller del mecánico. Con el dinero que Leonora le había prometido, podría saldar su factura y recuperar el maldito coche. Lo tenían de rehén. Los buenos tiempos de antes en los que las cuentas se arreglaban con un apretón de manos y una promesa verbal habían quedado atrás. Las tiendas y los negocios no concedían créditos a una persona necesitada. El mundo era duro ahora y esos malditos no dejarían que el coche saliera hasta que Maite pagara hasta el último centavo que debía.

Leonora le había prometido a Maite el triple de sus honorarios originales. No iba a dejarlo pasar. Sí, sí, tal vez Maite le había cobrado de más a la chica para empezar, lo que significaba que le iría bastante bien una vez que cobrara, pero supuso que Leonora podía permitirse eso y más.

—¿Y bien? —le dijo al joven.

—Dame un segundo.

El joven alcanzó un archivero y sacó un cajón, luego encontró un recibo. Lo llevó al mostrador y copió la dirección para Maite.

—Ahora mira, te daré esto, pero por favor dile a Leonora que me llame cuando la encuentres, ¿sí? —le dijo, sosteniendo un trozo de papel.

—Lo haría si supiera tu nombre —respondió Maite, irritada, arrebatándole la dirección de la mano.

Las revistas que a Maite le gustaba leer ofrecían consejos sobre cómo enganchar a un novio. Cosas como preguntarle por sus intereses y no fumar demasiado. Recientemente había leído algo llamado «La fantástica guía del coqueteo» que incluía la recomendación de recordar que cada hombre que una conoce es una cita potencial, por lo que las mujeres no deben arruinar sus oportunidades siendo demasiado groseras o tímidas. Maite se dio cuenta de que su dura mirada probablemente no figuraba entre las tácticas recomendadas para las interacciones con hombres, pero tenía poca paciencia. Además, aunque la revista aseguraba que los sapos podían convertirse en príncipes, este tipo no era un espécimen apuesto al que ella quisiera impresionar, como Emilio. Podía darse el lujo de no ser encantadora y no importaría en lo absoluto.

—Soy Rubén —dijo él con cierta agradable indiferencia que debe incluir el servicio al cliente, de modo que ella se sintió obligada a responder a su vez con una cortesía que bastante le había faltado segundos antes.

—Maite. Se lo diré —dijo ella, recordando sus modales y estrechándole la mano—. Y si la ves, ¿podrías decirle que fui a casa de su hermana?

—Claro.

La hermana de Leonora vivía en la Condesa, lo cual era una gran noticia porque significaba que Maite estaría yendo en dirección a su apartamento. Si hubiera sido en otro lugar, tal vez se hubiera replanteado su estrategia. Pero necesitaba el dinero y tampoco quería quedarse cuidando al gato gordo durante días o semanas. Leonora había dicho que estaría fuera «un tiempo» y quién sabe lo que eso significaba exactamente: si estaba encontrándose a sí misma, o siendo creativa, o sabe Dios qué. A Maite ni siquiera le gustaban los gatos. No había suficiente comida para alimentarlo. Aquella noche sería su última lata y no estaba dispuesta a pagar la comida del miau-miau.

Maite finalmente llegó a las puertas de hierro forjado de una casa de dos plantas de buen gusto. Tocó el timbre y esperó. Una mujer joven le abrió la puerta. Era quizás un par de años mayor que

Leonora. Había un gran parecido entre las hermanas. Tenía la pequeña boca bonita de Leonora y sus pómulos, pero su pelo era más corto.

—¿Sí? —preguntó la mujer.

—¿Eres Cándida? ¿La hermana de Leonora?

—Sí.

—¿Está Leonora? Soy su vecina. Estoy tratando de localizarla.

—Yo no... —Cerca, un bebé comenzó a llorar. La mujer giró la cabeza y suspiró.

—¿Por qué no entras? —preguntó—. Sígueme.

Maite caminó detrás de ella. El gato, quizá para competir con el bebé, estaba maullando de nuevo. Maite tuvo ganas de sacudir el transportín, pero se contuvo.

Maite y Cándida entraron a una amplia sala de estar con sofás de felpa y una alfombra de color naranja y rojo en el suelo. La casa contaba con una enorme televisión y una impresionante consola estéreo. Un bebé con un body azul estaba jugando en su corralito en medio de la sala de estar. O había estado jugando. En ese momento estaba agitando un chupón en una mano y emitiendo un gemido lastimero.

Cándida se agachó y tomó al bebé en brazos. Luego se acercó a la televisión y la apagó. Maite dejó la caja y el transportín del gato en el suelo con un suspiro agradecido.

—Perdona, ¿decías que querías localizar a mi hermana?

—Sí. He estado cuidando a su gato y necesito devolvérselo.

—Creo que no lo entiendo.

—Se suponía que iba a cuidarlo hasta el lunes, pero no ha regresado a casa y ahora quiere que le lleve al gato, pero no consigo encontrarla. No te quería molestar, pero no ha aparecido en el lugar donde habíamos quedado y así ha sido como he acabado aquí.

Maite levantó el transportín del gato para que lo viera. La mujer ahora estaba dando palmaditas en la espalda del bebé, que empezaba a calmarse.

—Pensaba que Leonora estaría en casa, pero si no lo está eso explica su llamada telefónica. Oh, Dios, espero que no haya hecho ninguna estupidez.

—¿Qué quieres decir?

—Probablemente ya sabes cómo es mi hermana.

—Hablamos y tal, sí. Pero no somos grandes amigas —respondió Maite con cautela.

—Hoy en día ya no conozco a sus amigas —dijo Cándida, negando con la cabeza—. Ese es el problema. Quiero decir... tú, no. Tú pareces respetable.

Respetable. No era un insulto, pero de alguna manera Maite se erizó ante la descripción. «Respetable» significaba «aburrido». Aunque suponía que quizá luciría aburrida con su traje barato y sus zapatos baratos.

Cándida se dirigió a una repisa en la que había fotos en marcos plateados. Se quedó mirando una foto. Eran Leonora y Cándida con un hombre canoso. El hombre lucía muy solemne; las mujeres sonreían tímidamente. Leonora llevaba un vestido rosa vaporoso y tenía una flor prendida en el hombro. Podría ser una foto de graduación de la preparatoria.

—Ese es nuestro tío Leonardo.

—¿Leonardo y Leonora?

—Sí. Mi hermana se llama así por él. Esto fue hace tres años, antes de que empezara a cambiar. Es una artista, lo sabes, ¿no?

El hombre aparecía en otra foto, vestido con un uniforme militar, luciendo más joven. Su parecido con Leonora y con Cándida era bastante llamativo en esa foto: los mismos ojos, sin duda. Otras fotos mostraban a una pareja que supuso que eran los padres de las niñas y había una foto de novia de Cándida.

—He visto sus pinturas. —Técnicamente esto era cierto, ya que había estado dentro del apartamento de Leonora.

—Nuestro tío nunca pensó que fuera una gran idea, pero aun así aceptó pagar por su apartamento y traerla aquí. No sé qué pasó. Tal vez fue... Ciudad de México es diferente a Monterrey, supongo. Un momento está feliz, está pintando, luego no. Está perdiendo su tiempo yendo a fiestas, saliendo con un chico tras otro. Hay drogas, por supuesto, hay alcohol y gente horrible, horrible.

—¿Sabes que sale con todos esos estudiantes que siempre están protestando y yendo a mítines? Dios, no puedo recordar el nombre de la organización con la que ha estado últimamente, ese estúpido colectivo de arte. En todo caso, creo que algunos de ellos fueron a ese mitin. El que ha salido en todos los periódicos.

—Sí, he visto algunas cosas sobre eso —dijo Maite. Había hojeado los titulares y había evitado a las secretarias cuando hablaban de peligrosos comunistas o agentes de gobierno. Toda esa charla sobre grupos secretos de matones a sueldo y complots comunistas la ponía nerviosa. Sin embargo, tenía una idea de la magnitud del altercado: Zabludovsky había entrevistado al presidente y este había dicho que los responsables de los atentados serían llevados ante la justicia. Había dicho que los estudiantes no debían manifestarse de manera agresiva, que condenaba tanto la irresponsabilidad como la represión. Maite entendía poco, pero sí captó que debajo de frases banales y apelaciones al bien de la nación se estaba cocinando algo peligroso.

—Leonora no es mala, pero a veces se le meten ideas tontas en la cabeza y, bueno... me ha llamado hoy por la mañana pidiendo dinero. Pensé que tal vez quería sacar a algunas personas de apuros. Tienes que entender que ya lo ha hecho antes. Sus amigos se meten en algún tipo de lío, los arrestan y ella les paga la fianza. O... bueno, las drogas y el alcohol son otros artículos caros. Pero me ha dicho que no era para eso y me ha dicho... me ha dicho que el 10 de junio lo había cambiado todo.

—¿Le has dado dinero?

—No he podido —dijo Cándida—. No es porque sea tacaña. Mi esposo me da una mesada modesta. Tengo algunos ahorros, pero las últimas dos veces le pedí el dinero a nuestro tío. Por supuesto, no podía decirle para qué era. Nunca aceptaría pagar la fianza de un grupo de revoltosos o pagar por drogas. Es dinero para *sobornos*, en realidad. No es dinero para *fianzas*. Solo para que los dejen ir.

Ahora que el bebé se había calmado y tenía otra vez un chupón en la boca, Cándida lo puso de nuevo en el corralito de plástico y volvió a encender la televisión, bajando el volumen. El bebé se sujetó de la barandilla del corralito y se quedó mirando las imágenes. El coyote estaba persiguiendo al correcaminos.

—Me dijo que se iba a ir por un tiempo. ¿Sabes con quién se está quedando? Tal vez haya un amigo al que pueda llamar. Quería su gato y sus papeles —dijo Maite—. ¿Podría estar con Emilio Lomelí?

Maite esperaba que Cándida dijera que podría ser. De esta forma tendría una excusa para llamarlo por teléfono. Pero la joven negó con la cabeza.

—No veo por qué iba a ser así. Terminaron hace unos meses.

—¿Podría estar en casa de tu tío?

—El tío Leonardo paga las facturas de Leonora, pero últimamente no se ponen de acuerdo.

—Supongo que debería dejar al gato contigo, entonces. No sé qué más hacer con él.

—¿El gato?

—Sí, el gato. También me prometió que me pagaría el taxi que he tenido que tomar y los días que lo he cuidado. Podrías saldar su cuenta y yo podría dejarlo aquí —pidió Maite, tratando de no sonar demasiado ansiosa. Definitivamente no le entusiasmaba la idea de convertirse en la niñera permanente de esa bola de pelo.

Cándida se tocó la garganta y alcanzó la cajetilla de cigarros que estaba sobre una mesita de cristal y encendió uno.

—¡Ni hablar! No puedo tener un gato. ¿Sabes lo que dicen de los gatos? Que asfixian a los bebés.

—No creo que eso sea cierto.

—A mi esposo no le agradaría.

—¿Tal vez tu tío pueda acogerlo? Y, ya sabes, ¿saldar la cuenta de Leonora?

—Realmente no quiero molestarlo con todo esto. Ya te lo he dicho, no se ponen de acuerdo. ¿No puedes seguir cuidando al gato?

—No es lo que acordé con ella.

—Lo siento. Mira, anota tu número. Si Leonora me llama, le diré que has pasado por aquí.

—Parece que estoy jugando al teléfono —dijo Maite secamente, pero anotó su número para Cándida.

Cuando Maite salió miró el cielo ominoso y se preguntó si llovería antes de llegar a casa. No quería gastar más dinero en taxis, sobre todo cuando probablemente tendría que comprarle más comida al estúpido gato. Su apartamento no estaba tan lejos. Podía tomar el autobús y esperar a que todo saliera bien. Por otro lado, se estaba cansando y todavía no había comido.

Maite resopló y decidió buscar un lugar para comer y luego trazar su ruta a casa. ¡Si al menos tuviera su maldito coche! Pero ahora no iba a volver a verlo nunca, no si esa estúpida y huidiza chica no le saldaba las cuentas.

6

El Mago llamó por teléfono y le dio a Elvis quince minutos para estar listo. Elvis ya había terminado sus ejercicios diarios, así que se apresuró a meterse en la ducha y se vistió con lo que él llamaba su uniforme de trabajo: jeans, chamarra de cuero y camisa color azul y marrón. El Mago llegó puntual, como siempre hacía, y Elvis se subió al coche. Condujeron hasta el Konditori.

El Mago pidió un café, negro. A Elvis le gustaba el café con leche, dulce, pero le había dado por imitar a El Mago y también pidió un café negro. Eso sí, pidió una rebanada de pastel selva negra para acompañarlo.

—No deberías tomar tanta azúcar. Es una vergüenza tu forma de comer.

—Vamos. Es un desperdicio venir a un lugar como este y sentarse con un café negro y ni siquiera un pastelito —respondió Elvis—. No puede uno alimentarte a base de jugo de zanahoria y huevos todo el tiempo.

—Te mantiene en forma.

El Mago se dedicaba a que estuvieran alertas y en forma. Abdominales, flexiones y sentadillas. Haz que tu sangre bombee temprano y rápido, eso es lo que El Mago les decía. A Elvis nunca le habían gustado mucho las rutinas hasta que se unió a los Halcones y, aunque no le importaba hacer la cama o saltar a la la cuerda, sí echaba de menos comer garnachas en horarios extraños. Pero El Mago también era estricto con eso. Esto daba credibilidad a la teoría del Antílope de que era militar, pero Elvis no estaba muy seguro y nunca había podido descifrar a El Mago.

Si había sido militar, no lo había mencionado. Tal vez había sido hacía tiempo. Además, cuando El Mago usaba sus lentes redondos de armazón negro, parecía un profesor jubilado. Su forma de hablar hacía sospechar a Elvis que estaba más cerca de ser un erudito que un soldado. Sin embargo, no había modo de saberlo. El Mago era «El Mago», sin apellidos y sin título, igual que El Gazpacho, El Güero y El Antílope no tenían nombres propios.

—Claro que te mantiene en forma, pero ¿quién va a pasar del puto pastel?

—Vigila con el lenguaje y la dicción, Elvis —dijo El Mago—. ¿Qué te he dicho sobre el lenguaje y la dicción? ¿Acaso lo intentas?

—Lo intento, señor. —Lo hacía. No solo con la palabra del día, sino leyendo los periódicos y escuchando a los locutores en la radio.

—No eres un verdulero en el mercado, al menos no cuando estás conmigo —dijo el hombre—. En todo caso, la compostura se aprende.

—Supongo.

—No *supones*. Deberías saberlo —dijo con firmeza y Elvis se sentó muy recto, como un alumno ante su maestro predilecto.

El Mago se quitó los lentes y los puso sobre la mesa. Aquella mañana parecía un poco demacrado. Nada terrible y probablemente nadie más lo habría notado, con el elegante traje que llevaba y la bonita corbata y su pelo cano perfectamente peinado, pero Elvis conocía a El Mago lo suficiente como para detectar las ojeras. Algo o alguien lo estaba molestando. Pero en esos días Elvis suponía que todo el mundo estaba siendo molestado.

—Entonces, ¿puedo preguntar si ha habido algún cambio? —preguntó Elvis, tratando de medir sus palabras—. ¿Se encuentra mejor El Gazpacho? ¿Vamos a volver a la acción?

Rezaba para que la respuesta fuera afirmativa. Volver a la acción significaba que todavía habría Halcones. Últimamente tenía una sensación horrible y El Antílope no ayudada, todo nervioso y hablando de que iban a ser disueltos y, entonces, ¿qué harían? El Antílope era exmilitar. Había sido un puto cadete, al que lo habían expulsado sumariamente. Una mierda así. No había vuelta atrás para él.

Para ninguno de ellos.

—Hay un encargo —dijo El Mago, abriendo su portafolio y sacando una carpeta.

La carpeta era delgada. Elvis miró la foto de una mujer joven y bonita sujetada con clips a las notas. Solo una foto. La mostraba con el pelo recogido, mirando a la cámara, con los labios separados. Leonora Trejo. El Mago había escrito unas cuantas notas sobre ella con su limpia y pulcra letra. Era extraño. Normalmente todo estaba escrito a máquina. Normalmente había mucho más.

—¿Quién es?

—Es tu encargo. Estudiante de arte, en la universidad. La chica ha desaparecido, junto con una cámara con fotos importantes. Quiero que la encuentren, y las fotos también. Y que no le hagan daño. Se trata estrictamente de una misión de encontrar y recuperar, ¿entiendes?

—Claro. Pero si está desaparecida, ¿dónde quieres que empiece a buscar?

—Haz una búsqueda en su apartamento. Si tienes suerte, las fotos estarán allí y la mitad de tu trabajo habrá terminado.

—¿Y si no las encuentro allí?

—Entonces tendrás que ponerte manos a la obra, ¿no?

Una mesera volvió con sus cafés y la rebanada de pastel de Elvis. Preguntó si querían algo más pero El Mago le hizo un gesto para que se fuera. Cuando la mesera se fue, El Mago sacó otra carpeta y se la entregó a Elvis. Esta era mucho más gruesa.

Elvis la hojeó, mirando las fotos de un hombre con lentes. Un hombre con hábito negro y cuello blanco. Nunca había visto eso.

—Es un cura —dijo Elvis, mirando a El Mago con sorpresa.

—Un comunista —aclaró.

—¿Un cura comunista?

—Un jesuita. Un miembro de la Obra Cultural Universitaria. Son de Monterrey. Se suponía que debían controlar a los estudiantes. En lugar de eso, algunos de ellos están predicando la teología de la liberación y creando problemas. «Cristo, el primer comunista», dicen —El Mago esbozó su agradable sonrisa. Pero había algo agrio en ella. Como siempre, la sonrisa escondía los colmillos.

—¿Qué hace aquí si son de Monterrey? —preguntó Elvis, tomando un bocado de su pastel.

—Hay mucha inmundicia, Elvis. Estos rojillos han estado hablando de guerrillas y armas y, no lo dudes, estos jesuitas locos como el tal padre Villarreal están ansiosos por ver derramamiento de sangre. Han estado esperando una chispa que encienda la bomba, algo que lo haga estallar todo.

—Entonces, ¿no lo empeoramos todo cuando golpeamos a esos estudiantes? Eso nos convertiría a nosotros en los locos, no a ellos. A no ser que alguien de arriba quisiera que estallara.

El Mago había abierto su encendedor y estaba a punto de prender su cigarro, pero se detuvo, mirando fijamente a Elvis.

—A veces eres demasiado inteligente, Elvis —dijo.

Elvis se frotó la nuca. El Mago terminó de encender su cigarro, le dio una fumada y luego golpeó con un dedo su taza de café, frunciendo el ceño.

—Tienes razón, ese lío no ayudó ni un poco. Si yo hubiera estado a cargo de toda la operación... pero hay muchos tontos que no saben manejar los problemas sin balas y litros de sangre. Por eso te digo ahora mismo: esta operación, mi operación, tiene que ser limpia y tranquila. Son tiempos peligrosos para llamar la atención.

—Sí, lo entiendo. Pero ¿qué tiene que ver el cura con la chica? ¿También está con la Obra Cultural?

—No. Este cura vino aquí a hacerse amigo de toda la chusma que está montando asociaciones y grupos comunistas. Toda esa basura. La chica forma parte de un colectivo de arte subversivo. La conoció a través de ese grupo. Antes de todo esto, era una buena chica católica. Ahora él es su confesor.

—No puede haber sido tan buena si se junta con rojillos, ¿no? —dijo Elvis—. Aunque supongo que combina con el color de su labial.

El Mago tomó un cenicero de cristal y lo deslizó hasta el centro de la mesa.

—No te hagas el gracioso hoy, Elvis.

—Lo siento —dijo él, tomando un sorbo de su café.

—Habla con él, dale una calentadita y una buena paliza. A ver si sabe dónde está la chica.

—¿Una calentadita? No sé…

—Este jesuita necesita un buen puñetazo en la boca.

—No quiero golpear a ningún cura —dijo Elvis rápidamente.

—¿Qué, ahora *eres* un buen chico católico?

Elvis no podía recordar la última vez que había ido a misa. Mucho antes de unirse a los Halcones, eso seguro. Pero eso no significaba que no fuera receloso de meterse con alguien del clero o que no hiciera la señal de la cruz cuando veía una imagen de la Virgen de Guadalupe. Hasta los tontos de Tlaquepaque, con sus cristales curativos y sus cánticos, creían en algo. Había que temer un poco a un poder superior. Los que no lo hacían, se adentraban en terreno peligroso.

—No voy a ir al infierno, si eso es lo que estás pensando —dijo Elvis—. Estoy bastante seguro de que estarás bien calientito en el infierno si sigues golpeando curas, sean jesuitas o lo que fuere.

El Mago lanzó una mirada gélida a Elvis. El Antílope había dicho que algunos de los Halcones de alto rango habían sido entrenados en el extranjero, con la CIA y demás, para ayudar a mantener a los comunistas fuera de México, fuera de América Latina, y que habían aprendido un montón de tácticas interesantes y útiles. Elvis se preguntó si habrían sido ellos quienes le habían enseñado a El Mago a mirar así, con esa expresión helada. Era como mirar fijamente a un abismo.

Eso es lo que era El Mago. Ese maldito abismo que te arrastra. Una maldita fuerza de la naturaleza. No lo contrariabas. No porque tuvieras miedo de que sacara una pistola y te disparara, sino porque simplemente tenía esa aura. La sensación de que era alguien que devoraba a la gente, pero que nunca se ensuciaba el traje.

La cosa era que no siempre era así. El resto del tiempo era muy correcto, incluso agradable. A Elvis le gustaba hablar con El Mago. No se engañaba pensando que eran amigos, pero creía que podían ser socios. Quería hacer un buen trabajo para él. Demonios, quería hacer que se sintiera orgulloso. El Güero incluso se había burlado de él por eso, riéndose y diciendo que Elvis deseaba que El Mago lo adoptara. Aquello era un montón de mierda: en primer lugar, porque Elvis era un hombre adulto y, en segundo lugar, porque nunca había echado de menos a su estúpido padre, así que para qué molestarse en buscar a un segundo padre, pero se estaba acercando peligrosamente a la verdad.

Pensaba que El Mago era bastante genial, con sus excelentes trajes y sus elegantes zapatos y su imagen tan elaborada. Quería ser así algún día. Solo que cuando El Mago tenía la apariencia de hoy, ya no era genial y Elvis trataba de recordar qué carajos hacía pasando el tiempo con él.

—Me hablaste de lealtad, Elvis; pues bien, esto es lo que significa la lealtad. No me hagas pensar que me estoy equivocando contigo —dijo El Mago, con la voz baja.

La voz de un caballero, que era lo que él era.

Uno peligroso.

Era el dios de Elvis, pero un dios oscuro. El Dios del Antiguo Testamento al que, como buen chico católico, había aprendido a temer.

—No te estás equivocando. —Elvis bajó la mirada, fijándola en el cenicero.

—Hablaré con él, no te preocupes.

—Bien. Quiero que esto se haga rápido, ¿me entiendes?

—Claro que sí.

—No hace falta que escribas los informes. Te llamaré.

El Mago se limpió los labios con la servilleta, luego la tiró sobre la mesa y se levantó.

—Ah, ¿y Elvis? —dijo El Mago, dando una última fumada a su cigarro antes de tirarlo al cenicero—. El Gazpacho está fuera de la unidad.

—¿Cómo que fuera?

—Fuera. Desaparecido. No tenía lo necesario. —El Mago abrió su cartera y arrojó un par de billetes sobre la mesa.

—Termínate el pastel y pon a trabajar a tu equipo.

7

Maite pasó por la imprenta al día siguiente, justo después del trabajo. Fue porque aún se aferraba a la débil esperanza de poder ponerse en contacto con Leonora y obtener su dinero. Si así fuera, podría aplazar pedirle un préstamo a su madre.

Ya no podía tomar el autobús. Era una cloaca de monstruos depravados. Cuando Maite conseguía un asiento, estaba a salvo. Pero si tenía que estar de pie, era una invitación para que todos los pervertidos de la ciudad se frotaran contra ella o intentaran tocarle el trasero. Todas las mujeres desde los doce hasta los sesenta y cinco años tenían que soportar el mismo trato y no había remedio, pero Maite al menos tenía la posibilidad de escapar. Tenía su coche. Pero estaba en manos del mecánico porque Maite no podía pagar la factura.

Maite se había dicho a sí misma que esperaría y que en un mes, más o menos, saldaría su cuenta con el mecánico, pero estaba cansada de esperar y no podía estar tomando taxis para ir al trabajo. Era muy sencillo: tenía que pagar.

Su madre o Leonora le ayudarían a conseguirlo. Pero su madre la fastidiaba por todo y la sola idea de tener que llamar a la mujer le revolvía el estómago, amenazando con provocarle una úlcera.

Maite empujó la puerta de la imprenta y entró. Esperaba encontrar a Rubén solo, como la última vez, pero había un hombre mayor en la caja registradora y un adolescente. Rubén estaba apilando cajas en una vieja carretilla roja. Llevaba su mono y estaba tarareando una melodía.

—Ey —dijo, saludando con la mano al joven—. Hola.

Rubén la miró fijamente. Dejó su caja y salió de detrás del mostrador.

—Hola —dijo—. Has vuelto.

—Perdona que te moleste así, pero no he podido localizar a Leonora. Me preguntaba si tienes alguna otra información de contacto de ella. ¿Conoces a algún otro amigo con quien pueda hablar?

—¿Quieres decir que no ha vuelto? —preguntó Rubén, tomando un pañuelo que colgaba de su bolsillo y limpiándose las manos con él.

—No.

—Y su hermana, ¿qué dijo?

—Dijo que Leonora quería dinero y que no se lo iba a dar, y eso fue lo último que supo de ella. Mira, no te estaría molestando si...

—Rubén, no te pago para que te reúnas con tus novias durante tu turno. Prepara esas cajas. El señor Pimentel vendrá en quince minutos —dijo el hombre mayor, apoyando firmemente ambas manos en el mostrador y dirigiendo una mirada severa al joven.

—Sí, un segundo —respondió Rubén, levantando una mano sin mirar al dueño de la imprenta. Sus ojos estaban fijos en Maite. Parecía preocupado.

—¿Cuánto tiempo lleva fuera?

—Se fue el viernes por la noche.

—Es miércoles. Hoy hace seis días.

—Sé contar. ¿Qué hay de ese... colectivo de arte? ¿Podría estar allí?

—¿Asterisco? ¿Por qué iba a estar ahí?

—¡Rubén!

—Sí, un segundo —dijo Rubén rápidamente, levantando la mano de nuevo—. Mira, hoy estoy muy ocupado, pero ¿puedo ir a tu apartamento mañana por la noche? Preguntaré en Asterisco por Leonora y te contaré lo que averigüe.

—Bien. A las seis. Tengo cosas que hacer —mintió ella. Simplemente no quería que el hombre tocara a su puerta a medianoche. La portera era metiche y si un hombre iba a visitarla a altas horas de la noche y lo veía subiendo las escaleras con ella, sería sometida a un interrogatorio y no estaba de humor para eso. Además, ese chico parecía un hippie y ella no se fiaba de esas personas. Los hippies eran una panda de perdedores y marihuanos que contagiaban a las mujeres de enfermedades venéreas y organizaban orgías; eso era lo que decía la gente de su oficina. Aunque, para ser justos, Maite sentía curiosidad por las orgías.

—¿Cuál es el número de tu apartamento?

—Estoy justo enfrente de Leonora. Tres B.

—De acuerdo.

Rubén se dirigió de nuevo detrás del mostrador y comenzó a empujar la carretilla hacia el fondo de la tienda. El hombre mayor no se había movido ni un ápice y seguía parado con las manos apoyadas en el mostrador, mirando a Maite con recelo. Ella se aferró a su bolsa y se apresuró a salir del lugar. Cielos, ¡qué maleducado! Pero quién sabe cómo era Rubén. Con el plural de «novias», tal vez siempre traía mujeres. ¿Sería Leonora una de sus novias? No recordaba haberlo visto en ninguna de las fotos del apartamento de la chica, pero había estado demasiado ocupada mirando la fotografía de Emilio Lomelí como para fijarse en otros hombres.

Emilio Lomelí. *Qué gran nombre*, pensó, mientras esquivaba a un mendigo que le pedía una moneda y conseguía subir a un autobús que, afortunadamente, tenía un asiento vacío en la parte de atrás. Iba apretujada entre una mujer que intentaba calmar a un bebé y un adolescente que reventaba burbujas de chicle, pero era mejor que la alternativa.

Durante el trayecto de vuelta a casa en el autobús, Maite reflexionó sobre si debería llamar a Emilio. Por un lado, era un exnovio y no había necesidad de involucrarlo en esto. Pero sería una excusa perfecta para volver a hablar con él.

Lo que más le preocupaba a Maite era llamar por teléfono y tener que hablar con una secretaria latosa. Podía visualizarla con facilidad: falda de tubo, lentes y una actitud seria. Tal vez ni siquiera fuera una secretaria, sino una asistente personal, lo cual sonaba mucho más elegante. ¿Cómo le explicaría quién era y qué quería a esa mujer? Maite supuso que podría decir simplemente que necesitaba hablar con Emilio sobre un asunto de negocios, pero siempre se ponía nerviosa cuando hablaba por teléfono y le resultaba imposible mantener una conversación adecuada con alguien que le parecía atractivo.

¿Había sido tonta cuando había hablado con Emilio la otra noche? Era muy probable. *Siempre le das a la gente una impresión equivocada*, se reprendió Maite, mordisqueando una uña. Sabía que debía dejar de morderse las uñas y también sabía que simplemente tenía que hablar por teléfono más a menudo, y entonces tendría más confianza. Deseaba tener dinero para que le arreglaran las uñas y le peinaran el pelo. Otras mujeres podían estar seguras de sí mismas porque tenían unas buenas uñas y un buen pelo, y Maite ni siquiera podía plantearse hacerse un tinte profesional.

El dinero, el dinero.

El coche.

A pesar de su desagrado por las conversaciones telefónicas, Maite tuvo que llamar a su madre. Este era uno de los raros casos en los que le convenía mantener cierta distancia de la persona con la que conversaba.

Tan pronto como entró en su apartamento, Maite se dirigió al teléfono. Su madre contestó al primer timbrazo y Maite sonrió. Alguien le había dicho que se notaba cuando una persona sonreía por teléfono, que se notaba en la voz y quería sonar agradable y educada, pero no había conseguido decir más que unas cuantas palabras antes de que su madre la interrumpiera.

—Estoy cuidando a los bebés, ¿qué sucede? —preguntó su madre.

A Maite le apetecía señalar que los hijos de su hermana ya no eran bebés. Después de todo, podían andar por ahí y manchar la ropa de la gente con chocolate. Se contuvo, manteniendo su sonrisa trémula.

—Escucha, madre, tengo el coche en el mecánico…

—¿Otra vez? Te he dicho un millón de veces que tienes que deshacerte de esa basura. Se aprovecharon de ti cuando te lo vendieron. Deberías haber comprado un coche práctico, como tu hermana. No la ves manejando nada ostentoso.

—No es ostentoso.

—Un Volkswagen dura para siempre, Maite. Deberías haber comprado un Volkswagen.

—Sí, seguro que sí. Pero, madre, necesito un pequeño préstamo para pagar la factura del mecánico. Está casi pagada, salvo lo último. Si el tipo no me cobrara un interés tan alto…

—¿Y la tanda de tu trabajo? ¿No depositas dinero en ella?

—Sí, pero no nos dan dinero hasta diciembre, para las vacaciones. Es junio. Ya lo sabes.

—Tu hermana nunca tiene problemas para hacer sus pagos.

La sonrisa de Maite se desvaneció, su rostro se agrió. Su hermana también estaba casada y su madre cuidaba a sus hijos gratuitamente, por no decir que Maite sabía a ciencia cierta que siempre les compraba juguetes y ropa.

—Gastas demasiado en alquiler, ese es el verdadero problema. ¿Por qué necesitas dos habitaciones? Vives sola. De hecho, ¿por qué debes tener un apartamento en esa calle? Hay lugares más baratos.

—Es muy céntrico, mamá.

—¿Por qué necesitas un coche si es tan céntrico?

—Sabes qué, puedo arreglármelas —dijo Maite—. Me tengo que ir.

Su madre empezó a decir algo más, pero Maite colgó. Se quedó en la cocina con la mano en el teléfono durante un par de minutos antes de entrar finalmente a la sala de estar. Su periquito había estado piando alegremente, pero ahora que Maite se había acercado, el pájaro se calló. El empleado de la tienda de mascotas donde había comprado el periquito le había dicho que podía aprender a hablar, pero no había dicho ni una sola palabra.

Tomó un tarro con semillas de girasol y le dio unas cuantas a través de los barrotes de la jaula. Era demasiado pequeña para el pájaro y la puerta se mantenía cerrada con un poco de cuerda roja, pero Maite no podía comprar una nueva.

Quizá si le pidiera el dinero a Diana podría pagar al mecánico. Maite hizo un par de cálculos mentales, preguntándose cuánto podría pedir sin que pareciera excesivo. Diana era una buena amiga, pero la mayor parte de su sueldo se destinaba al cuidado de su abuela. La anciana padecía todas las enfermedades conocidas por la humanidad.

Maite guardó el tarro de semillas de girasol y se dirigió a la habitación que le gustaba llamar caprichosamente su «atelier» cuando tenía compañía. No es que tuviera mucha compañía. Hacía años que no salía con nadie, aunque más de una vez había fantaseado con vestirse bien, ir a un bar y traerse a un desconocido a casa. En una ocasión se había puesto un buen par de zapatos de tacón y su mejor abrigo y había hecho precisamente eso, pero el bar en cuestión estaba medio vacío y ningún hombre se le acercó. ¿Por qué iban a hacerlo? No había nada que mirar.

Maite tomó un disco al azar y lo puso en el tocadiscos. Empezó a sonar *Smoke Gets in Your Eyes.* Música e historietas. ¡Por qué no podía ser eso la vida! ¿Por qué era la vida tan aburrida, tan gris, tan carente de sorpresas?

Se sentó en su gran silla y hojeó *Romance secreto*, sin leer realmente ninguna de las burbujas de diálogo, limitándose a mirar las imágenes, admirando la mandíbula cincelada de Pablo y los grandes y tiernos ojos de Beatriz. Con Jorge Luis en coma, lejos en la selva, Pablo estaba tratando de conquistar a Beatriz. En la última viñeta, él la estrechaba entre sus brazos mientras ella miraba embelesada al joven.

Eran hermosos, todos y cada uno de los dibujos eran de una gran perfección. Y la selva era exuberante y exquisita. La razón por la que había comprado el periquito había sido esta historieta. Había querido algo de la selva, pero un loro habría sido más caro y más grande. Por supuesto, su idea original había sido visitar Cuba.

Durante un mes más o menos, Maite le había dado vueltas a la idea de recorrer el Caribe. La isla de su historieta no era Cuba, era imaginaria, pero era lo más parecido que se le ocurría. Y no sería demasiado caro. En una agencia de viajes a pocas cuadras de su trabajo anunciaban viajes a Cuba. Llegó a comprar varias guías sobre la isla y un traje de baño rosa.

Al final todo quedó en nada, como todos los planes de Maite. Seguro, se dijo a sí misma que podría juntar suficiente dinero si fuera ahorradora. Pero hubo un gasto inesperado, una cosa llevó a la otra, lo cual finalmente no llevó a nada.

Y ahora Cuba estaba tan lejos como Marte, con la factura pendiente del mecánico. Maite deseaba tener un respiro solo una vez.

Intentó imaginarse la selva, y en el cielo, una luna amarilla colgando entre los astros. Pero entonces un coche tocó el claxon y el periquito chilló, y los colores de la selva se destiñeron en su mente febril.

8

Elvis decidió ir primero al apartamento de la chica acompañado por El Antílope. Al Güero no le hizo mucha gracia que lo dejaran en el coche, esperándolos, pero alguien tenía que quedarse afuera y estar preparado por si tenían que salir de prisa. Además, El Güero era demasiado alto y corpulento y llamativo para colarse con él en el edificio. Y era más descuidado. Elvis necesitaba entrar y salir.

Normalmente, Elvis habría vigilado el edificio de apartamentos durante varios días, tomándose el tiempo necesario para saber cómo era el flujo de personas. Como no podían darse ese lujo, decidió intentar abrir la cerradura del edificio lo más rápido posible. Por suerte, una mujer acompañada de varios niños salía cuando Elvis y El Antílope se acercaron al edificio. Elvis le sostuvo la puerta. La mujer le lanzó una sonrisa cansada y tanto Elvis como El Antílope lograron entrar.

Cuando llegaron a la puerta del departamento de la chica, El Antílope se puso a un lado, fingiendo que encendía un cigarro e impidiendo que la gente viera a Elvis desde la escalera por si pasaba alguien. Elvis abrió la puerta con dedos hábiles.

Elvis le dijo al Antílope que se ocupara de la cocina y la sala de estar, mientras él inspeccionaba el baño y el dormitorio. Tenían una hora para esta misión de búsqueda. Más de eso sería buscarse problemas. También sería innecesario, ya que Elvis tenía pocas esperanzas de que la cámara que necesitaban estuviera adentro del apartamento. Si la chica que buscaban realmente había desaparecido, probablemente habría desaparecido con las fotos que quería El Mago. Pero no estaba de más ser minuciosos.

Elvis buscó bajo el colchón, en el gran tocador y detrás de él, en el baño. Abrió el botiquín, miró dentro del tanque de agua y hurgó rápidamente entre la ropa de la chica. Miró bajó el lavabo, asegurándose de que no hubiera pegado la cámara o el rollo de película al mueble, como hacían los drogadictos cuando ocultaban drogas. Incluso inspeccionó el dobladillo de las cortinas. Pero no había más que pelusas y un gato escondido debajo de la cama. En la cocina, El Antílope había buscado en el refrigerador y estaba sacando latas y tarros de las alacenas. Elvis se dio cuenta de que alguien había estado alimentando al gato. Había una lata recién abierta en el suelo de la cocina, junto a los fogones.

—¿Has encontrado algo? —preguntó Elvis.

—Come muchas lentejas —dijo El Antílope, tirando una bolsa de ellas al suelo y metiéndose un chicle en la boca. El Antílope mascaba demasiado chicle y tenía la asquerosa costumbre de pegarlo bajo los brazos de las sillas. Al menos era mejor que la costumbre de El Güero de dejar los recortes de las uñas de los pies en el fregadero.

—Tampoco hay nada en la recámara.

—Maldito encargo aburrido. Uno pensaría que de vez en cuando nos encomendarían algo emocionante.

—¿Como qué?

—Algo en lo que tuviéramos que usar armas. Soy jodidamente bueno con las armas. Oye, ¿sabías que Sam Giancana se está escondiendo aquí?

—¿Qué?

—¡Giancana! Ya sabes, el puto mafioso. Estaba compinchado con la CIA. Está escondido en México y yo sé dónde. Justo en el centro de Coyoacán; trabaja como taquero. El Mago es amiguito de los gringos, ¿sabes? La CIA esto y la CIA lo otro.

—¡No inventes!

—¡Es cuate de los gringos! No estoy mintiendo.

—Estás inventando sobre Giancana. Siempre estás hablando mierda. Nunca compruebas nada, abres la boca sobre cualquier cosa que te susurran esos marihuanos —dijo Elvis. No estaba equivocado. Gran parte del trabajo del Antílope consistía en estar con completos drogadictos y hippies que hablaban de maría todo el día, tratando de captar cualquier rumor que pudiera. A veces había algo de verdad en los rumores y a veces eran historias sobre mafiosos que preparaban tacos de suadero.

El Antílope se encogió de hombros.

—Pero si fuera cierto sería mejor que esta mierda de seguimiento que estamos haciendo. Soy muy bueno en las prácticas de tiro y nunca me toca disparar a nadie. En lugar de eso, está este pinche trabajo inútil que, francamente, debería ser para las perras. Se supone que somos la élite.

—No es un trabajo inútil. ¿Y a quién le vas a disparar?

—No lo sé. A Gincana.

—Giancana, Giancana, como si alguna vez le hubieras disparado a alguien.

—Maté a alguien.

—Sí, ¿a quién?

—A un cabrón —murmuró El Antílope—. El problema es que cuando le disparas al cabrón equivocado terminas como yo.

El Antílope se quedó callado y dejó de masticar el chicle. Elvis supo, gracias a eso, que realmente hablaba en serio; sus ojos miraban a un punto por encima del hombro de Elvis. Después de unos cuantos segundos, El Antílope volvió a masticar ruidosamente su chicle y tomó una lata de angulas de una repisa.

—Hombre, ¿quién carajo se come esta mierda? ¿Alguna vez has comido esta mierda? —preguntó—. ¡Creo que El Gazpacho come esta basura!

Elvis se trasladó a la sala de estar, para continuar la búsqueda y dejar que El Antílope siguiera hablando solo. Al final, el apartamento no arrojó nada.

Era demasiado pronto para probar suerte con el cura, así que Elvis acordó que deberían ir a comer algo y los tres se detuvieron en un puesto de tacos. El Güero quería comer en una cantina, pero Elvis dijo que no. No iba a tener operadores borrachos estropeando su misión.

El Antílope pidió tres tacos de cachete y empezó a hablar sobre cómo cualquiera que tuviera medio cerebro y escuchara con atención sabría que la CIA mató a Marilyn Monroe metiéndole pastillas de heroína por el culo. ¡Muerte por el culo! Elvis no prestó atención a los balbuceos del Antílope porque siempre estaba diciendo locuras. Había algo de verdad mezclada con las mentiras, pero uno no se mete en una alberca llena de vómito para intentar beber agua limpia. Entonces El Antílope juró que Kennedy había sido asesinado por Johnson y sus matones por El Chamizal, y ahí fue cuando Elvis comenzó a cantar *Love Me Tender* dentro de su cabeza —podía cantar una docena de canciones de Presley de memoria y sonaba bastante decente, como un loro bien entrenado— porque no había forma de aguantar esta mierda.

Hacia las cinco se estacionaron frente al edificio de cuatro pisos del cura, que estaba cerca de la Alameda, y comenzaron su vigilancia. Elvis jugueteaba con el desatornillador que llevaba en el bolsillo. El Mago siempre decía que los cuchillos y los puños eran mejores que las pistolas. Enseñaba a sus hombres a disparar, pero no innecesariamente.

Algunos tipos, como El Antílope, se sentían como verdaderos machos con una pistola en las manos y Elvis no podía negar que le había encantado la idea de poseer un arma; las balas eran tan tentadoras como un caramelo para un niño. Pero el líder de la unidad era quien tenía un arma de fuego —aunque Elvis sospechaba que El Güero tenía una pistola escondida en algún lugar de su habitación— y el arma de fuego disponible era, por tanto, la pistola de El Gazpacho y no quería tomarla.

Todavía no. Hacerlo significaría que estaba ocupando el lugar de El Gazpacho y no podía aceptar que hubiera abandonado la unidad.

Seguía pensando que El Mago había mentido e incluso se le ocurrieron explicaciones sobre por qué había mentido, pero todas eran excusas estúpidas.

Se preguntaba si El Gazpacho habría vuelto con su familia. Sabía que tenía una hermana mayor. Se suponía que no debían hablar de detalles personales, pero era difícil mantener la boca cerrada todo el tiempo y, si bien nadie hablaba de sus familias ni de sus trabajos anteriores, a la larga se sabía algo de todos.

Elvis sabía que a El Gazpacho le gustaban las malteadas y jugar dominó, que le encantaban las películas japonesas y que fumaba cigarros de calidad. Habían mantenido muchas conversaciones sin sentido hablando sobre a qué actrices les gustaría cogerse —Raquel Welch encabezaba su lista— y las ciudades que deseaban visitar —para Elvis era obviamente Memphis; para El Gazpacho era Sevilla. Casi había olvidado España y quería regresar, pero Dios sabía cuándo lo haría. Hablaba con nostalgia de sus calles y olores. Elvis no quería volver a Tepito, pero le contaba a El Gazpacho historias sobre su antiguo barrio.

Entre todas estas insignificantes bromas habían surgido algunas verdades y una verdadera camaradería.

El Gazpacho había sido su amigo, aunque Elvis nunca hubiera sabido su verdadero nombre.

Tal vez debería ir a misa y encender una vela por él, pedirle a un santo que protegiera a El Gazpacho y se asegurara de que se curara y volviera con su familia a salvo.

Una misa. Elvis ni siquiera estaba seguro de por qué estaba pensando en una misa cuando estaba sentado en un coche con otros dos hombres, esperando para interrogar a un cura. Tal vez, decidió, sería bueno pasar por una iglesia y encender la vela inmediatamente después de que este encargo terminara. Dios podría entender, o al menos sentirse menos encabronado, si Elvis mostraba un poco de arrepentimiento y ponía unos cuantos billetes en la caja de limosnas.

El cura no llegó a casa hasta las nueve, pero esperaron hasta cerca de las once, cuando la mayoría de las luces del edificio se había apagado. Una vez más, Elvis forzó las cerraduras adecuadas y entraron en silencio al apartamento del cura.

Todavía había una luz encendida en la recámara. El apartamento era muy pequeño y la luz que salía de la habitación y llegaba a la combinación de comedor/sala de estar era suficiente para que pudieran ver su camino con facilidad. El cura tenía la televisión encendida y escucharon a una mujer que hablaba de que la gente joven y moderna bebía Nescafé con leche y azúcar.

El cura estaba de pie frente al lavabo del baño, en pijama y dispuesto a lavarse los dientes. Elvis se alegró de encontrarlo así. No tenía mucho aspecto de cura con aquel elegante pijama.

—Padre Villarreal... —dijo Elvis. Y podría haber dicho algo más, porque había pensado en presentarse a sí mismo como es debido, como lo haría El Mago. Como un caballero. Pero el puto cura le echó un vistazo y salió corriendo del baño. No solo eso, sino que el cabrón tomó una anticuada navaja de rasurar que había estado descansando junto al lavabo y Elvis apenas tuvo unos segundos para arrojarse a un lado por miedo a que le rebanara el estómago. No es que el cura supiera lo que estaba haciendo con la navaja; *no lo sabía.* Estaba agitando las manos delante de él y daba vueltas como un juguete de cuerda, pero tal caótica estupidez podía ser peligrosa.

Elvis pensó en placarlo, pero luego lo reconsideró. El Antílope estaba igual de sobresaltado y de desconcertado por el tipo, y no trató de bloquearle el camino cuando el cura se abalanzó sobre él, navaja en mano.

—¡Sujétalo! —gritó Elvis y corrió detrás del hombre y hacia la sala de estar. Por un segundo temió que el tonto lograra salir.

Pero entonces El Güero emergió frente al cura. El hombre vaciló en su huida y ese segundo de vacilación fue suficiente. El Güero atrapó la mano del cura y la retorció. El padre Villarreal gritó de dolor y dejó caer la navaja. Entonces El Güero golpeó al hombre en la cabeza.

El cura cayó al suelo y gimió suavemente.

El Güero se preparaba para patear al hombre en la cabeza.

—Oye, espera —dijo Elvis—. Se supone que debemos hablar con él.

—Al carajo, este pendejo ha tratado de herirme —se quejó El Güero.

—Arrástralo de vuelta al dormitorio.

El Güero refunfuñó algo sobre pendejos y blandengues. Elvis se agachó y recogió la navaja y los siguió a ambos al dormitorio.

—No tengo dinero —dijo el cura mientras El Güero lo empujaba en dirección a la cama.

—Siéntate —le dijo Elvis a Villarreal—. Antílope, revisa la habitación.

El Antílope asintió y comenzó a abrir cajones. El Güero se quedó en la puerta, con los brazos cruzados, bloqueando cualquier salida. El cura se sentó en la cama, apretando las cobijas con una mano. En un rincón, una pintura de un águila miraba a Elvis, sirviendo como la única decoración. El departamento parecía sencillo, pero la televisión era nueva y junto a la cama Elvis vio un par de buenos zapatos de cuero. Tal vez el sacerdote no tuviera dinero en efectivo por ahí, pero tenía suficiente billete como para comprar ciertos artículos de lujo. Quizás había pasado la charola de limosnas entre su congregación.

—Padre, ¿dónde está la cámara?

—No sé nada de una cámara —dijo Villarreal y empezó a frotarse la cabeza y a hacer muecas, como si le doliera mucho. Cabrón exagerado. El Güero no lo había maltratado *tanto*, la verdad.

—¿Sabes algo de una chica, no? ¿Leonora? ¿Dónde está?

El cura se quedó mirando a Elvis como si este hubiera dicho una palabrota.

—No tengo ni idea.

—Creía que eran amigos. ¿Vas a negar que la conoces?

—La conozco.

—Entonces, ¿dónde está?

—Eso no significa que esté al tanto de todos sus movimientos.

—Tranquilo, padre. No hace falta que te enojes. Estamos *dialogando* —dijo Elvis, tratando de sonar como sonaba El Mago.

—Dialogando —repitió el cura, mirando con desdén a Elvis.

A Elvis no le gustaba la cara de este cabrón, ni la forma en que miraba a Elvis. Respeto. Eso es lo que El Mago dijo que había que infundir. No miedo, respeto. Aunque el miedo podía ser un atajo fácil para el respeto. Elvis no tenía toda la noche para estar hablando con el cura; no podía tomarlo de la mano y suplicarle cariñosamente que hablara un poco. No solo porque El Mago estaba esperando noticias suyas, sino porque El Güero estaba de pie en la puerta, sonriendo burlonamente a Elvis.

Elvis sabía que si hacía algo malo ese rubio pendejo iba a contarle a El Mago hasta el más mínimo detalle. No quería darle a El Güero la satisfacción. Además, Villarreal tenía esa mirada engreída de un hombre al que nunca le han dado una buena paliza y Elvis sintió la súbita necesidad de enseñarle qué era qué, fuera un hombre del clero o no.

Elvis golpeó su puño contra la cara del cura, con la suficiente fuerza como para que cayera de espaldas sobre la cama con un agudo gemido.

—¿Cuándo fue la última vez que la viste? —preguntó Elvis con frialdad.

El cura gimió y Elvis repitió la pregunta, cerrando de nuevo los dedos en un puño.

—El martes por la mañana —dijo Villarreal, incorporándose de nuevo, con una mano apretada contra su nariz sangrante y con los ojos pegados al puño de Elvis.

—Continúa —dijo Elvis.

—No sé qué quieras que te diga.

—Todo. A qué hora estuvo aquí, cuánto tiempo se quedó, qué demonios llevaba puesto.

El Antílope había abierto un cajón y encontró adentro una Biblia que estaba hojeando. El cura lo miró con dureza.

—No toques eso —le dijo—. Ahí no hay nada.

—Oye —le dijo Elvis chasqueando los dedos. El cura se volteó hacia él de nuevo—. Estás hablando conmigo, no con él.

—Me está sangrando la nariz —se quejó el cura.

—Cortémosle la barriga —sugirió El Güero—. Eso le enseñará lo que es sangrar.

—Claro que sí —dijo El Antílope, asintiendo.

Por supuesto que esa sería la primera sugerencia de El Güero. Probablemente pensaba que convertir al cura en un alfiletero humano sería una gran idea, pero eso no era lo que buscaba Elvis.

—Háblame.

—Necesito conseguir gasa y alcohol de farmacia. Estoy sangrando por todas partes —insistió el cura.

—Ábrele el gaznate —dijo El Güero.

—Ve a buscar la puta cámara por la sala de estar —ordenó Elvis y luego se volvió hacia el cura—. Ya te preocuparás por tu maldita gasa después.

El Güero cerró la boca de golpe, pero no se movió de la puerta. El cura frunció el ceño, mirando sus dedos ensangrentados.

—Leonora pasó por aquí el domingo por la noche. Yo ya estaba dormido cuando tocó el timbre —murmuró.

—¿Qué quería?

—Consejos espirituales.

—Continúa.

—Leonora descubrió algo importante, algo sobre un político. Estaba pensando en hablar con una periodista, pero también tenía miedo y le preocupaba que afectara a gente que conocía. Tenía miedo de las repercusiones.

—¿Qué político?

—No lo dijo del todo, pero yo sospecho que de Echeverría.

Echeverría. El puto presidente Echeverría. Elvis frunció el ceño.

—¿Qué pasa con Echeverría?

—No me dijo nada de Echeverría. Sospeché de Echeverría porque se quedó a dormir... tenía miedo de volver a su apartamento y se quedó a dormir, y el martes la oí hablar por teléfono con alguien y mencionó a los Halcones.

Elvis pudo sentir las miradas de los otros hombres en la sala. El Antílope había dejado de revolver los cajones y se había quedado quieto. El Güero seguía de pide junto a la puerta.

—¿Dónde está ahora?

—Ya te lo he dicho, de verdad no lo sé. Cuando me di cuenta de lo asustada que estaba... lo mal que se podía poner esto... yo... yo le dije que ya no podía quedarse aquí. Le dije que tal vez sería mejor que se fuera a casa de Jackie.

—¿Quién es «Yak»?

El cura suspiró. Estaba sentado en el borde de la cama, con las manos juntas, mirando al suelo. Era joven. Elvis no sabía que podían ordenar sacerdotes tan jóvenes. Estaba acostumbrado a los hombres viejos; curas arrugados y vejestorios. Este parecía como si tuviera la edad de Elvis. Recién salido del seminario de Monterrey.

Elvis se preguntó por qué Villarreal no había ido al Tec como todos los demás niños ricos de allí, en lugar de optar por el sacerdocio. Claro que Elvis no podía estar seguro de que el cura fuera un niño rico, pero lo que había leído en el expediente ciertamente lo indicaba y en la habitación estaban todos los detalles reveladores. La televisión, el pijama de seda, los zapatos italianos. Incluso la forma de hablar del cura. El Mago le había enseñado a Elvis a notar cosas como esa. Bien. Tal vez no fuera rico. Clase media alta. Pero seguro que no había crecido en una vecindad.

—Jackie. Jacqueline. Es la lideresa de Asterisco. Es un colectivo de arte.

—¿Cómo podría ayudarla esta Jackie?

—Jacqueline... está metida en cosas radicales. Aboga por las luchas armadas y... mira, Jacqueline no sale de su casa sin una pistola. Duerme con ella bajo la almohada y la lleva en su bolsa. Si Leonora iba a estar a salvo en algún lugar, era con Jackie. Al menos ella tiene un arma y yo no.

—¿Entonces está con esa Jackie?

—No... No lo creo.

—¿Por qué no?

—Se supone que ni siquiera debo involucrarme en este tipo de mierda —dijo Villarreal, levantando la voz.

—¿Y en qué se supone que debes involucrarte, padrecito? —preguntó Elvis. No levantó la voz. Nada bueno saldría de eso, excepto una pelea a gritos, que estaba tratando de evitar. No, mantuvo la voz firme y baja—. Eres un alborotador comunista. Y todos los comunistas quieren meterse en mierda muy mala, ¿no es así? Así que dime: ¿por qué no crees que esté con Jackie, eh?

Villarreal fulminó con la mirada a Elvis, pero moderó su tono.

—Salí a hacer unas diligencias y cuando volví Leonora ya no estaba. Entonces Jackie llamó y preguntó si Leonora estaba por aquí. Pensé que estaba con ella.

—No está en su apartamento, ¿entonces con quién podría estar?

Se encogió de hombros.

—Tenía un novio. Emilio Lomelí. Y una hermana. De verdad que no lo sé.

—¿Te dejó algo?

—No. Si lo hubiera hecho, te lo diría.

—No estoy seguro de creérmelo.

—No me importa lo que creas.

Elvis dio un paso adelante y extendió lentamente su brazo y la navaja, acercándola a la cara del hombre. El cura empezó a temblar. Era realmente joven. Hasta aniñado. Elvis podría haber sido el cura y el cura podría haber sido Elvis. Pero Elvis había venido de Tepito y el cura había venido de Monterrey, y habían seguido trayectorias totalmente diferentes.

La suerte, de eso se trataba. Buena y mala suerte. El Gazpacho llevaba una pata de conejo para que le diera suerte pero no le había servido de mucho. El Mago tenía razón: a la suerte la crea uno mismo.

—Más te vale que te crea —dijo Elvis.

El cura no respondió. Miraba fijamente a Elvis, aterrado.

—¿Seguro que no tienes la cámara? ¿Las fotos?

Había lágrimas en los ojos del cura. Su incipiente valentía estaba desapareciendo.

—No, no —murmuró—. No, no lo sé.

—¿Absolutamente seguro? —susurró Elvis y la navaja estaba ahora tan cerca del ojo del hombre que podría habérselo rebanado limpiamente con un poco de presión. Se lo habría arrancado y habría dejado un agujero sangriento.

—Estoy seguro —susurró el cura—. Lo juro por la Virgen de Guadalupe.

Elvis bajó la navaja y asintió.

—Te creo y, porque te creo, te vamos a romper los dientes. Pero si te resistes o si gritas pidiendo ayuda, te vamos a matar. —Miró al Antílope.

—Ayuda a mantenerlo callado. Güero, dale una paliza.

El Mago siempre decía que había que observar cuando un hombre estaba siendo asesinado. Los cobardes miraban para otro lado. Pero como esto no era un asesinato, Elvis dejó que su mirada se desviara hacia el espejo del baño, y observó su reflejo mientras los puños de El Güero impactaban contra la carne del cura. A pesar de la advertencia de Elvis, estaba seguro de que el joven hombre habría gritado, pero El Antílope había apretado la almohada contra su cara.

Fue un trabajo rápido, en todo caso, y Elvis lo agradeció. Nunca le había gustado la tortura. Usar un directorio telefónico para madrear a un hombre no tenía ningún atractivo. Tampoco ninguno de los otros trucos del oficio que había aprendido: descargas eléctricas en los pies, envolver la cabeza de alguien en una bolsa de plástico. Este al menos era relativamente limpio. Los puños, la sangre.

Elvis se miró al espejo, vio su pelo negro peinado de lado. A veces parecía un Elvis Presley más oscuro, con la piel bronceada, y a veces no se parecía al músico en absoluto. Ahora mismo, pensó por un momento que se parecía a El Mago. Algo en la inclinación de la boca. Y sus ojos eran totalmente negros, aunque ningún ojo humano puede ser realmente negro.

Elvis entró al baño y abrió el armario sobre el lavabo. Encontró la gasa y el alcohol de farmacia y regresó al dormitorio. El Güero y El Antílope habían terminado y se estaban limpiando las manos. El cura estaba en la cama, sangrando profusamente. La almohada había sido desechada en algún momento y tirada fuera de la habitación. En la colcha, Elvis vio dos dientes. El cura gimió y se dio la vuelta, ocultando su rostro destrozado, y los dientes cayeron al suelo.

Elvis tiró la botella de alcohol de farmacia y la gasa en la cama.

—No le digas a nadie que hemos estado aquí.

En el camino de regreso al apartamento, El Güero dijo que debían parar a comer tacos de carnitas. Elvis lo ignoró. El hedor de la sangre fresca se pegó a la ropa de El Güero, contaminando el coche, aunque los hombres se habían arreglado rápidamente antes de salir del apartamento. Elvis no quería ir a sentarse en un local de comida, sosteniendo un plato de plástico grasiento en una mano y una cerveza en la otra.

Jugueteó con la radio, buscando una melodía. Y ahí estaba. Los Apson cantando una versión de *Satisfaction*. Sí, nena. Vamos a rockear, porque el puto coche olía a dolor.

9

Cuando se mudó a su propio apartamento, había fantaseado con la idea de poder organizar fiestas e invitar a sus amigos. Se imaginaba cocteles, buena música, conversaciones encantadoras y gente guapa. Pero Maite rara vez invitaba a nadie. Cuando su madre la visitaba, se aseguraba de señalar cualquier artículo nuevo que Maite hubiera comprado y se quejaba de que era un gasto innecesario. ¿Por qué tenía que comprar cortinas nuevas? ¿Qué tenía de malo la mesa vieja? Por ello, Maite intentaba invitar a su madre a su apartamento lo menos posible.

En cuanto a los caballeros —a Maite le gustaba referirse a los hombres de esa manera, sonaba más digno—, no se había acostado con nadie desde hacía siglos. El último hombre que estuvo en su apartamento fue un dependiente desdeñoso al que había traído un par de veces y que comentó el tamaño de su colección de discos, afirmando que le parecía ridículo tener tantos libros y discos cuando se podía simplemente encender la televisión. Maite tenía una gran colección de discos importados en inglés en lugar de las versiones en español que todo el mundo compraba a un precio más barato, pero al igual que su madre el hombre no podía entender por qué tiraba su dinero en ellos. «Son diferentes», intentó explicarle Maite. Y él le dijo: «¿Qué diferencia hay, si no hablas inglés? ¿Qué importa quién cante?». Ella le dijo que hay una diferencia entre Badfinger cantando o Los Belmonts. Y el arte del álbum, dijo. Y la textura. Y las notas de la funda, esperando ser descifradas algún día. Además Los Dug Dug's cantaban en inglés aunque fueran del norte de México. Simplemente no podías comprar una versión en español de ellos, a pesar de que habían empezado como cantantes de *covers*, como todo el mundo.

El hombre no tenía ni idea de lo que le estaba hablando. Ella dijo que era coleccionista y que coleccionar era como cazar, un deporte. El hombre pensó que estaba loca. Una canción era una canción. No se necesitaban tres versiones de un mismo tema.

Por eso Maite estaba preparada con su bolsa bajo el brazo a las seis de la tarde. Cuando Rubén tocó, ella abrió la puerta y sin dudarlo la cerró tras de sí y empezó a bajar las escaleras. No quería invitarlo a tomar un café para que pudiera juzgar sus cortinas o sus discos. Y así también se aseguraba de que la portera no chismearía sobre ella. Tenía un aspecto demasiado hippie para ser una compañía decente.

Fueron a una cafetería a una cuadra de distancia. Las paredes eran de color amarillo limón, al igual que los reservados, y los cuadros eran fotos miserables en blanco y negro, de Italia. A ella no le gustaba el lugar, pero era mejor que ir a una heladería, como si fueran novios.

Ella pidió un café y él un Sidral Mundet. Rubén se había cambiado el mono por una camiseta y unos jeans. Tenía un aspecto más presentable así, aunque difícilmente podría ser el héroe de alguna historieta de Maite. Tenía ese estilo del Che Guevara que era popular entre los estudiantes de la UNAM. Era poco atractivo.

—¿Entonces no ha vuelto? —preguntó Rubén, dando un sorbo a su refresco.

Maite alcanzó la azucarera, que tenía una grieta que mostraba claramente dónde había sido pegada con torpeza, y midió una cucharada de azúcar.

—No. ¿Fuiste a ese lugar? ¿A Asterisco?

—No ha estado allí. Estoy preocupado. Hablé con Jacqueline, que más o menos dirige Asterisco, y me dijo que había hablado por teléfono con Leonora y ella le había dicho que tenía información sobre los Halcones.

—¿Quiénes son exactamente los Halcones?

—¿No lees el periódico? —dijo Rubén, luciendo escandalizado por su ignorancia.

Maite tomó con delicadeza su taza de café y dio un sorbo.

—Perdona, me paso el día trabajando.

—Yo también. Aun así encuentro tiempo para ojear un periódico, sobre todo en estos días en los que tenemos un gobierno enfrascado en viles actividades represivas.

—Apuesto a que eres una de esas personas a las que a Leonora le gusta pagar la fianza —dijo ella, tratando de adivinar cuántas fotografías para archivos policiales le habrían tomado.

En lugar de parecer avergonzado el joven se mostraba orgulloso, levantando su peluda barbilla.

—Sí, me ha ayudado —dijo Rubén—. ¿Y qué? Imprimo folletos con caricaturas políticas. ¿El gobierno? Tienen bandas itinerantes de matones que golpean a los estudiantes. ¿Quién crees que nos atacó cuando nos manifestábamos?

—Pensé que habían sido tus compañeros anarquistas.

—Muy graciosa. ¿Así que no lees los periódicos pero sigues repitiendo lo que dice el gobierno? No me extraña. De todas formas, ¿cómo es que eres amiga de Leonora?

Rubén la miró con desconfianza, como si pensara que estaban en una de esas películas de James Bond y Maite era una espía.

—No somos mejores amigas, si es lo que te estás preguntando —dijo Maite—. Nos conocemos del edificio.

—¿Entonces por qué te interesa tanto encontrarla?

—Porque estoy cuidando a su gato. ¿Qué? ¿Crees que soy una de tus Halcones?

—Nunca se sabe —dijo Rubén—. Pero no. Todos son hombres y todos son matones. Estaban bajo el mando de Alfonso Martínez Domínguez, nuestro recién destituido regente, por si estabas demasiado ocupada trabajando para conocer ese nombre. Les gusta echárnoslos encima cuando creen que nos pasamos de la raya.

—Sí, ahora sé a lo que te refieres —dijo ella, mientras su cuchara repiqueteaba contra la taza al añadir más azúcar. El café era lo suficientemente dulce, pero ella estaba tratando de hacer algo con sus manos. Este hombre era sumamente irritante. Tenía ganas de abofetearlo—. Pero se supone que los Halcones no son reales.

—¿Quién te ha dicho eso?

—Es lo que dicen en mi oficina.

—Los Halcones son los que atacaron a la gente afuera del cine Cosmos. Alguien decidió masacrar a los estudiantes. No fueron los fantasmas —dijo, sonando petulante.

—No dije que fueran fantasmas, solo que se supone que no son reales. De todos modos, Leonora tenía información sobre los Halcones. ¿Qué tipo de información?

—No lo sabemos. Eran fotos.

—Su exnovio estaba buscando su cámara —murmuró Maite, con el recuerdo de Emilio Lomelí todavía ardiendo en su mente. Ese sí era un hombre de verdad, no este empleado de la imprenta que tenía un segundo trabajo como activista.

—¿Emilio? —preguntó Rubén. Parecía bastante sorprendido por sus palabras.

—Pasó a verla y lo dejé entrar en su apartamento porque quería su cámara, pero no la encontró y se fue. Pero realmente no significa nada.

—¿Crees que es una coincidencia? ¿Leonora desaparece después de decirnos que tiene unas fotos y Emilio pregunta por su cámara? ¿Cuáles crees que son las probabilidades?

Bueno, cuando lo decía así, no sonaba muy probable, pero detestaba el tono que estaba usando. Como si Maite fuera una idiota porque él compraba el periódico de vez en cuando.

—No lo sé. Parecía un tipo decente. Me dejó su tarjeta, por si Leonora se pasaba por ahí. Si tuviera algo que ver con su desaparición, no habría dejado su tarjeta.

—Apuesto a que sabe algo. Y es una buena opción para empezar a indagar. Quizá deberías llamarlo.

—¿Yo? —preguntó Maite, mientras la cuchara se le caía de los dedos. Tomó la azucarera en su lugar.

—Acabas de decir que te dio su tarjeta.

—Sí. Pero...

—La gente no desaparece de la faz de la Tierra sin motivo. Leonora debe estar en algún tipo de problema y tenemos que ayudarla. Ahora bien, este tipo, quizá sepa algo.

—Bien, digamos que sabe algo y entonces digamos que nos incumbe...

—Por supuesto que nos incumbe.

—Pero si es un caso de una persona desaparecida, entonces la policía...

—Los Halcones trabajan para el gobierno. La policía y el ejército dejan que los Halcones nos disparen. Había patrullas de policía muy bien alineadas en la avenida con sus megáfonos, pero no estaban allí para detenerlos. Estaban allí para asegurarse de que podían matar con impunidad.

—Pero destituyeron al regente por este asunto, ¿no es así? Dijiste que lo destituyeron.

—El presidente lo echó, sí, pero fue para poder culpar de todo esto a alguien. Carajo, a lo mejor hasta quería que las palizas se les fueran de las manos precisamente para poder destituir a Martínez Domínguez. O tal vez Martínez Domínguez la cagó, pero puedes apostar a que el presidente estaba al tanto de lo que iban a hacer los Halcones y les dijo a los policías que se retiraran. En fin, es una repetición de Tlatelolco y esos cerdos no son de fiar.

En los periódicos, los columnistas acusaron a los extranjeros comunistas de corromper a la juventud mexicana y de intentar destruir a la nación. Los policías eran ciudadanos inocentes y honestos que hacían su trabajo. Tal vez no era cierto, pero a Maite se le erizaba la piel de terror, porque nadie quería que se repitiera lo del 68.

Aquello había sido un desastre sangriento. La gente susurraba que francotiradores contratados por el gobierno habían abierto fuego. Los disturbios estudiantiles habían amenazado los Juegos Olímpicos y el gobierno los había sofocado por la fuerza. La gente susurraba y Maite intentaba no escuchar. Pero seguía oyendo cosas aquí y allá. No podía ahogar la realidad.

—No estoy segura de que...

—¿No estás preocupada por Leonora? —preguntó Rubén.

—La policía...

—¡La policía puede joderse!

—¿Me dejas terminar una frase? —preguntó Maite, apartando la azucarera.

Se miraron fijamente durante un minuto. Él parecía un niño al que le hubieran golpeado los nudillos y esto le dio a Maite cierta satisfacción.

—No voy a llamar a la policía. ¡Dios sabe que no quiero hablar con ningún policía! Lo que quería decir era que su familia podría ponerse en contacto con la policía y entonces no se vería muy bien que estuviéramos husmeando. Además, incluso si esto nos incumbiera, ¿por qué se supone que debo llamar yo al señor Lomelí? Parece que tú conoces al tipo.

—Me colgaría el teléfono —dijo Rubén—. No nos caemos bien. Le rompí la nariz.

—¿Por qué?

—Trató de seducir a Leonora cuando era mi novia. Acabó dejándome.

Maite no podía culpar a la chica por querer mejorar su vida amorosa, pero seguía sintiéndose incómoda al imaginar a Emilio Lomelí como el tipo de hombre que iba por ahí arrasando con las novias de otros hombres. No encajaba con la imagen que tenía de él. Lo había encasillado en el papel de héroe romántico, no en el de donjuán, aunque los donjuanes pueden ser divertidos. Por ejemplo, Pablo de *Romance secreto.* Es cierto que antes de conocer a Beatriz había entrado y salido de las camas de innumerables bellezas, pero solo porque Magdalena Ibarra había fallecido en aquel espantoso accidente de buceo. Quizá ocurriera lo mismo con Emilio.

—Lo siento —dijo Maite.

Rubén se encogió de hombros.

—Fue hace tiempo.

—¿Estudian juntos?

—Solíamos hacerlo. No estábamos en la misma facultad, pero los dos estábamos en la UNAM. Lo dejé hace un año.

—Es obvio que aún te preocupas por ella.

—Ahora somos amigos.

Maite no entendía eso. Que la gente fuera amiga después de una ruptura, sobre todo de una mala como debió ser esta. Ella nunca podría haber sido amiga de Cristobalito después de lo que había pasado entre ellos. Una vez, hace dos años, mientras caminaba por Bucareli, le había parecido verlo en su dirección y la había poseído un deseo irresistible de correr. Se metió en un callejón y vomitó profusamente, encima de un montón de cartones mojados.

Le aterraba la idea de que la viera, que viera la decepción en su rostro, ya que sus escasos encantos se habían vuelto más escasos en los años transcurridos desde que habían sido amantes. Esa noche, en casa, se pellizcó la piel flácida del vientre y pensó en cortarla con unas tijeras. Luego lloró por un número de *Romance secreto.*

Suponía que dichos encuentros no ponían nerviosos a los hombres. Además, Rubén era joven. Era veinteañero. Todavía tenía posibilidades.

—Algo malo le ha pasado a Leonora. Si Emilio tiene alguna idea de dónde está o de qué le ha pasado, entonces quiero saberlo. Y creo que tú también quieres saberlo, ¿no? —preguntó Rubén.

Bueno, sí, obviamente. Estaba la cuestión práctica del dinero que Leonora le debía, pero también el hecho de que Maite no se iba a quedar cuidando del gato eternamente. Pero también tenía curiosidad. Se preguntaba en qué estaría metida la chica. Y, sobre todo, era una excelente excusa para charlar con Emilio Lomelí.

Maite tomó una servilleta de papel y empezó a rasgarla en tiras. Una mesera aburrida detrás del mostrador encendió una radio y empezaron a sonar Los Shain's.

—¿Qué le voy a decir?

—Dile lo que me has dicho a mí. Que Leonora no ha vuelto y que la estás buscando. Y no me menciones. Como he dicho, el tipo me odia. Si cree que soy yo quien la busca, no dirá ni pío. Es un cabrón rencoroso.

—¿Así de malo?

—Oh, sí. Le rompí la nariz. Bueno, él me destrozó el coche.

—¿Cómo?

—Le pagó a alguien para que lo robara y lo condujera directamente a un poste de teléfono. No puedo probarlo y aunque pudiera no importaría, pero fue él.

Maite empezó a enrollar las tiras y a convertirlas en pequeñas bolas de papel, deslizándolas para que descansaran en el centro de la mesa, y pensó en Beatriz, que intentaba desesperadamente averiguar qué había pasado con Jorge Luis, y en el pobre Jorge Luis en coma. Era posible que a Leonora le hubiera pasado algo parecido. Podía haber sido capturada por un sombrío villano en una vieja mansión. La idea de adentrarse en uno de los argumentos de sus historietas atraía enormemente a Maite.

Miró a Rubén y le lanzó una bola de papel. La mesera había apagado la radio y seguía pareciendo completamente aburrida.

—Lo llamaré.

—Estupendo, gracias.

Sonrió. Aunque no era guapo y a ella no le gustaba del todo, se preguntó qué pasaría si le pidiera que la acompañara a su apartamento y lo invitara a entrar. Era esa vieja fantasía de portarse mal, la idea de un desconocido entre sus muslos. No sabía cómo hacían ese tipo de cosas los demás. Pero en realidad no lo deseaba. Simplemente estaba aburrida y el recuerdo de Emilio Lomelí había encendido un agudo impulso erótico que hizo que sus mejillas se calentaran. Era similar a esa sensación que experimentaba cuando se paraba frente al puesto de periódicos y echaba un vistazo a las historietas para adultos que vendían allí. Historietas del Oeste llenas de mujeres con pechos enormes. Era basura, la mayor parte.

Salieron de la cafetería. Estaba lloviznando; iban caminando bajo los toldos tomándose su tiempo para llegar al edificio. O al menos ella se tomaba su tiempo y él no la apuraba.

—¿De verdad crees que los Halcones golpearon a esos estudiantes solo para que el presidente pudiera echar al regente?

—Sé que suena raro, pero Martínez Domínguez era el hombre de Díaz Ordaz. Cuando Ordaz eligió a Echeverría para sucederlo, fue Martínez Domínguez quien escribió sus discursos, al menos antes de que Echeverría se volteara contra Ordaz. Podría ser al revés: que Martínez Domínguez quisiera debilitar al presidente. El PRI es un solo partido, pero eso no significa que esté unido. Ordaz y sus favoritos no son lo mismo que Echeverría. Son la vieja guardia. Yo diría que Echeverría es peor, es más taimado. Bebe agua de chía u horchata en las fiestas para hacer creer que no es uno de esos estirados que importan brandy y champaña. Pero sé que envía por correo una caja de Dom Pérignon al director de *Novedades* cada Navidad. Usa una guayabera en un acto oficial para demostrar que es oh-tan-mexicano, diciendo a quien quiera escuchar que está firmemente en contra del imperialismo yanqui, pero luego proporciona información a los estadounidenses.

—Entonces es una lucha interna.

—Claro, a no ser que Echeverría y Martínez Domínguez hayan decidido conjuntamente reprimir a los manifestantes. A la CIA la aterrorizan los comunistas en América Latina y México está peligrosamente cerca de Cuba.

—Todo suena muy complicado.

—No digo que sea de una manera u otra; cada uno tiene su teoría favorita.

—¿Cuál es tu favorita, entonces?

—¿La mía? —dijo el joven encogiéndose de hombros—. Nos quieren muertos, punto.

Maite se preguntó cómo alguien podía decir cosas tan sombrías y parecer distante, pero su compañero lo conseguía. Por un segundo pensó en dar por terminado todo eso, pero a cada paso que avanzaba su emoción aumentaba un poco. En lugar de estar preocupada, se sintió vigorizada.

Era como en las historietas. Era como si sus palabras estuvieran dentro de burbujas de diálogo.

—¿Qué hago después de hablar con Emilio? —preguntó Maite—. Iría de nuevo a tu imprenta, pero creo que a tu jefe no le gusta que tengas visitas.

—Es un gruñón. Pero es un trabajo estable. Puedo pasar a verte el sábado, si estás por aquí. ¿A la hora de la comida está bien?

—No tengo planes —dijo Maite y pensó que si quería pedirle que pasara, podría hacerlo en ese momento. Sin embargo, después tendría que despedirlo cortésmente. Tendría que decir: «Lo siento, joven, no creo que esto deba convertirse en algo serio».

Podría decirle a Rubén lo que le había dicho a Cristobalito: no podemos tener un futuro juntos. Pero no quería pensar en Cristobalito. Quería saborear esta oportunidad de perderse en otro tipo de historia.

Rubén y Maite se separaron en la entrada del edificio con una cortés despedida y ella subió las escaleras rápidamente. Una vez que entró a su apartamento, esa sensación de fantasía, de que sus átomos estaban repentinamente compuestos por miles de puntos Ben Day, se evaporó. Fue la visión de su monótono entorno lo que la hizo volver a la realidad. Se fijó en los platos que había dejado amontonados en el fregadero y en el linóleo barato de la cocina. En el apartamento de arriba, los hijos del vecino corrían de nuevo como una manada de elefantes.

¡Dios! ¡El mundo era terriblemente feo! Maite se dirigió rápidamente a su atelier; la vista de los libros en las repisas la tranquilizó y, sin embargo, al mismo tiempo, su ansiedad pareció repuntar al preguntarse qué le diría a Emilio Lomelí. No podía llamarlo ahora, pero lo haría por la mañana y no quería sonar como una tonta.

Eligió un disco: *Blue Velvet*, la versión de Prysock. Prysock hacía que tres minutos parecieran una hora: su voz ralentizaba el tiempo. Empezó a garabatear un guion para sí misma en un cuaderno. Cuando acabó la canción, la puso de nuevo y siguió escribiendo. Luego, cuando terminó, ensayó toda la conversación tres veces. Se escribió un puñado de líneas, pero se preocupó por el énfasis que debía poner en cada palabra.

—Buenos días, me gustaría hablar con el señor Lomelí. Oh, ¿no está? ¿Podría decirle que le ha llamado por teléfono Maite Jaramillo? Es sobre su cámara —dijo.

Supuso que Lomelí tendría una secretaria y también que una presentación muy complicada confundiría a la secretaría y la desconcertaría. Además, no quería ser alarmista y decir: «Su exnovia ha desaparecido». No, la cámara era una excusa suficientemente buena. Simplemente le diría, cuando la llamara, que no había encontrado la cámara y que tampoco había podido hablar con Leonora.

Maite se escribió unas cuantas líneas más. Estas guiarían su conversación con Emilio, aunque cuanto más escribía, el tema más se desviaba de Leonora. Se escribió a sí misma líneas que parecían diálogos de *Romance secreto*.

Puso *Blue Velvet* por cuarta vez, la aguja deslizándose por la superficie del disco, el volumen más alto, y fue a buscar su caja de tesoros. Los colocó todos encima de su tocador, alineándolos. El abanico de encaje italiano, el arco de violín roto, un zapato diminuto de niño, la estatuilla de yeso de San Judas Tadeo.

Maite sintió, en ese momento, una dicha pura y auténtica mientras apretaba contra su pecho las hojas de papel con sus garabatos. Todos aquellos objetos sobre su tocador eran secretos. Había escudriñado en el alma, en la vida, de otros seres humanos, y había recortado una parte de ellos y ellos nunca lo sabrían. Oh, era una dicha poder pasear por la ciudad y decirse a sí misma: *Creen que soy una secretaria común y corriente, pero me cuelo en las casas de la gente y les robo.* Siempre era una delicia recordar eso.

Pero ahora… ¡ahora quizás tenía más! Si bien la desaparición de Leonora había irritado a Maite, ahora la emocionaba. Le garantizaba un escape del aburrimiento. Al fin y al cabo, a ella no le había pasado nunca algo parecido. Era como abrir un nuevo número de una historieta. ¿Quiénes podrían ser Rubén y Emilio? ¿Qué papel interpretarían en la historia? ¿Qué diría la siguiente viñeta?

10

Elvis no se molestó en ir a la cama. Durmió en el sofá, sabiendo que la llamada llegaría pronto. Siempre era así cuando El Mago estaba inquieto. Y a decir verdad, Elvis también estaba inquieto; no dejaba de pensar en todo tipo de cosas. Primero pensó en el cura al que habían madreado y se preguntó si eso sería un pecado mayor o menor. Intentó calmarse pensando en cosas más agradables, pero acabó con Cristina metida en la cabeza, recordando el color exacto de su pelo y lo suave que se sentía su piel bajo la palma de su mano. Había sido tan bonita, tan delicada, como el encaje y la luz de la luna.

No era bueno cuando se ponía a pensar en Cristina. Siempre lo llevaba por un mal camino porque empezaba a cuestionarse si debería haberla dejado. No es que quisiera quedarse con esos cabrones locos de la secta, pero podría haberle pedido que se fuera con él. Podría haberlo hecho y no lo hizo; se fue por su cuenta.

Normalmente, cuando Elvis estaba así de jodido, ansioso e insomne, hablaba con El Gazpacho y acababan en un restaurante abierto toda la noche, hablando de tonterías, o escuchaban música de los Beatles y lo comentaban con unas cervezas. Pero El Gazpacho se había ido y Elvis seguía esperando la llamada, seguía esperando a El Mago, seguía esperando quedarse dormido y no lo lograba.

El teléfono sonó y Elvis apretó el auricular contra su oreja.

—Quince minutos —dijo El Mago.

Elvis no se había desvestido. Se pasó un peine por el pelo y se echó agua en la cara.

Tomó su desatornillador y las dos pequeñas piezas de metal que le gustaba utilizar en caso de apuro para abrir puertas. El kit de ganzúas estaba bien, pero era más voluminoso. A veces le gustaba volver a lo básico. Lo mantenía ágil.

Bajó las escaleras y el coche dobló la esquina mientras cerraba la puerta tras de sí.

A El Mago no le gustaba hablar por teléfono. Era paranoico, pensaba que una línea podía estar intervenida, probablemente porque él mismo había intervenido muchas líneas antes, así que hablaban en cafeterías. Cuando conversaban adentro del coche de El Mago significaba que las cosas no iban bien. Era una señal, como la de una tormenta que se aproxima, y Elvis se sintió nervioso en cuanto subió al vehículo. Si Elvis había dormido pocas horas, era evidente que El Mago había dormido menos. Quién sabe qué carajo estaba pasando y Elvis no podía salir y decir: «¿Qué pasa?». No funcionaba así con El Mago.

Estaba lloviendo un poco. Los limpiaparabrisas iban y venían, provocando el único ruido dentro del coche. El Mago no encendió la radio y Elvis nunca se atrevería a tocar el dial por su cuenta, no en el coche de El Mago, así que se metió las manos en los bolsillos de la chamarra y miró al frente. Era lo suficientemente temprano como para que apenas hubiera tráfico y la ciudad tenía un aspecto diferente así, con los arco iris reflejados en las grandes manchas de aceite al lado de la calle y las cortinas metálicas de las tiendas cerradas a cal y canto. Cuando pasaron junto a la fuente de Diana Cazadora, con los brazos de bronce levantados hacia el cielo, El Mago habló.

—¿Cuál es la palabra del día? —preguntó.

—Todavía no he elegido ninguna.

—No debes olvidar tus rutinas.

—No lo haré, señor.

—¿Qué hay de tu encargo?

—No había ninguna cámara en el apartamento de la chica —dijo Elvis—. El cura tampoco tenía la cámara, aunque la chica pasó por su apartamento y luego se fue. Dijo que tenía un novio y una hermana. Así que podría estar con ellos.

—No está con su hermana y el novio también es un callejón sin salida. No te les acerques.

—Pero el novio, no cree...

—Emilio Lomelí —dijo El Mago—. Su familia no solo es de dinero, sino que es priista. No, yo no iría por ese camino.

—Y la hermana, ¿también es priista?

—Algo así. ¿Encontraron algo más?

—La chica podría haber ido a un lugar conocido como Asterisco, una cooperativa de arte es como lo llamó el cura. Allí hay una mujer, Jackie, que la estaba esperando, pero él no cree que la chica haya llegado hasta allí. Sin embargo, parece el lugar donde buscar, si el novio y la hermana están fuera de consideración.

La cadencia de los limpiaparabrisas deslizándose contra el cristal llenó el coche durante unos segundos mientras El Mago procesaba la información.

—Tendrás que ir a Asterisco, entonces, y seguir rastreando sus pasos. Hay un hombre en café La Habana con el que trabajó El Gazpacho; se llama Justo. Tiene el pelo rizado, usa lentes y lleva un cigarro detrás de la oreja. Él te puede ayudar a entrar en ese lugar.

—Entonces, ¿has oído hablar de ese grupo?

—Algo. Él sabrá más. Un nido de rojillos, en todo caso. Justo los conocerá a todos.

Elvis asintió. El Habana era conocido por ese tipo de gente. Los policías siempre estaban vigilando el lugar. Era casi un juego; no se lo podía llamar «vigilancia gubernamental». Más bien era como un viejo matrimonio, con los policías comiendo tortas afuera y los rojillos adentro tomando café. Una relación apacible. Asterisco podría ser más de lo mismo.

—Hay algo más para ti —dijo El Mago, señalando un sobre manila que había estado en el salpicadero todo el tiempo pero que Elvis no había tocado hasta ahora, esperando su señal.

Abrió el sobre y sacó la hoja de papel. Nombre, edad, lugar de trabajo y dirección. Ninguna foto. Era un expediente armado apresuradamente.

—Este es el mismo edificio al que he ido —dijo Elvis, frunciendo el ceño—. ¿El mismo apartamento?

—No seas tonto. Fíjate bien. Es un apartamento diferente. Es una vecina.

—Maite Jaramillo. ¿Sabe algo?

—Eso tendrás que determinarlo tú. Ha estado haciendo preguntas sobre Leonora y fue vista en una tienda que imprime propaganda comunista. Necesito que la sigas.

—¿Por cuánto tiempo?

—Todo el día, durante los próximos días.

Dios. Eso sonaba como una operación en toda regla.

—Va a ser difícil con solo tres tipos y estas otras cosas que me tienes haciendo.

—Eso es lo que significa liderar un escuadrón, Elvis. Debes usar tus recursos estratégicamente. ¿Para qué crees que están El Güero y El Antílope?

—Lo sé —dijo Elvis—. Pero no les caigo muy bien.

—¿Cómo se comportaron cuando fueron a ver al cura? —preguntó El Mago.

La pregunta era neutral, pero, como casi todo con El Mago, era una especie de prueba. Elvis volvió a meter la hoja en el sobre.

—Querían acuchillarlo —dijo, igualando el tono de El Mago. También neutral—. Les dije que no. Usted no dijo nada de destriparlo.

—¿Alguna vez has visto una pelea de gallos, Elvis?

—No es mi estilo, señor.

—El mío tampoco, a decir verdad, pero al crecer en el campo estás obligado a ver una en algún momento. Con las espuelas puestas, un gallo puede ser bastante letal. Sin embargo, no es realmente culpa de la criatura, ¿verdad? Los pájaros son territoriales. Pon dos juntos en un palenque y se harán pedazos. Es su naturaleza. Dime, ¿cuál crees que es la naturaleza de El Güero? ¿O la del Antílope?

Pensó en El Güero, quien era un completo pendejo, un matón y también un poco idiota, y en El Antílope, que era molesto y demasiado hablador pero no era tan malo.

—¿Está diciendo que son como los gallos?

—Estoy diciendo que te corresponde a ti manejarlos. No puedo estar ahí, pidiéndoles a esos dos que se comporten. O tienes los huevos de dirigirlos o te cortarán el cogote, y me dará igual.

—Lo entiendo —dijo, todavía neutral, porque El Mago también lo era, sus palabas impasibles.

El Mago apretó con fuerza el volante.

—Eres uno de los muchos pobres diablos que he sacado de la calle. Ponte a trabajar, a trabajar de verdad, antes de que te aviente a la basura de donde saliste. ¿Está claro?

—Siempre, señor.

El Mago detuvo el coche. Seguía lloviendo y no estaban cerca del apartamento. Elvis metió el sobre dentro de su chamarra, encontró la manija de la puerta y la abrió, parándose en la acera.

—Prueba esta palabra del día: «peón» —dijo El Mago, antes de subir la ventanilla y alejarse.

En esa breve frase, dicha en voz baja y firme, Elvis leyó el desprecio más cortante. Le recordó a su madre, que lo llamaba «una carga inútil», a los maestros que lo llamaban «estúpido», a la mujer estadounidense mayor que lo había utilizado y abandonado, y a los miembros de la secta de los que se había hecho amigo y que no veían en él más que mano de obra gratuita. Eran todas esas personas odiosas y sus comentarios mordaces destilados y concentrados en un solo conjunto. Y en ese momento sintió una terrible y crepitante ira, y le temblaron las manos.

El agua se le escurría por la espalda, bajo su chamarra.

Elvis esperó cinco minutos antes de levantar el brazo y llamar a un taxi. Todavía era bastante temprano, así que fue a tomar un café y luego se dirigió al edificio de las mujeres, con un cigarro en la boca. No tenía ni idea de cómo era Maite Jaramillo, así que se quedó del otro lado de la calle y observó cómo salía gente del edificio, algunos con portafolios en las manos, otros arrastrando a un niño tras de sí. Primero los oficinistas. Luego venían las amas de casa, que iban al mercado o llevaban a los niños a la escuela. Cuando consideró que había transcurrido un tiempo prudente y que todos los que tenían un trabajo o alguna diligencia se habían marchado, tiró su cigarro y cruzó la calle. Sacó su ganzúa y abrió la puerta principal. Luego subió las escaleras hasta el apartamento de Maite Jaramillo.

Tocó dos veces a la puerta, y tenía una excusa preparada. Pero nadie respondió. Entró. Un periquito, en su jaula junto a la ventana, lo miró fijamente a través del comedor. Solo entonces, al observar al pájaro, sintió un poco de aprensión.

No debería haber hecho esto. El Mago le había dicho que tenía que trabajar junto con El Güero y El Antílope, pero él se había dirigido aquí por su cuenta, con la intención de hacer exactamente lo contrario, como un niño testarudo, con las tripas ardiendo de humillación y una rabia silenciosa.

—A la mierda —susurró.

Elvis empezó a mirar por el apartamento, echando un vistazo a los cuadros de las paredes. Había un diploma de una escuela de secretariado que mostraba a una joven en una fotografía ovalada. Pelo con raya en medio, ojos oscuros, frente amplia. No era la gran cosa.

Tendría que robar una foto de la mujer. Los demás necesitarían una forma de identificación visual. Tal vez habría un álbum de fotos en alguna parte. Fotos, fotos... También necesitaba ver si esta mujer tenía la cámara de Leonora. No encontró nada en el dormitorio, solo un tocador rosa ordinario con el maquillaje habitual y los artículos al azar que uno esperaría encima de este, incluida una pequeña estatua de San Judas Tadeo. En el clóset había tres trajes, dos azul marino y uno gris, el tipo de atuendo que usaría una secretaria, junto con blusas y vestidos.

Maite Jaramillo vivía sola y llevaba una vida modesta, por lo que parecía. Un cepillo de dientes en el baño, un par de medias de nailon secándose en la varilla de la regadera, una bata de baño rosa con el dobladillo deshilachado colgando de un gancho. Todo era muy común.

La sorpresa fue la habitación con todos los libros y los discos. Le impresionaron bastante, para ser sincero, todas esas repisas llenas de arriba abajo de cosas para leer y escuchar. Mucha de la música estaba en inglés, vinilos importados que costaban más que los refritos de los grupos locales. Era una coleccionista.

En el tocadiscos había un disco. Aunque sabía que no debía, Elvis dejó caer la aguja sobre el vinilo. Empezó a sonar *Blue Velvet*. Tenía buen gusto para la música, eso se lo concedía.

Encontró un montón de historietas, cuidadosamente guardadas en cajas. No leía historietas y estaba un poco confundido con los títulos. Historias románticas, eso eran. Ni siquiera sabía que alguien las imprimiera. ¿Y sus libros? Muchos clásicos con bonitas encuadernaciones, todos ellos compras sensatas. Una enciclopedia, a la que por alguna razón le faltaba la letra «H». También tenía un *Larousse Ilustrado*. Incluso era la misma edición que tenía él. Sonrió, mirando la conocida tapa y, luego, recordando la burla de El Mago sobre la palabra del día, sintió ganas de lanzarlo por la ventana.

No se atrevió. Con cuidado, regresó el grueso diccionario a la repisa.

Entonces lo vio, a la altura de los ojos: el álbum. «Recuerdos de familia» aparecía en letras grandes y llamativas en el lomo. Lo abrió y dio un vistazo a las fotos. Era como ver esas películas a cámara rápida de flores abriéndose: una bebé, una niña, una adolescente y, finalmente, una mujer. Maite Jaramillo, esa era la apariencia que tenía ahora, con el pelo todavía con la raya en medio. Elvis tomó una de las fotos más recientes y se la metió en el bolsillo.

La versión de *Blue Velvet* que tenía la mujer era realmente muy bonita y la puso de nuevo; quería fumar un cigarro mientras la escuchaba. Pero ella podría notar su olor. Se preguntó si la mujer fumaría alguna vez y si pasaría mucho tiempo en esa habitación. Estaba oscuro, una madriguera, aunque las persianas estuvieran abiertas.

Miró la cocina y el comedor. Fue rápido, aunque fue tan inútil como había sido la búsqueda dentro del apartamento de Leonora. Ninguna cámara, ninguna película y nada que se asemejara en lo más mínimo a literatura comunista. Si esta mujer era comunista, lo ocultaba bien. Pero lo dudaba. Por lo que pudo ver, era una don nadie. Habría estado tentado de pensar que El Mago le había pedido que la investigara como una broma, pero El Mago no bromeaba con esta mierda.

Bueno, entonces tendría que seguirla. De eso se encargarían El Antílope y El Güero, ya que él tenía que ver lo del café La Habana.

En cuanto llegó a la calle, Elvis encendió otro cigarro. Pensó en lo que había dicho El Mago, e imaginó gallos con espuelas de plata.

11

Se levantó a trabajar antes de lo habitual y llamó por teléfono a Emilio Lomelí en cuanto llegó a su oficina. En lugar de hablar con una secretaria, la conectaron con un servicio de contestador automático. Esto desconcertó a Maite. Estaba preparada para un escenario ligeramente diferente, pero se las arregló para soltar su mensaje y dejar tanto el número de teléfono de su casa como el de su oficina, explicando a qué horas podría ser localizada en cada lugar.

Cuando la mañana se convirtió en mediodía, se encontró atrapada detrás de su escritorio. No quería ir a comer por miedo a que sonara el teléfono y no estuviera allí para responder. Diana le preguntó si quería una torta, pero Maite negó con la cabeza y pronto todas las secretarias habían salido del edificio, deseosas de poder comer algo o fumar un cigarro en paz.

Maite tenía hambre y sed. Hacía demasiado calor adentro —los altos ventanales a menudo convertían la oficina en un invernadero— y no tenían permitido abrir las ventanas por el ruido del tráfico. Lo que daría por una oficina con aire acondicionado. Los abogados tenían ventiladores de techo, pero a las secretarias no se les concedía ese lujo. Quizá llovería más tarde y eso refrescaría la ciudad y enfriaría el edificio.

Se imaginó el viaje de vuelta a casa, la presión aplastante de los cuerpos contra el suyo y el calor sofocante de esos cuerpos apretujados; el hedor asfixiante de los pasajeros. Quería que le devolvieran su coche, pero no podía ni pensar en mostrarle su cara al mecánico. Pensaba que pronto empezaría a llamar por teléfono. Comenzaría a preguntar por qué demonios estaba tardando tanto con su factura esta vez.

No quería pensar en eso. Mejor pensar en Emilio Lomelí, en la posibilidad de reunirse con él.

Maite se colocó un mechón de pelo en su sitio y sacó una polvera de su bolsa, examinándose en el espejo. Tenía arrugas debajo de los ojos, pero hacía tiempo que las tenía. Arrugas de preocupación, de tristeza. Se tocó el cuello; al menos seguía siendo liso. Odiaba los cuellos arrugados de las mujeres mayores: parecían pavos. Se imaginó a sí misma con diez o veinte años más. La idea la deprimía.

—Disculpe, usted es Maite Jaramillo, ¿verdad?

Miró al hombre. No se había dado cuenta de que se había acercado a su escritorio y la pescó por sorpresa.

—¿Cómo lo sabe?

—Lo dice ahí mismo, en su escritorio.

Maite miró la pequeña placa con su nombre. Suspiró y cerró la polvera.

El hombre que estaba frente a ella no iba vestido como un abogado o un burócrata. Siempre se podía reconocer quién era quién: los burócratas, con sus feas corbatas y sus colonias baratas con aromas como «cuero inglés», y los abogados adinerados eran reconocibles por sus cigarros importados. Este tipo llevaba una chamarra gris y una camisa de vestir a rayas. Parecía unos diez años mayor que ella, aunque tal vez fuera el bigote lo que lo envejeciera.

Supuso que era un cliente. No estaba de suerte. El jefe se había tomado el día libre.

—El señor Costa no trabaja hoy. ¿Quiere que le concierte una cita?

El hombre negó con la cabeza.

—Vine a hablar con usted, no con él —dijo.

—¿Conmigo?

—Sí. Soy Mateo Anaya. Dirección Federal de Seguridad —dijo y sacó su identificación, mostrándosela.

Maite estaba mal informada acerca de muchas cosas. La política, el gobierno, la delincuencia, trataba de ignorar los males del mundo. Pero hasta un idiota sabía lo que era la DFS. Y como cualquier mexicano con dos neuronas, Maite también sabía que era una pésima idea hablar con la policía. Los policías eran más temibles que los ladrones y a veces también eran ladrones. ¡Pero la policía secreta! La policía secreta era *aterradora*.

Siempre había vivido con una filosofía simple: mantener la cabeza agachada y no meterse en problemas. Ahora los problemas la buscaban a ella.

Se lamió los labios y consiguió no tartamudear.

—¿Qué necesita, señor Anaya?

El hombre se quitó la chamarra y la arrojó sobre el escritorio, encima de la máquina de escribir. En su dedo índice llevaba un anillo con una gran piedra verde.

—Hace calor aquí. Se siente como si fueras una langosta a la que están hirviendo, ¿verdad? Bueno, intentaré ser rápido. Estoy buscando a una chica desaparecida. Se llama Leonora. Ahora, entiendo que eres amiga de ella. ¿Tienes alguna idea de dónde podría estar?

Acercó una silla, se sentó y se recargó, con una sonrisa burlona en la cara. Luego sacó una cajetilla de cigarros del bolsillo delantero de su camisa.

—Cuido de su gato —murmuró ella mientras lo veía encender su cigarro.

—Claro, pero tal vez hayas hablado con ella y eso. Quizá sepas dónde está ahora mismo. Porque, como he dicho, la chica ha desaparecido. No se la ha visto durante varios días y eso es bastante preocupante. Ayúdame, ¿sabes dónde está?

—Oh, no. No lo sé. Apenas la conozco.

—Maite, vamos. —El hombre le dio una fumada a su cigarro, extendiendo las manos—. Estás pasando tiempo con gente del grupo de Leonora. También son un grupo alborotador. No gente agradable, como tú. Porque tú pareces ser muy agradable. Un trabajo bueno y estable, sin problemas con la ley. Así me gusta. ¿Esos chicos hippies? Están chiflados, Maite.

—¿Qué? —preguntó ella, tan tontamente que el hombre se rio.

—Te han visto en compañía de elementos subversivos, querida, es a lo que quiero llegar —dijo, como si estuviera deletreando una palabra para un niño.

—¿Elementos subversivos? Yo no...

—¿Rubén Morales? ¿Te suena?

—No estoy segura. Cuido al gato de Leonora.

—¿No estás segura? —preguntó el hombre—. ¿No estuviste hace poco en una imprenta, una tienda donde trabaja Morales? Y luego, ¿no estuviste tomando un café con él? ¿Quieres las direcciones donde te reuniste con él? Las tengo aquí, en algún lugar de mi chamarra.

—No... quiero decir, sí. Sí que me encontré con Rubén.

—Entonces sí conoces al señor Morales. Te diré algo: el señor Morales tiene un expediente. Pronto tú también vas a tener un expediente. A menos que seas amigable. Me gusta la gente amigable. Yo mismo soy muy amigable. Un verdadero parlanchín. O eso dicen mis colegas. ¿Qué dicen tus amigos? ¿Leonora es tu amiga, no? ¿Y Morales?

—¡No! Apenas lo conozco... la conozco. A los dos, apenas los conozco.

—Su hermana dice que la conoces.

—Está equivocada.

—¿Lo está?

Sujetó el cigarro entre el pulgar y el dedo medio y la miró fijamente. Ella recordó, incongruentemente, que una vez había leído un artículo en una revista femenina que decía que se podía determinar la personalidad de un hombre por la forma en que sostenía un cigarro. Pero no pudo recordar los tipos de personalidad. Se fijó en las manchas amarillas de nicotina que tenía en las yemas de los dedos y se preguntó si también podrían tener un significado secreto, como un signo del zodiaco.

Anaya agitó su cigarro en el aire.

—¿Así que me estás diciendo que eres una conocida de Leonora y que de alguna manera ambas conocen al señor Morales? Es una coincidencia bastante grande.

—Es por el gato.

—¿Qué pasa con el puto gato? —preguntó. Seguía sonriendo. Era una sonrisa burlona. De repente, se inclinó hacia adelante, estiró una mano y le tomó su mano derecha, con los dedos apretados alrededor de su muñeca. Podría ser un parlanchín, pero estaba claro que se estaba cansando de sus respuestas estúpidas.

Ella empezó a balbucear.

—Ya le he dicho que estoy cuidando a su gato. Me dijo que se iba de viaje y que yo debía cuidar al gato. Eso es lo que estoy haciendo... es un gato. No hay nada más, eso es todo lo que hemos hablado. Vivo en su edificio. No tengo ni idea de lo que está haciendo.

Realmente no la tenía y cuanto más la miraba el hombre, más se le quedaba el cerebro en blanco, los escasos detalles que sí sabía de Leonora se le borraban de la mente. Lo miró fijamente. Su silencio pareció irritarle y le retorció la muñeca. Ella hizo un gesto de dolor, pero no habló, y él esperó, impaciente, con los dedos clavados en su carne.

—¿Estás segura de que no la conoces mejor de lo que dices?

Ella negó con la cabeza.

Diana y dos secretarias entraron, riendo. Anaya le soltó la mano y se puso de pie, tomó rápidamente su chamarra y la colocó bajo el brazo.

—Más vale que sea la verdad —dijo—. Si me estás ocultando algo, lo sabré. Hasta luego, Maite.

Salió de la oficina. Diana y las demás secretarias la miraron con curiosidad. Maite se levantó y, con las piernas temblorosas, consiguió llegar hasta el baño, donde se sentó encima del retrete y esperó unos buenos diez minutos. Cuando volvió a su escritorio, jugueteó con un montón de papeles. No podía concentrarse. Estaba muerta de hambre y ansiosa.

—No me encuentro bien —le dijo a Diana, después de recoger sus cosas—. Me voy a casa.

—¿Qué te pasa?

—Mi estómago —mintió—. ¿Puedes cubrirme? Por si acaso Costa llama y necesita algo, ¿podrías? Nos vemos el lunes.

—Claro.

Maite sonrió y se fue antes de que Diana pudiera preguntar por el tipo con quien había estado hablando. El lunes, si Diana aún se acordaba de él, se inventaría una mentira.

Al llegar a la calle Maite miró a todas partes, temiendo que Anaya estuviera por allí, vigilándola. Pero no vio a nadie sospechoso. Por supuesto, eso no significaba nada. Seguro que los agentes secretos no se vestían como en las películas de James Bond, con un esmoquin completo. Anaya ciertamente no se parecía a Sean Connery. Un agente podía lucir prácticamente como cualquiera.

¿En qué tontería estará metida esa Leonora?, se preguntó Maite. Tenía que ser algo malo si los agentes de la DFS la estaban buscando.

Necesitaba esconderse en algún sitio por si la seguían. Necesitaba pensar. Entró en un café de chinos y pidió un bistec y un refresco. Se frotó la muñeca, palpando el lugar donde el hombre le había clavado los dedos en la piel, y se preguntó si tendría moretones por la mañana.

Allí, sentada a una mesa y con el relajante sonido de una radio que tocaba suavemente *Bésame mucho* de fondo, pudo calmar sus nervios. Maite sacó el número de *Romance secreto* que llevaba en la bolsa y lo hojeó, observando todos esos preciosos rostros y las frases suspendidas en las burbujas de diálogo. Ya había leído el número, pero lo volvió a leer.

Contempló el rostro de Pablo, el playboy con corazón, y dobló y volvió a doblar una servilleta de papel una docena de veces, distraídamente. Necesitaba hacer algo con las manos cuando estaba así.

Pasó mucho tiempo antes de que guardara la historieta en su bolsa y pagara la cuenta. Cuando abrió la puerta de su apartamento, el teléfono estaba sonando. Lo tomó y habló en voz alta por el auricular.

—¿Sí? ¿Qué pasa?

—¿Señorita Jaramillo?

—¿Quién es?

—Soy Emilio Lomelí. Perdone que la moleste en su casa, pero he llamado a su oficina y me han dicho que hoy ya se había ido.

Dejó su bolsa en la barra de la cocina y abrió la boca, sin saber qué decir. ¡Era él! Con la intrusión de Anaya y la emoción del día se había olvidado de Emilio. Esperaba que llamara y ahora lo había hecho. Fue un momento increíblemente maravilloso; cerró los ojos.

—No es ninguna molestia, señor Lomelí.

—Es muy amable por su parte decir eso. De cualquier modo, he recibido su mensaje y le estoy regresando la llamada. ¿Necesitaba hablar conmigo?

—Sí. Esperaba hacerlo en persona, pero si está ocupado, lo entiendo. Estoy segura de que...

—Eso no debería ser un problema —dijo él, interrumpiéndola, y pudo sentir cómo sonreía a través de la línea telefónica—. ¿Por qué no pasa por mi casa mañana? ¿Digamos que cerca del mediodía?

La respiración de Maite era una bola de fuego, atrapada en su garganta, ardiendo con fuerza. La retuvo en la lengua hasta que la sintió escaldada y habló.

—Sí, sí, por supuesto.

—¿Tiene un boli?

Tomó la libreta que estaba junto al refrigerador y el boli, y garabateó la dirección. Cuando terminó, se despidió cortésmente y colgó. Se quedó ahí con el auricular en la mano temblorosa y lo regresó lentamente a su sitio.

12

El Güero y El Antílope no se alegraron mucho al saber que tenían que seguir a una mujer. Habían estado disfrutando felizmente de su tiempo de inactividad en el apartamento y ahora resultaba que tenían que hacer un trabajo de verdad y ni siquiera era un trabajo divertido, como romper huesos. Era el viejo y tedioso «vigilar y reportar».

—Me duele una muela y tengo que ir al dentista —dijo El Antílope—. Esperaba poder ir pronto.

—Siempre te duele una muela cuando hay que vigilar —murmuró El Güero—. Tómate una aspirina y lárgate. —Luego se volvió hacia Elvis—. A todo esto, ¿quién es esa perra?

—No lo sé —dijo Elvis—. Está vinculada con la otra chica que tiene las fotos que quiere El Mago.

—Y se supone que debemos hacerle de niñeras.

—Órdenes de El Mago.

—Vigilar es una mierda —entonó con desánimo El Antílope y se frotó la mejilla, donde le dolía la muela.

Elvis no podía negarlo. No había nada divertido en pasarse horas en un coche, meando en una botella de Coca-Cola y vigilando la puerta de alguien. Pero no había nada que Elvis pudiera hacer al respecto y se encogió de hombros.

—Tú tomas el primer turno y luego dejas que El Antílope se encargue del siguiente —dijo Elvis.

—¿A dónde vas?

—Tengo que ocuparme de otra cosa.

El Güero y El Antílope necesitaban el coche, así que Elvis llamó a un taxi y pidió al conductor que lo dejara a unas cuadras del café La Habana. Estaba situado en Bucareli y Obregón, por lo que se aseguraba un flujo constante de periodistas de los diarios cercanos, todos ellos aspirantes a Hemingway con dudosos pedigrís que, el día de pago, bebían demasiadas cervezas y regresaban tambaleándose a casa a dormir la cruda. También había refugiados españoles curando viejas heridas, aspirantes a novelistas y poetas, y un montón de rojillos atraídos por el espectro del Che Guevara, quien una vez se había sentado en un rincón con Fidel Castro y había planeado una revolución.

Al rodear el café, Elvis vio a los agentes que vigilaban el edificio. Siempre había gente monitoreando ese lugar debido a la clientela. Supuso que era casi un juego: todos los clientes sabían que los estaban vigilando, pero la vigilancia constante también garantizaba cierta red de seguridad. Mejor que te vigilen aquí a que un pendejo se ponga unos binoculares e intente espiar a través de tu ventana. Tal vez fuera la fuerza de la costumbre. Alguien tiene que espiar a alguien.

Elvis nunca había entrado. No era su tipo de local y El Mago los hacía pasar desapercibidos. Pero allí estaba. Era un café grande, los techos eran altos, las mesas eran pequeñas. Las fotos en blanco y negro de las paredes hablaban del encanto de La Habana Vieja perfumada con el hedor de los cigarros baratos y los sueños rancios. En un rincón se hablaba con entusiasmo de Allende, de quien decían que estaba transformando Chile, y en otro rincón alguien hablaba con reverencia de José Revueltas, quien había sido encarcelado en Lecumberri hacía tiempo, ¡era un héroe! Pero el ambiente era sombrío y el sonido de las fichas de dominó golpeadas contra las mesas no podía ocultar la pura verdad: mucha gente seguía asustada por lo que había pasado el 10 de junio.

Asustados o no, el local estaba lleno. Independientemente de lo que ocurriera afuera, la gente necesitaba un trago y los rojillos bebían tanto como los demás.

Elvis localizó rápidamente al tipo que estaba buscando, con el cigarro detrás de su oreja como había dicho El Mago y una libreta sobre la mesa. Junto a la libreta, una cajetilla de Faritos, un cenicero de cristal y una taza de café. Elvis había imaginado que el hombre sería uno de esos fósiles que deambulan siempre por las universidades. Entrado en años para ser un estudiante y, obviamente, inscrito con el único propósito de golpear a los activistas. Pero el tipo no parecía realmente un fósil; tenía cara de niño, con lentes con armazón de carey, y vestía una bonita pero no demasiado llamativa chamarra de terciopelo color ciruela. En lo que se refiere a los informantes, este tenía, al menos, un poco de gusto, y Elvis se sintió inmediatamente un poco desaliñado con su vieja chamarra de cuero y su pelo peinado hacia atrás con demasiada vaselina.

—¿Eres Justo? —preguntó Elvis.

El hombre había estado garabateando en su libreta, pero ahora levantó la vista hacia Elvis.

—Sí. ¿Y tú eres?

—Elvis. Un socio de El Mago.

—Conozco al tipo. ¿Y qué?

—También conozco a El Gazpacho —dijo Elvis, probando esa frase.

El joven frunció el ceño.

—¿Por qué no está contigo, entonces?

—Le dispararon. Lo dejé en el consultorio del doctor. No estoy seguro de dónde está ahora.

—¿Qué doctor?

—Guerrero —dijo, lo cual era el nombre de la colonia donde se localizaba el consultorio del doctor, no el médico real, pero Justo asintió lentamente, como si supiera de qué estaba hablando.

Elvis jaló una silla y se sentó frente a Justo. Señaló la cajetilla de cigarros.

—¿Puedo gorronearte un cigarro?

—Adelante.

Elvis tomó un cigarro y lo encendió. Carajo, también tenía hambre. Apenas había comido algo ese día, corriendo de un lugar a otro. Sobre la mesa, un mesero había dejado un menú. Pero no tenía intención de convertir aquello en una cena. Justo cerró su libreta, apoyando ambas manos sobre ella.

—¿Qué pasa?

—Necesito ayuda.

—La ayuda no es gratuita —dijo Justo, deslizando su libreta por la mesa.

Bueno. Aquello era diferente a la habitual entrega de sobres. Elvis sacó varios billetes grandes, los metió dentro de la libreta y la volvió a deslizar por la mesa. Justo volvió a colocar las manos sobre la libreta.

—El Mago dice que estás familiarizado con esa cosa llamada Asterisco.

—Conozco a la gente de allí. ¿Necesitas información?

—Necesito entrar. ¿Dónde están?

—¿Quieres ir allí? No, hombre. No serviría. La gente que lo dirige está paranoica.

—Jacqueline —dijo Elvis—. Ella es la que dirige ese lugar.

—Así es.

—Se supone que son artistas, ¿no?

—Claro. Pintores y fotógrafos y cosas así. Jacqueline siempre ha estado en la grilla, así que naturalmente siempre ha tenido una inclinación política. Folletos, recitar poemas. Es un grupo insignificante, pero creo que están tratando de acostarse con los rusos ahora.

—¿Qué, te refieres a los agentes rusos?

—Sí, hombre. La KGB. ¿No te has enterado? Hace tres meses se ordenó a un grupo de diplomáticos rusos que abandonaran el país.

Estaban espiando y tratando de apoyar al MAR. Por supuesto, no pudimos echarlos a todos. Jacqueline dice que conoce a uno de los agentes que logró quedarse. Está cansada de pintar cuadros. Quiere unirse a la lucha armada.

—Los aspirantes a grupos guerrilleros.

—Están saliendo de su escondite estos días —murmuró Justo y sacudió la cabeza—. De todas formas, ¿qué haces aquí preocupado por Asterisco? Pensaba que todos los Halcones estarían corriendo a guarecerse. El Mago está frito.

—¿De qué hablas?

—Anaya lo está buscando.

—¿Se supone que debo saber quién es?

Justo se mofó y sacudió la cabeza con incredulidad.

—Anaya. Policía secreta, hombre.

Ah. Uno de *esos* tipos. Los Halcones eran una cosa aparte, ni policía secreta, ni policía normal, y en el caso de los muchachos de El Mago, eran eso: los muchachos de El Mago. A pesar de mantener su distancia respecto de la policía secreta, Elvis tenía una clara impresión sobre ellos. Eran unos cerdos abusivos que se paseaban como si tuvieran la verga tan grande como King Kong. A El Mago no le agradaban. Elvis estaba de acuerdo.

—¿Qué pasa con él?

—Ha tenido una larga disputa con El Mago, pero El Mago tiene un escudo mágico. Todo se le resbala. La gente no puede tocar a ese tipo. Salvo que ahora dicen que está jodido y que Anaya lo va a enterrar.

—¿Quién lo dice? ¿Enterrarlo cómo?

Justo levantó las dos manos en el aire y se rio.

—Mira, eso no lo sé. Yo hablo con la gente y la gente habla conmigo. Pero Anaya es un puto pendejo y no es que los cabrones como Anaya hayan querido nunca a los Halcones.

Elvis tomó el cenicero de cristal y se lo acercó, golpeando su cigarro contra el borde.

—¿Qué pasa contigo? Si estás hablando con putos agentes secretos entonces no estás con El Mago.

—No he dicho que esté hablando con ellos. Si quieres ponerte técnico, soy de la DGIPS. —Justo se rio y tomó otro sorbo de su café—. Sé lo que vas a decir: pareces un niño, pero esa es la treta, ¿no? Bueno, si quieres conseguir alguna pista sobre estos activistas y demás...

La DGIPS. Genial. Un tinterillo. Servicio de inteligencia. La DGIPS siempre había estado en desacuerdo con la DFS. Era una vieja rivalidad. Cada bando pensaba que el otro era redundante. La DFS llamaba «maricones» a los de la DGIPS. La DGIPS decía que los agentes de la DFS no sabían ni leer y mucho menos hablar ruso o inglés.

Los Halcones eran muy inferiores para que cualquiera de los dos bandos se preocupara por ellos, solo eran un grupo de rufianes a sueldo.

—Deberías postularte.

—¿Postularme a qué?

—Postularte para unirte a la DGIPS. ¿Qué, si no? No hay futuro para los Halcones. Aunque Anaya no entierre a El Mago, todo está frito y tú tienes el aspecto adecuado para esta línea de trabajo —dijo Justo—. Siempre nos viene bien la sangre joven.

Sangre joven, sí. Eso era lo que todos buscaban. Hombres que pudieran pasar por estudiantes, por manifestantes. Si tenías algo extra podías llegar a lo más alto. Como El Gazpacho, con su acento español, ese pequeño seseo. Todo el mundo pensaba que los españoles en México eran comunistas y eso significaba que El Gazpacho tenía una buena pantalla.

Lo que Elvis tenía era una cara decente para el trabajo. El Mago le había dicho una vez que todo el mundo se parece a un personaje de una obra de teatro o de un libro, que todos somos el *doppelgänger* de alguien. Elvis no sabía qué significaba *doppelgänger*, pero El Mago le había explicado que significaba un doble. Elvis le preguntó entonces a El Mago a quién se parecía. Esperaba que dijera a Elvis Presley, porque Elvis tenía un gemelo que había muerto al nacer, pero El Mago había dicho que se parecía a Hamlet, príncipe de Dinamarca. Elvis no creía que pudiera ser príncipe de nada, salvo quizá de la gente de la calle, pero El Mago había sonreído y había dicho: «El diablo tiene poder para asumir una forma agradable. Pareces un niño que baila con los discos de Presley y ve películas extranjeras».

Y cuando Elvis le había dicho, confundido, que eso era lo que hacía, El Mago se había reído y le había respondido: «Exactamente, ese es el truco».

Un príncipe no era un rey, y Presley era el Rey, pero a Elvis le había sonado todo muy bien y desde entonces comprendió que tenía el aspecto adecuado y que esto era como una moneda. Con su cara y su entrenamiento, sus acciones tenían que subir.

A no ser que pasara algo realmente malo. A no ser que El Mago estuviera a punto de ser jodido, lo que significaba que todos estarían jodidos.

—¿Cómo sabes que todo está frito?

—Hombre, es lógico. Se van a deshacer de los Halcones.

—Eso no lo puedes saber —dijo Elvis rápidamente, golpeando su cigarro contra el cenicero y apagándolo con un movimiento feroz.

Justo parecía divertido. Tomó su taza de café y dio otro sorbo. Ambos hombres se miraron fijamente.

No podían terminar con los Halcones; ¡nunca lo harían! El Mago les habría avisado con antelación. Pero ¿y si fuera cierto? ¿Qué haría entonces? Elvis había estado ahorrando su dinero. Tenía una cuenta bancaria con un nombre falso. Los nombres falsos y las identificaciones falsas eran tan fáciles de conseguir como uno, dos, tres. Pero no tenía una fortuna en efectivo; no era que pudiera retirarse. Si no era un Halcón, ¿entonces qué podía hacer? Realmente no quería ser un agente de mierda como Justo estaba sugiriendo, pero tampoco tenía interés en volver a casa de su madre. Además, no había ninguna garantía de que la DGIPS lo quisiera, con buena cara o sin ella. Elvis ni siquiera había terminado la preparatoria.

Peón, pensó, recordando las palabras de El Mago.

El ruido de las fichas de dominó, la gente hablando y riendo, el rechinido de las sillas contra el piso y la radio junto al mostrador que tocaba a todo volumen a Víctor Jara se mezclaron, amenazando con provocarle a Elvis un dolor de cabeza. Se frotó una mejilla con la mano y sintió la barba incipiente. Mierda. El Mago odiaba que no estuvieran bien rasurados y vestidos. Nada de camisas por fuera con él. Pero Elvis se había levantado temprano. Apenas había tenido tiempo de acicalarse adecuadamente.

—No estoy tratando de jorobarte. Lo digo como lo veo —sonrió Justo, amigable. Elvis sospechó que no era tan alegre y divertido como parecía, que todo era una pantalla y que andaba a la caza de información, o que quería engañar a Elvis de alguna manera. Pero si ese era el juego al que jugaba, que así fuera.

Tal vez fuera un payaso. Tal vez, no. No se podía confiar en estos tipos. Pero no importaba que fuera el Bozo si tenía la información que necesitaba.

—Claro —murmuró Elvis—. ¿Conoces a una chica de Asterisco llamada Leonora? Es bonita, estudiante de arte.

Después de todo, por eso estaba allí. Para encontrar a esa chica. No para preocuparse por El Mago o los Halcones.

Justo asintió.

—Una bohemia. Tiene dinero, pero le gusta fingir que vive como una pobretona. Su tío le paga las facturas. Jackie la utilizó como su proveedora durante un tiempo —dijo Justo. Ahora le tocaba a él tomar un cigarro. Sacó una caja de cerillas y lo encendió, tirando la cerilla en el cenicero.

—¿En qué sentido?

—Jackie vive en una vecindad de mierda con su familia. No tiene dónde caerse muerta. Así que depende de otros para conseguir algo. Ya sabes, si necesitan comida para una reunión o bebidas. Leonora contribuía en un montón de cosas. Incluso pagó el alquiler de Jackie una vez, creo. Escuché a la gente hablar de eso.

—Entonces son buenas amigas.

—Supongo que sí. Jackie es algo mandona y Leonora puede ponerle los nervios de punta a la gente con facilidad. Es muy ansiosa, no tiene personalidad. Jackie es seria, ¿sabes? Leonora faltaba a las reuniones porque estaba resfriada o porque no había dormido bien, o porque tenía que hacer la tarea. Jackie no cree en los resfriados ni en la falta de sueño. Es un maldito robot. Cualquier cosa por la causa, ¿sabes?

—La causa es un grupo guerrillero.

—Si se sale con la suya, claro. Algún día. Pero todos quieren hacerlo y nadie puede organizarse realmente. Son aficionados. El guevarismo no va a funcionar en este país. Es un poco triste, ¿sabes?

—¿Leonora tiene otros amigos?

—Es bastante amigable, supongo. Hay un tipo... Rubén. Antes salían pero lo dejó, así que no estoy seguro de que a estas alturas sean amigos o si tratan de ser civilizados. Déjame pensar. Hay una chica. Concha. Usa lentes de botella de Coca-Cola, es bajita y tiene muchas pecas.

—Tengo que entrar en Asterisco. ¿Tienes su dirección?

—Ya te lo he dicho, Jackie se ha vuelto paranoica.

—Aunque Jackie disparase balas por el culo querría ver lo que su banda de amigos está haciendo. ¿Me la vas a dar o no?

—Maldito terco. ¿Qué me importa? Si quieres ver a Jacqueline deberías esperar hasta mañana. Tienen reuniones los sábados, cerca de las cinco.

Justo metió la mano en su mochila, que colgaba del respaldo de la silla. Hurgó en su interior, sacó un volante en blanco y negro y se lo entregó a Elvis.

—La dirección está ahí, y si tienes uno de esos, te dejarán entrar. Diles que te lo dio Carlito. Habla mucho y siempre está medio drogado. No recordará si habló contigo o no.

Elvis dobló el volante y lo metió dentro de la chamarra.

—Gracias. Tengo que pedirte una cosa más.

—¿Qué, quieres que te cuele en el Palacio Nacional ahora?

—Hombre, no estoy tratando de ser grosero. Estoy tratando de entender las cosas aquí. Y quiero decir... eres amigo de El Gazpacho, ¿no? Yo también soy su amigo. Él es... era mi jefe de unidad.

—Sí, soy su amigo. ¿Por qué, si no, crees que estoy hablando contigo?

—Bien. Porque esperaba que pudieras encontrarlo. Dejó la unidad y no sé dónde está. No es como que El Mago me lo vaya a decir y quiero asegurarme de que esté bien. Además, todas sus cosas están en el apartamento.

—¿Quieres enviarle por correo su cortauñas y sus zapatos? ¿Y crees que sé dónde vive o algo así?

—Bueno, yo no tengo ni idea. Pero como tú eres de la DGIPS y todo eso, y eres amigo de El Gazpacho y todo eso...

Elvis sacó unos cuantos billetes y los metió dentro de la libreta de Justo.

—Me interesaría más saber qué quiere tu jefe con Asterisco que tu dinero —dijo Justo.

—No te lo voy a decir.

—Encima que estoy siendo amable contigo, pedazo de mierda.

Elvis sacó dos billetes más y los metió en la libreta.

—Amable, mis huevos. Estás tratando de subir el precio. Toma el dinero o buscaré a otro cabrón corrupto que pueda averiguarlo.

Justo parecía divertido.

—Chico, tienes un problema. Pero eres suertudo: necesito dinero para gastos menores. Regresa en un par de días —dijo Justo a modo de despedida.

Elvis asintió y salió, sintiéndose alegre. No duró mucho.

Comió en una tortería cualquiera y se quedó mirando el calendario pegado detrás del mostrador en el que aparecía una cursi bailarina hawaiana, con flores de papel esparcidas. Los ojos de la bailarina le recordaron a Cristina. Elvis no creía en perder la cabeza por una chica, pero eso era ahora. Hacía unos años, se había unido a una puta secta por una, ¿no?

Sí, lo había hecho, como el pendejo que había sido. En su defensa, Cristina era realmente bonita y también parecía interesada en él. No tanto como Elvis —que estaba interesado hasta el cuello—, pero tampoco se había imaginado todo el asunto. El problema era que ella era muy inconsistente. A veces quería irse de Tlaquepaque, a veces quería quedarse para siempre.

Se cogía a Elvis, a veces, sí. Pero siempre parecía que lo hiciera como un favor y no le gustaba cuando la veía con su líder o con alguno de los otros hombres del complejo. ¡Complejo! Un edificio desvencijado con unas tristes gallinas y cabras. Elvis trabajando bajo el sol abrasador, Elvis dando de comer a las malditas gallinas o intentando arreglar un mueble. Los demás eran perezosos y le asignaban la mayor parte de las tareas a él. Sin embargo, cada vez que pensaba en renunciar, ella lo calmaba con un par de besos.

Eso le gustaba y también le disgustaba. Le recordaba a la ruca estadounidense que lo había mantenido como amante. En sus ojos leyó una indiferencia definitiva. Sabía que era reemplazable.

Cuando Elvis se marchó, fue porque no podía soportar más ese carrusel de emociones. En los meses siguientes, pensó en escribir a Cristina y luego pensó que era inútil. Pero a veces seguía teniendo ganas de volver. Para ver qué estaba haciendo.

No quería vivir como un hippie y mucho menos con esa secta idiota. Pero el dinero podría ser suficiente para alquilar un apartamento y podrían instalarse en algún lugar agradable y acogedor.

Aunque Dios sabía si Cristina seguía en Tlaquepaque. Y no había hablado con ella desde hacía años. Era una estupidez. Ni siquiera sabía por qué estaba pensando en ella. Supuso que era porque Justo lo estaba poniendo nervioso al hablar de ese hombre, Anaya.

Elvis trató de obligarse a imaginar una vida diferente a la que llevaba, tal vez una vida con Cristina. O quizás intentaría ser agente, como Justo le había sugerido. No podía ser tan difícil. Tal vez lo meterían en celdas con activistas para que se hiciera pasar por un compañero revolucionario e informara sobre ellos. A veces utilizaban a exactivistas reales para ese trabajo. Personas que habían sido llevadas a Lecumberri y decidían convertirse en colaboradores y soplonear. Áyax Segura Garrido había soploneado y por eso los tribunales lo habían declarado inocente. Ahora estaba en el bolsillo de la DFS.

Pero nada de eso era lo que realmente quería. Todo era un poco sórdido. Nada de eso se parecía a la vida de El Mago. Quería la casa de El Mago, con sus libreros y su coche y sus trajes. No eran las cosas que tenía El Mago. No eran las mancuernillas de plata de sus camisas ni los cigarros finos. Era la forma de hablar de El Mago, su aspecto.

Le preocupaba ahora que nunca pudiera llegar a tener todo aquello. No solo eso, sino que El Mago desapareciera de su vida. Igual que había desaparecido El Gazpacho. Era una locura pensar que la gente podía desaparecer con un chasquido de dedos.

Maldito Gazpacho. ¿A dónde se habrá ido?

Elvis terminó de comer, lanzó una última y anhelante mirada a la hawaiana y volvió al apartamento. Estaba vacío. El Güero debía estar concluyendo su primer turno. Supuso que El Antílope habría ido a relevarlo.

Elvis abrió la puerta de la habitación de El Gazpacho y se quedó en la entrada, mirando la cama, el clóset, el pequeño escritorio en el rincón. El Gazpacho mantenía su habitación limpia y ordenada, con un mínimo de cosas. En un rincón tenía un póster de *Yojimbo*, una película que Elvis nunca había visto pero que El Gazpacho había descrito con detalle. Elvis se paró frente al estrecho clóset y miró las camisas y los pantalones y lo que El Gazpacho llamaba en broma su chamarra de «civil»: una chamarra verde aguacate con parches amarillos.

Era lo que El Gazpacho usaba para ir al cine. Elvis no sabía por qué le gustaba ese ridículo atuendo, pero así era. Por otra parte, El Gazpacho no se quejaba cuando Elvis se ponía sus lentes de sol por la noche o intentaba peinarse como James Dean o como Presley, y cuando Elvis no sabía cómo decir una palabra del diccionario, El Gazpacho nunca se reía.

Si bien no le caían bien ni El Güero ni El Antílope, de repente se sintió muy solo y deseó que estuvieran en el apartamento con él.

Elvis entró en su habitación y hurgó entre sus discos. Encontró su copia de *Blue Velvet* y la sostuvo hacia la luz, mirando los surcos. Elvis tenía la versión de Bennett. Puso el disco y se sentó en su cama.

Pensó en la mujer que tenía la versión de Prysock, Maite Jaramillo, y cuando el disco empezó a girar se sintió un poco menos solo. Probablemente ella estaría poniendo la misma canción ahora. Y si lo estaba haciendo, si ambos estaban repitiendo el mismo movimiento en dos lugares diferentes, de alguna manera se sentía como si lo estuvieran haciendo juntos. Lo que significaba que no estaba realmente solo.

Se imaginó dos motas de polvo girando en círculos concéntricos. Tal vez fuera así en todas partes, para todo el mundo. Siempre había alguien haciendo exactamente lo mismo. Como una sombra o una imagen en el espejo, como los *doppelgängers* de los que hablaba El Mago. La gente simplemente no lo sabía. Podría ser que estuvieras cortando verduras con la mano izquierda mientras llovía en Japón y una mujer en Puebla estuviera haciendo lo mismo, y ambos miraran al cielo al mismo tiempo y vieran volar un pájaro.

Elvis se tumbó de nuevo en la cama, y estiró los brazos hasta que sujetó la cabecera y tarareó al ritmo de la música. No sabía qué significaban las palabras, pero sí sabía cómo sonaban: era el sonido de la tristeza.

13

Decidió ponerse el vestido amarillo estampado con el cordón en el cuello. El color era vibrante y le iluminaba la cara, pero parecía un poco juvenil. Cuando lo compró, el vestido se veía perfecto en el perchero, pero como le ocurría a menudo a Maite, cuando se lo puso en casa tuvo una opinión totalmente diferente. Era chillón, le dejaba las rodillas al descubierto y, por mucho que se frotara con una piedra pómez, sus rodillas siempre parecían sucias.

No se lo había puesto y lo había guardado en el fondo del clóset. Pero realmente era el vestido más bonito que tenía y el más moderno. El resto de su guardarropa consistía en sus monótonos trajes de oficina y su escasa ropa de fin de semana era anodina.

Le quitó la etiqueta al vestido, observando con arrepentimiento el precio: ¡caramba!, había gastado demasiado en él. Pero era un vestido para una ocasión especial. El problema era que no tenía suficientes ocasiones especiales para usarlo.

Planchó cuidadosamente el vestido y lo colgó mientras se ocupaba del maquillaje y del pelo. De nuevo la asaltó el miedo a la juventud artificial. No quería parecer una matriarca triste que se aplica demasiado rubor en las mejillas. Aunque tampoco era que luciera exactamente como una matriarca.

Treinta años no son cincuenta, se dijo a sí misma con firmeza, pero en el fondo de su mente recordó fragmentos de conversaciones de algunos de los otros oficinistas de su edificio, conversaciones que captó mientras estaba sentada en el mostrador de la lonchería cercana. Hombres jóvenes que se quejaban de que cierto bar estaba lleno de arpías con las tetas flácidas. ¿Dónde se podría encontrar carne joven y esbelta? Y Maite, hundiéndose en su asiento, miraba su reflejo en los espejos detrás del mostrador.

Treinta años no son cincuenta, repetía mientras se peinaba. Al menos tenía un buen pelo, aunque sus tías se habían quedado parcialmente calvas a una edad temprana. ¿Tendría el mismo destino? Maite se inspeccionó el nacimiento del pelo.

Deja de ser tonta, susurró y continuó con sus preparativos. Todavía tenía que dar de comer al gato en el apartamento de Leonora y no quería llegar tarde.

A Cristobalito le había gustado su pelo. Le caía por la espalda, tan largo que casi le llegaba a la cintura en aquellos días. Cuando yacía desnuda en la cama con él, podía cubrirse los senos, como si fuera Lady Godiva. Aunque ¿quién querría verla desnuda ahora? Su piel estaba seca y sus muslos...

No, hoy no se iba a alterar. Hoy era un buen día. Hoy era un día en el que iban a pasar cosas, aunque a Maite no le pasaba nunca nada. No era más que una veleta, zarandeada de un punto a otro por vientos indiferentes, pero ahora le estaba pasando algo y no solo era el almuerzo con Emilio Lomelí, sino la misteriosa desaparición de Leonora, Rubén pidiéndole ayuda, era todo junto.

Era parte de una historia.

Debía darse prisa. Maite decidió no dar de comer al gato. Llegaría tarde si lo hacía. Ya se le había hecho tarde. Se preocuparía por el gato después. Tampoco iba a estar fuera durante horas y horas.

Salió corriendo de su apartamento y bajó las escaleras. Habría sido más fácil si hubiera podido tomar un taxi, pero tenía que cuidar sus gastos y por eso optó por el transporte público y caminó un poco.

Emilio Lomelí vivía en Polanco. Maite rara vez había estado en esa parte de la ciudad. Era un vecindario que, desde hacía varios años, era el destino favorito de las familias judías de la alta sociedad, de los diplomáticos estadounidenses y de un contingente cada vez mayor de mexicanos acomodados que querían disfrutar de las tiendas de *delicatessen*, las panaderías de estilo europeo y las cafeterías no muy lejos del parque de Chapultepec. Este era el tipo de lugar en el que se podía pedir carne curada y vino tinto a domicilio, o parar en Frascati's para comer paella. Las mujeres asistían a almuerzos en desfiles de moda y actos de beneficencia.

Todo era nuevo en esta zona: no había rastro de los mohosos palacios coloniales ni del viejo tezontle. Todo era hermoso. Era un espectáculo de prosperidad, tan alejado del vecindario donde Maite había crecido que ella bien podría ser una turista en otro planeta.

La casa de Emilio Lomelí estaba pintada de blanco, con un aspecto aparentemente sencillo desde el exterior. Emilio abrió la puerta y la hizo pasar, y Maite recorrió con la mirada la casa de arriba abajo. Los techos eran muy altos y las paredes estaban revestidas de roble oscuro. El espacio era muy abierto, como si el arquitecto hubiera olvidado el significado de la palabra *pared*, con el comedor fluyendo hacia la sala de estar. Sillas de acrílico con forma de burbuja, un largo y hermoso sofá de terciopelo rojo, una mesa para ocho personas, jarrones de cristal verde llenos de flores… todo parecía sacado de un catálogo. El atelier de Maite, que le parecía bastante adorable, ahora resultaba miserable en comparación.

Emilio era como una joya en un entorno hermoso. Casi brillaba contra el costoso mobiliario, con el pelo artísticamente peinado hacia atrás, pareciéndose un poco a David Janssen en *El fugitivo*. Solo que Emilio era mucho más guapo.

Para no quedarse embobada con él, se dedicó a admirar las fotografías de las paredes. Todas eran imágenes muy grandes en blanco y negro, primeros planos en realidad, de partes del cuerpo, en marcos plateados. Un ojo de una mujer, unos labios, una uña cuidada. No podía saber si se trataba de una sola mujer o de diferentes mujeres. El estilo de las fotos las hacía anónimas.

—¿Son tus fotos? —preguntó.

—Sí, era una serie entera. La expuse hace unos años —dijo él, moviendo el brazo y señalando de un extremo a otro de la casa—. Tengo mi propio cuarto oscuro arriba.

Maite miró las escaleras. Se preguntó si había decorado el segundo piso con esas mismas fotos, una multitud de ojos, orejas y labios. Se preguntó cómo sería su habitación, si las fotos de allí serían más atrevidas. Fotos de pezones, lenguas y vulvas encima de la cama. Los pezones de Leonora podrían estar representados en tonos grises. Su ojo podría estar mirando a Maite desde esa foto en la pared, con la pupila completamente dilatada.

Era un pensamiento extraño, pero eran las palabras *cuarto oscuro* las que lo evocaban, que sugerían secretos y el amparo de la noche. No significaban nada y, sin embargo, su mente no las dejaba pasar y se llenaba de los más extraños y fantásticos pensamientos cuando escuchaba ciertas palabras.

—El almuerzo será a base de embutidos y quesos, me temo. Tengo un cocinero que viene dos días a la semana, pero los fines de semana no me complico —dijo, señalando despreocupadamente hacia una mesa auxiliar que estaba preparada con varios platos.

—Oh, cualquier cosa está bien, de verdad —dijo ella, y lo dijo en serio. Estaba demasiado nerviosa, no sería capaz de probar un solo bocado con él mirándola.

—¿Te preparo un martini? —preguntó Emilio.

—Oh... —dijo Maite. No era el tipo de persona que comía con tres martinis. Nunca le había gustado beber y de nada le serviría llegar cuete a su oficina. Además, al igual que con la comida, se preguntaba si el sabor le sentaría bien.

Emilio debió notar su expresión de pánico. Sonrió.

—¿Prefieres agua mineral?

—Sí.

—Gracias. Estaba empezando a sentirme como un terrible anfitrión —dijo, abriendo una botella de Perrier y llenando un vaso para ella.

Emilio tenía una gracia… la forma en que hablaba y le entregaba el vaso, como ella había visto hacer a los hombres en las películas y nunca había experimentado en la vida real. ¡Y sus ojos! De color ámbar, como dos joyas, a juego con su pelo castaño claro con sus pocos mechones de oro que brillaban a la luz del sol.

—Gracias por venir, por cierto. ¿Dijiste algo sobre la cámara de Leonora en tu mensaje? ¿La has encontrado?

—Es un poco más complicado que eso —dijo ella, sosteniendo el vaso con las dos manos y mirándolo fijamente—. Leonora ha desaparecido y creo que es por culpa de esa cámara.

—¿Qué quieres decir?

—No ha vuelto a casa. Tengo razones para creer que tenía algunas fotos que habrían sido… comprometedoras. Fotos de los Halcones.

Ella lo miró, tratando de medir su respuesta. No parecía sorprendido.

—¿Te habló de eso? —preguntó.

Rubén le había dicho que no lo mencionara, así que asintió.

—¿Qué más dijo?

—Solo dijo eso. Nada más. No sé qué significa. Estoy preocupada y estaba pensando que tal vez tú podrías explicarme lo que está pasando.

Emilio suspiró y se sentó en el sofá de terciopelo mientras Maite se acomodaba con cuidado en una de las sillas con forma de burbuja, inclinándose hacia adelante, y sujetaba con fuerza su vaso mientras daba un sorbo. Se preguntó si a él le gustaría su vestido. Tal vez fuera demasiado corto. Tal vez pareciera una idiota. Jaló discretamente el dobladillo con la mano libre, intentando bajarlo un poco y cubrirse las rodillas.

—Es difícil de explicar. La semana pasada Leonora me dijo que pensaba visitar a una amiga mía que es periodista, que vive en Cuernavaca. No tiene coche, así que necesitaba que la llevara. Pero yo estaba ocupado y no podía hacerlo, y al final no pareció realmente interesada en ir, así que pensé que ahí había quedado todo.

—Pero entonces fuiste a verla el fin de semana pasado y no estaba —dijo Maite.

—Sí. Fue entonces cuando me di cuenta de que había ido a ver a Lara después de todo. Debió conseguir que la llevara otra persona.

—Fuiste por una cámara. ¿Sabías que tenía fotos comprometedoras?

Emilio asintió con gravedad.

—Por eso la quería. Porque temía lo que Leonora pudiera hacer con ellas. Temía que cambiara de opinión y visitara a Lara.

—Y lo hizo.

—Debió de haberlo hecho.

—¿Qué hay de terrible en las fotos?

—No las he visto, no me dejó y fue enigmática al respecto, pero lo poco que mencionó me preocupó. Hay un clima peligroso allá afuera y Leonora... no entiende lo peligroso que es, y esos amigos suyos... bueno, también son muy peligrosos.

—¿Te refieres a Jackie?

—¿La conoces? —preguntó Emilio.

Maite trazó el borde del vaso con el dedo índice.

—No. No la conozco. Pero sé que es una activista.

—Una activista. Es una buena manera de decirlo. Tenemos un problema en México. Solo tienes que mirar a tu alrededor durante cinco minutos para verlo. Pobreza, inestabilidad, corrupción. Estoy de acuerdo con eso. Mucha gente lo está. Necesitamos un cambio. Jackie y la gente como ella quieren resolver estos problemas a través de una revolución armada. Ha leído a Guevara y a Marighella. ¿Recuerdas que hace unos meses capturaron a esos terroristas que atacaron un banco en Morelia? Eso es lo que Jackie quiere hacer.

—No estoy segura de qué tiene que ver eso con Leonora.

—Leonora idolatra a Jackie. Es Jackie esto y Jackie aquello. Leonora tiene un tío que estuvo en el ejército. Es un tipo bien relacionado. Y creo que a través de él consiguió esas fotos comprometedoras de los Halcones y quiso dárselas a una periodista, a Lara. Pero le dije que lo reconsiderara.

—¿Por qué?

—Porque podía meterse en muchos problemas. ¿Y si alguien la perseguía? ¿Y si se convertía en un blanco? Le dije que tenía que estar preparada para esto. Realmente me preocupo por ella. A diferencia de Jackie. Ella haría que Leonora se metiera en un ruedo con un toro furioso.

Maite no sabía qué decir, así que se tomó su agua de un trago. Finalmente, logró articular algunas palabras.

—Parece que no crees en la causa de Jackie... en... en este cambio.

Emilio sonrió de un modo encantador y negó con la cabeza. Se puso de pie y le quitó el vaso vacío de las manos. Sus dedos se tocaron por un momento y luego él volvió a colocar el vaso en la mesa auxiliar.

—El cambio debe llegar de forma pacífica. Necesitamos una nación más educada, necesitamos llegar a acuerdos. El presidente Echeverría ha dicho que está dispuesto a dialogar. Es diferente a Ordaz, es más abierto. No se puede dialogar cuando hay gente como Jackie que intenta secuestrar empresarios y robar bancos. No confío en Jackie.

Emilio se reclinó en la mesa y se cruzó de brazos, haciendo una mueca.

—Dios sabe lo que le habrá dicho a Leonora que hiciera —murmuró.

—¿Te preocupas mucho por ella? —preguntó Maite en voz baja. Se preguntó si en caso de que ella desapareciera, le importaría a alguien, excepto a su periquito. Su madre probablemente se encogería de hombros y diría que debía haber hecho algo malo. Su hermana tampoco se inmutaría.

—Sí —dijo Emilio—. Sí que me preocupo.

¡Cómo deseaba que alguien se preocupara por ella! Un fuerte y destructivo anhelo ardió dentro de su pecho y un destello de emoción debió aparecer en la cara de Maite porque él se rio y añadió rápidamente:

—No es amor. No es eso. Hemos terminado.

—Sí, eso he oído —dijo Maite, jugando con el lazo que llevaba en el cuello para tratar de parecer despreocupada aunque sintiera que se estaba sonrojando.

—¿Qué...? Puedo preguntar, ¿qué pasó?

—Nada especial, intereses divergentes. Ella es joven, yo no.

—Pero no eres viejo —protestó ella.

—Tengo veintiocho años. Leonora tiene veintiuno. Cuanto tienes veintiocho años empiezas a tomarte la vida en serio, empiezas a pensar en cosas como una familia, a planear un futuro de verdad. Ella no estaba lista para nada de eso. Quiero decir, yo fui uno de los fundadores de ese colectivo de arte del que ella forma parte, así que entiendo el impulso de querer dejar tu huella. Pero hay más en la vida que eso, ¿no crees?

—No soy una artista —dijo Maite, alisando el lazo de su cuello.

—Deberías considerarte afortunada. El arte es un tormento constante. Todavía tomo algunas fotos, pero mi negocio ocupa la mayor parte de mi tiempo ahora —dijo y señaló una de las fotografías de las paredes.

—¿Antigüedades?

—Sí. Tengo una hermosa tienda. No vendo mercancía de mercadillo. Son piezas realmente encantadoras. Tengo magníficas porcelanas chinas y una silla Luis XV en este momento. A Leonora no le gustan mucho las antigüedades. Eso era lo otro. Nuevo, nuevo, nuevo. Todo tenía que ser nuevo.

—No puedo decir que sepa mucho de antigüedades, pero sí aprecio el valor de una vieja reliquia. Me parece que algo que se ha conservado durante mucho tiempo adquiere cierta seriedad.

—Estoy de acuerdo. Lo mismo ocurre con las personas: la edad nos refina.

Le gustaba esa idea. Que ella fuera refinada. Era como un proceso alquímico. De un plomo tosco se podía sacar un oro precioso. Un hombre de mundo, como Emilio Lomelí, sería capaz de discernirlo. Lo observó detenidamente, captando la curva de su sonrisa.

—Es muy bueno que te preocupes por Leonora, ¿sabes? —dijo Emilio—. A algunas personas no les importaría si sus vecinos vivieran o murieran en esta ciudad.

Recordó el dinero que la chica le debía y cómo necesitaba desesperadamente arreglar su coche, además del deleite que le producían sus escapadas para robar, y el deleite que estaba sintiendo ahora sentada en esa sala de estar.

—Supongo que estoy chapada a la antigua. Siempre tengo una taza de azúcar a mano y todo eso —le dijo y miró al suelo. Había oído que se puede distinguir a un mentiroso por su mirada, y por un momento pensó que tal vez Emilio le examinaría el corazón y discerniría todas sus falsedades.

Emilio suspiró.

—Ojalá supiéramos a dónde ha ido.

—¿Crees que podría saberlo esta periodista, Lara? —preguntó ella.

—Podría llamarla por teléfono y preguntárselo. ¿Me avisas si te enteras de algo?

—Por supuesto —dijo ella, levantando la cabeza y mirándolo de nuevo.

—También me gustaría preguntarte... si por casualidad encuentras esas fotos, por favor, tráemelas. No quiero que nadie más se meta en problemas por culpa de ellas.

—No deberías preocuparte por mí.

—Admito que estoy un poco preocupado.

¡Preocupado! ¡Por ella! Maite estuvo a punto de deshacer el lazo, sus dedos eran torpes. ¡Era muy dulce! Entonces, por un segundo, recordó a aquel hombre aterrador que había ido a su oficina y se preguntó si, en lugar de dulzura, no sería simplemente sensatez y ella estaría siendo una tonta. ¿No debería estar un poco asustada, después de todo? Lo había estado, el día anterior. Pero ahora su proximidad la embriagaba, se sentía como en uno de los números de *Romance secreto.*

Sonó el teléfono. Emilio se excusó y lo descolgó, sonriéndole con aire de disculpa.

—¿Sí? No, tengo una visita. No, no se sabe nada de eso... Terminaremos pronto, sí... me gustaría que no lo hicieras. —Le dio la espalda por un momento, murmurando algo en el auricular antes de colgar.

—¿Todo bien? —preguntó ella.

—El trabajo —dijo él, mirando su reloj—. Me necesitan en la tienda.

—Lo siento mucho, no quería quitarte tanto tiempo. Ni siquiera has tenido la oportunidad de almorzar.

—Está bien. Comeré algo más tarde. Además, me alegro de que hayas pasado por aquí. ¿Estaremos en contacto?

—Por supuesto —dijo ella.

No fue hasta que estuvo casi en casa que se dio cuenta de que, de alguna manera, había prometido ayudar a dos hombres completamente diferentes. Era una tarea contradictoria, imposible. Le había dicho a Rubén que lo ayudaría a encontrar a Leonora. Ahora le había dicho lo mismo a Emilio. Y al mantener en secreto la participación de Rubén en esta búsqueda, tal vez había puesto en peligro su incipiente amistad con Emilio. Podría molestarse si se enteraba de que había ido a verlo por insistencia de Rubén. Y también estaba ese hombre, Anaya. No tenía idea de lo que iba a hacer con él. Esperaba que no volviera a molestarla.

Todo se estaba convirtiendo en un lío.

Enfadada, recordó que aún no había recuperado su coche. ¡Y el gato! Tenía que darle de comer al gato.

Mientras Maite caminaba por la calle hacia su apartamento, estaba tan distraída que no se dio cuenta del hombre que salía de un coche y la seguía, hasta que le tocó el brazo.

14

—¿Qué carajo estás haciendo tan lejos? ¿Puedes ver siquiera una maldita cosa? —preguntó Elvis mientras se sentaba en el asiento del pasajero. Había traído una bolsa de cacahuates y un par de refrescos. Elvis iba a tomar un turno corto para que El Güero pudiera volver al apartamento y dormir un poco.

El Güero gruñó.

—No estoy ciego, como otros, Mister Magoo. Puedo ver bien la puerta del edificio desde aquí. Además no puedo estacionarme más cerca. Es demasiado obvio y alguien ya se ha apostado en un lugar privilegiado.

—¿Qué significa eso?

—Significa que no somos los únicos que estamos vigilando este edificio. ¿Me das un poco de eso?

—Atibórrate —dijo Elvis, dándole la bolsa y estirando el cuello—. ¿Quién más está vigilando?

El Güero abrió la bolsa de cacahuates y se llevó un par a la boca.

—Como si yo lo supiera… No puedo ir a preguntarles, ¿verdad? Pero sé que hay alguien.

—La DFS, tal vez —murmuró Elvis, recordando lo que Justo le había dicho sobre el tipo llamado Anaya.

—*Esos* cabrones, no, maldición. ¿Qué quieren?

—Ahí está. Por fin —dijo el Güero cuando Maite Jaramillo salió del edificio.

—Síguela.

El Güero suspiró. Parecía que su hora de la siesta tendría que aplazarse. La mujer era bastante fácil de seguir. Elvis estaba más preocupado por el coche que iba delante de ellos y que también parecía seguirla, aunque una vez que llegaron a Polanco, el conductor se dio cuenta de que el coche de Elvis estaba detrás y decidió separarse, o simplemente cambió de opinión. En cualquier caso, cuando estacionaron, solo El Güero y Elvis seguían a la mujer.

Elvis se fijó en la dirección a la que estaba yendo Maite y la garabateó en una pequeña libreta. Abrió su refresco y esperaron. A menudo, cuando tenían que vigilar a alguien, Elvis llevaba un crucigrama o un libro para mantener a raya el aburrimiento. Pero esta vez no se había molestado en hacerlo; estaba demasiado cansado para acordarse. No había olvidado la palabra del día, gracias a Dios. Era «dilatado». La forma en que Elvis intentaba memorizar las palabras era usándolas en la conversación diaria, pero El Güero pensaba que sonaba como un idiota cuando lo hacía.

Dilatado, pensó, mirando su reflejo en el espejo retrovisor. La pupila está *dilatada*.

El Güero se cruzó de brazos y cerró los ojos, dormitando. Elvis lo dejó, sintiéndose amable. Además, así no tenía que hablar con el tipo. Nunca se habían llevado bien y no iban a empezar ahora, sobre todo si los Halcones estaban acabados y no volverían a verse.

No es que Elvis supiera que los Halcones estaban acabados, pero esa mierda que Justo había mencionado no le había sentado bien.

Encendió un cigarro y, sin tener nada mejor que hacer, empezó a pensar en la mujer a la que seguían. A Elvis le recordaba a alguien. A la mujer de Barba Azul. Bueno, a la imagen de la mujer de Barba Azul que aparecía en uno de los pocos libros que había tenido de niño, un volumen de cuentos de hadas. Cada historia tenía una ilustración. En el caso de *Jack y las habichuelas mágicas*, era una imagen de Jack arrojando las semillas al suelo y un pequeño brote emergiendo. Era su historia favorita.

En el cuento de Barba Azul, había una mujer con un vestido largo, agachada para mirar por el ojo de la cerradura. Por la forma en que estaba dibujada la imagen, no se podía ver muy bien el rostro de la mujer, ya que su larga cabellera ocultaba parcialmente sus rasgos, pero se le podían ver los ojos. La semejanza estaba en los ojos y le parecía que si ella se hubiera girado para mirar directamente al lector, la mujer habría sido exactamente igual a Maite Jaramillo.

El ojo está dilatado, susurró.

Era la expresión de la cara de Maite, ligeramente perdida y asustada en todas aquellas fotos que había encontrado de ella en el álbum de fotos.

Bueno, al menos tenía buen gusto musical y tampoco podía culparla por los libros. Tenía libros de Caridad Bravo Adams y él nunca la había leído, así que no tenía idea de si era una autora decente o no, aunque reconocía el nombre de una telenovela. Pero Maite también tenía un montón de volúmenes de la colección *Sepan cuántos*, una buena cantidad de Brontë y de Austen y una fina edición del *Quijote*, todo lo cual apuntaba a la clase y la sensibilidad; era el tipo de cosas que compraban los estudiantes universitarios. Admiraba a una chica con clase. No sabía qué pensar de su gusto por las historietas. A él nunca le habían gustado y, si alguna vez las hojeaba en los puestos de periódicos, eran historietas de vaqueros.

Empezó a tararear *Bang Bang (My Baby Shot Me Down)*. ¿Tenía Maite a Nancy Sinatra en su colección? Lo más probable era que sí.

Después de un rato, la mujer salió y Elvis le dio un codazo a El Güero para despertarlo. La siguieron hasta su edificio, donde fue interceptada por un joven de pelo largo. Parecía un típico hippie. Intercambiaron unas cuantas palabras y se subieron a su coche, lo que hizo que El Güero gruñera de frustración porque ahora tenían que seguirla a otro lugar.

Terminaron en Tacubaya, entrando al mismo edificio que Elvis debía visitar esa tarde. Bueno. Aquello era una gran coincidencia.

—Asterisco —dijo Elvis.

—¿Cómo me has llamado? —preguntó El Güero, enfadado.

—Cállate. Es un punto de reunión para los estudiantes. Voy a entrar —dijo Elvis. Llevaba una licencia de conducir falsa, unos cuantos billetes, una cajetilla de cigarros, el volante, las tiras de metal que usaba para forzar cerraduras en un apuro y su desatornillador, todo bastante inocente. Bueno, quizá no el desatornillador, pero no era un cuchillo ni una pistola, y aunque los comunistas estuvieran paranoicos probablemente no podrían decir mucho al respecto. Y estaba vestido para el papel; lo único que le faltaba era despeinarse. Podía conseguirlo.

—¿Vas a ir solo? —murmuró El Güero, escéptico.

—Es más fácil así. Vuelve a la base —dijo Elvis, mirándose en el espejo retrovisor. Se sacó la camisa del pantalón.

—No tienes que decírmelo dos veces.

—Nos vemos.

Elvis salió del coche y El Güero se alejó. Esperó un poco, mientras observaba el edificio gris. No parecía gran cosa, un viejo basurero, pero podría haber quinientos rojillos con rifles adentro. ¿Y no estaba por ahí la embajada cubana? Y los soviéticos también. Tal vez a todos les gustara ser amistosos y estar juntitos. Sin embargo, era un poco estúpido que Asterisco se hubiera instalado cerca de ellos. Podría levantar sospechas.

En la planta baja del edificio había un taller de reparación de zapatos, pero había una pequeña puerta negra y un interfón con nombres de negocios. El número tres correspondía a «Galería Asterisco». Todavía no eran las cinco, ni remotamente, pero quería ver qué estaba tramando la mujer. Presionó un botón.

—¿Quién es? —dijo alguien por el interfón, tomándose su tiempo para responder.

—Carlito me dijo que debía pasar por aquí. Algo sobre una reunión el sábado.

Le abrieron la puerta con el interfón y Elvis subió las escaleras. Cuando llegó al tercer piso vio una puerta roja con un letrero pegado que decía «Cooperativa y Galería de Arte Asterisco». Tocó. Le abrió un hombre joven.

—¿Quién es usted? —preguntó el hombre.

—Carlito me dijo que pasara por aquí —dijo, mostrando su volante. Lo hicieron pasar, sin hacer más preguntas. Como había dicho Justo, estos tipos eran aficionados.

El espacio de la galería consistía en una sala muy larga con techos altos y pocas ventanas. En las paredes había fotos y pinturas con diminutos trozos de cartón blanco pegados junto a ellas que indicaban el nombre del artista. Había un par de puertas; una decía «Oficina» y la otra, «Baño». En un rincón se habían apilado sillas plegables. El aire era una nube de humo de tabaco y marihuana.

Había quizás una docena de personas presentes, pero no vio a la mujer ni a su acompañante. Probablemente estarían en la oficina. O incluso podían estar en otro piso. No estaba seguro de la distribución del lugar.

Caminó de un lado a otro fingiendo que observaba los cuadros, que eran, en su limitada opinión, un montón de mierda. Había un cuadro de un Chac Mool. Lo reconoció de una visita a un museo que hizo con su clase antes de que lo echaran. Se quedó allí delante un par de minutos antes de reanudar la marcha.

Vio a una chica de pie junto a una de las pocas ventanas, con un cigarro en la mano. Tenía muchas pecas que cubrían sus delgados hombros y bajaban hasta la parte superior de sus senos, fácilmente visibles con la ropa que llevaba. Sus lentes de botella de Coca-Cola y su pelo recogido en un chongo hacían que pareciera una maestra de escuela despistada que se había embutido en un diminuto top tejido a ganchillo y una minifalda. Concha, de pie, sola y con cara de aburrimiento.

Sobre una mesa de plástico había folletos y unas cuantas botellas de refresco. Tomó una y la abrió con el desatornillador, caminando sin rumbo hacia la mujer.

—Oye, ¿tienes fuego, chica? —le preguntó, optando por el tono de un estudiante práctico pero evitando la entonación que lo identificaría como alguien de Tepito. Había aprendido, mientras trabajaba para El Mago, al menos a acertar con una forma de hablar sosa y de la clase media. La voz y el vocabulario elegantes y suaves de El Mago aún no estaban a su alcance, sobre todo porque se ponía nervioso y lo estropeaba cuando hablaba con el hombre.

Hacía falta algo más que una palabra del día para dominar eso, para ser un caballero.

La chica abrió su morralito de yute y buscó hasta que sacó un encendedor de plástico rosa, y él se agachó, presionando la punta de su cigarro contra la llama.

—Gracias —dijo.

—No hay de qué.

—Bonita blusa —dijo él, señalando su chillón top de ganchillo. Su comentario la complació enormemente y ella le esbozó una enorme sonrisa.

—¡Gracias! —dijo ella, colocando el morralito de nuevo en su hombro—. Lo he hecho yo misma.

—Qué bien. No hay mucho movimiento, ¿no?

—Todavía no. Es un poco temprano.

—Supongo que sí. De haberlo sabido me habría parado a comer un par de quecas.

—Caramba, nunca empieza nada hasta las seis —dijo ella, y luego, mientras sostenía su cigarro entre dos dedos e inclinaba la cabeza coquetamente, dijo:

—No te he visto antes por aquí.

—Primera vez —dijo él, con una sonrisa falsa que imitaba su coqueteo, ya que esa parecía ser su línea.

—¿De verdad?

—Sí. Para serte sincero, ni siquiera estoy seguro de lo que estoy haciendo aquí. Recibí una invitación de un amigo que me dijo que debería pasar por aquí, que las cosas estaban movidas aquí, pero no parece que haya mucha actividad.

—No ahora —dijo Concha con un suspiro—. Antes era divertido. Venía a muchas fiestas e inauguraciones. Pero Jackie se ha vuelto muy aburrida últimamente. Dice que no es tiempo de fiestas y lo entiendo, pero también, hombre, no puede ser todo súper serio, ¿no?

—Estoy de acuerdo.

Le ofreció un sorbo de su refresco y ella lo tomó, sonriendo de nuevo.

—Creo que no veo a mi amiga —dijo Elvis—. Me pregunto si vendrá.

—¿Cómo se llama?

—Leonora.

Concha le tocó el brazo, apretándolo dramáticamente y dio un grito ahogado.

—¿Leonora? ¡No esperarás que *ella* esté aquí!

—¿Por qué no?

—Bueno… no después de lo que pasó. Vaya, Jackie prácticamente la excomulgó.

—No sé lo que pasó. No he hablado con ella desde hace un par de semanas.

—Realmente no debería decirte esto, pero pareces estar bien —dijo Concha, ahora pasando su mano por su brazo, y con una sonrisa aún más grande y coqueta.

Él respondió apoyándole la palma de la mano en su cadera durante unos segundos, cálido y amigable con la chica, pero también despreocupado.

—Tú también pareces estar bien. ¿Por qué no me lo cuentas?

Ella habló en un susurro, obviamente disfrutando de la oportunidad de chismear a pesar de su fingido secretismo.

—Jackie cree que Leonora es el topo.

—¿El topo?

—Sí. Alguien ha estado hablando con los policías, contándoles cada pequeña cosa que pasa aquí.

—¿Cómo se dieron cuenta?

—No estoy segura. Pero incluso aunque Jackie se equivoca, no importa mucho, ¿verdad? A Luz nunca le cayó bien Leonora, cuando las cosas se ponen difíciles Sócrates se alinea con Jackie y Carlito le besa el trasero a Jackie, así que es un hecho consumado. Rubén se opuso, pero ya sabes, se lo puede anular fácilmente. ¿Eres buen amigo de Leonora?

—En realidad, no. Vive en mi edificio —dijo, porque le pareció más seguro que decir que habían tomado clases juntos. Ya había interpretado el papel de estudiante bastante bien, pero ahora quería distanciarse un poco de Leonora, viendo que era *persona non grata*. Era un término que había aprendido de El Mago. Le gustaba bastante.

—¿Eres amiga de ella?

—Supongo que sí —dijo Concha pensativamente—. Pero últimamente ha estado muy misteriosa. Creo que es porque ha vuelto con Emilio y no quería que los demás lo supieran.

—¿Emilio? ¿Por qué iba a molestar eso a alguien? —preguntó inocentemente.

—Oh, ya sabes. Rubén todavía está dolido por lo que pasó. Leonora lo dejó por Emilio. ¡Y luego terminaron de todos modos! Ella es así de tonta, a veces. Digo, obviamente es mi amiga, pero... bueno, ya conoces a Leonora. Siempre está quemando puentes. Creo que a la única persona que todavía le cae bien es a Sócrates. Creo que siente algo por ella. Pero, por supuesto, todo el mundo siente algo por Leonora.

—Es una chica popular —dijo él. Leonora tenía un montón de socios, pero parecían haberle fallado. Jackie la emprendió contra ella por alguna razón y Leonora no había vuelto a pedir ayuda al cura. Podría ser que se estuviera escondiendo con Emilio, Sócrates o Rubén, pero los dos últimos eran, al parecer, subordinados de Jackie.

Sin embargo, Rubén se había opuesto y Sócrates podría ser un fanático de la chica. Lo que Elvis necesitaba era averiguar las coordenadas de esos dos.

Y Emilio Lomelí... El Mago había dicho que tanto él como la hermana de la chica eran un callejón sin salida. ¿Pero lo eran? De todos modos, ¿por qué el Mago se había empeñado en mantenerlo a él y a la hermana fuera de esto? Claro, había dicho que Emilio era un hombre de dinero y también priista, pero eso no lo explicaba todo. Y el expediente de Leonora era muy exiguo, como si El Mago estuviera tratando de ocultar la mitad de la vida de la chica. No cuadraba y, aunque no tenía que cuadrar para que Elvis hiciera su trabajo, estaba empezando a sentir curiosidad.

—¿Crees que Sócrates sería su tipo?

—¿Por qué, tú también estás haciendo cola por ella? —dijo Concha mofándose, mientras sacaba el cigarro por la ventana y ponía los ojos en blanco.

—Tengo curiosidad, eso es todo —dijo, con la mano apoyada en su cadera de nuevo.

—No lo sé. Hoy en día es la mano derecha de Jackie, así que no creo que lo intentara ni aunque pudiera, tal y como están las cosas. Pero sí que estuvo enamorado de ella durante un tiempo. Intentó leerle poemas. Fue una bobada.

Asintió con la cabeza. Y entonces, justo cuando Elvis sonreía encantadoramente a la chica y se preguntaba si no podría sacarle un poco más de información, la puerta de la oficina se abrió y salieron varias personas. Tres hombres y una chica. Uno de los hombres era el maldito cura jesuita al que habían golpeado hacía un par de días. Tenía la cabeza vendada y unos moretones alrededor de los ojos. Tenía un aspecto horrible.

Antes de que Elvis tuviera tiempo de agacharse o esconderse, los ojos del cura se posaron en él y soltó un grito ronco.

Elvis corrió. Empujó a la gente que se encontraba en su camino y abrió la puerta de un tirón, bajando las escaleras a toda prisa como un hombre al que le hubieran prendido fuego. Antes de llegar a la planta baja, alguien lo golpeó contra una pared. Elvis lo apartó con un codazo, tropezó y cayó los tres últimos escalones, aterrizando al pie de la escalera.

La calle estaba a unos pasos de él, pero Elvis no pudo ponerse de pie y escabullirse porque la misma persona que lo había golpeado contra la pared ahora le apretaba un cuchillo contra el cuello.

—Quédate quieto —dijo un hombre.

15

Se dio la vuelta, sobresaltada por el contacto del hombre. Por un momento tuvo miedo, pensando en lo que había dicho Emilio, que podría estar en peligro, y recordó a Anaya. Pero la saludó una cara conocida.

—Hola —dijo Rubén.

Maite deslizó una mano por la correa de su bolsa.

—¿Qué haces aquí? —preguntó con el ceño fruncido.

—Me dijiste que viniera a verte a la hora de comer.

Se había olvidado por completo. Había estado demasiado ocupada pensando en su reunión con Emilio, en el estúpido gato y en asuntos financieros como para recordar lo que le había dicho.

—Lo siento —dijo ella, cambiando rápidamente su tono de voz—. ¿Hace mucho que me esperas?

—No mucho. ¿Ya has comido? —preguntó Rubén.

—No.

—¿Entonces quieres ir a comer algo? Jackie me ha prestado su coche —dijo, señalando un Chevy rojo de aspecto triste.

Del retrovisor del coche colgaban dos aromatizantes con forma de pino y en la parte trasera Maite vio un par de cajas de cartón. No era un carruaje, pero era algo, y Maite recordó con amargura su propio coche, todavía en el mecánico. Hasta un estudiante tenía cuatro ruedas.

—¿A dónde te gustaría ir? —preguntó Rubén.

Por un momento, Maite pensó en todos los restaurantes caros sobre los que había leído en el periódico. Foccolare, La Cava y Jena. El único lugar que realmente le había llamado la atención era el Mauna Loa, que estaba en la calle Hamburgo. El menú prometía delicias «orientales» y se suponía que la decoración estaba inspirada en los mares del sur. Era el tipo de restaurante que estimulaba su imaginación. Le hacía pensar en la isla de *Romance secreto*, en la palpitante atracción de los tambores, la aventura y el romance.

Pero no podía permitirse un lugar así y dudaba que él pudiera.

—Adonde quieras —murmuró ella.

Acabaron en una lonchería con sillas de plástico, saleros rojos de plástico y platos de plástico que ofrecía el tipo de comida barata y sin pretensiones que se esperaría en un lugar así: tortas y más tortas, acompañadas con Coca-Cola y Sidral Mundet. Le preocupaba mancharse el vestido. No le gustaba especialmente, pero había que llevarlo a la tintorería. Lo único que le faltaba era tener que pagar otra factura.

—¿Has hablado con Emilio, entonces? —preguntó Rubén mientras se sentaban en un rincón con sus bebidas. En este local no había meseras. Pagabas en la caja registradora y alguien repetía a gritos tu pedido. Era tan diferente a la casa de Emilio que empezó a sentirse apagada, privada de lo que para ella había sido una delicia edénica.

—Acabo de volver de verlo —dijo, reprimiendo un suspiro y mirando las mangas de su vestido. Bajo las duras luces del interior de la lonchería pensó que sus manos tenían un aspecto feo y áspero.

—¿Qué te ha dicho? ¿Sabe dónde está Leonora?

Ella escondió las manos en su regazo, apretando su bolsa con fuerza.

—No sabe dónde está. Leonora quería ir a ver a una periodista el fin de semana pasado, pero Emilio no pudo llevarla y no está seguro de que haya conseguido llegar. Está preocupado por ella.

—Yo también —murmuró Rubén.

Maite miró alrededor de la lonchería. No estaba concurrida y la cajera estaba lejos de ellos, detrás del mostrador, viendo la televisión. Estaban pasando una película antigua con Miroslava. Aun así, Maite se inclinó hacia adelante y habló susurrando.

—Un hombre vino a hablar conmigo a mi oficina ayer. También estaba buscándola y mencionó tu nombre.

—¿Me mencionó? —preguntó Rubén, frunciendo el ceño.

—Sí. Dijo que era de la Dirección Federal de Seguridad. Dijo que eras un... un «elemento subversivo». ¿Qué significa eso? No lo eres, ¿verdad?

—El gobierno llama «subversivo» a todo —dijo—. Un cartel de Mao Tse-tung es subversivo. Pueden acusarte de promover la disolución social y encarcelarte por ir a un mitin. Te espiarán si eres un periodista que escribe el tipo equivocado de columnas.

—Claro, pero Emilio dijo algo sobre terroristas. Pero ustedes no son terroristas, ¿verdad? —insistió Maite.

—Deberíamos comer nuestra comida y luego ir a ver a Jackie —dijo Rubén.

—¿Para qué?

—Si alguien de la DFS anda buscándonos a ti y a mí, entonces tiene que saberlo.

Un adolescente gritó su número de pedido. Rubén se levantó, fue al mostrador y regresó con dos platos, colocando uno ante Maite. Mientras comían, ella no dejaba de mirar a Rubén. Discretamente, por supuesto. O tan discretamente como podía.

Rubén no había respondido a su pregunta. Eso podía significar que era realmente un terrorista, después de todo. Uno de esos radicales de los que hablaban los periódicos. Si al menos prestara más atención a ese tipo de noticias. Pero Maite siempre se saltaba las primeras planas. Y, sin embargo, él no encajaba con el conocimiento que tenía de esa gente, si bien era limitado. Si había guerrillas, estaban en el campo, en lugares como Guerrero.

«Bandidos». Eso era lo que había dicho una vez uno de los periódicos. «Bandidos en Guerrero».

¿Estaba comiendo con un Robin Hood contemporáneo o con alguien más siniestro? Un asesino a sangre fría, un secuestrador, un monstruo escabroso y caricaturesco. ¡Un villano! No debería meterse con villanos, tipos malos que atan a las mujeres con una cuerda que les raspa las delicadas muñecas. Y la guarida del villano...

La idea de conocer a Jackie, de ver el lugar donde esa gente se reunía, la emocionaba. Tal vez fueran forajidos que mascaban tabaco y tenían rifles. Se preguntó qué pasaría si hubiera una guerrilla en *Romance secreto*. Es curioso, nunca se había imaginado algo así. Esta agitación era imposible. La isla de sus historietas estaba repleta de melodrama, pero la desagradable realidad no se inmiscuía ahí.

—No le dijiste nada al tipo de la DFS, ¿verdad? —preguntó Rubén.

—¡Qué te has creído! Crecí en la Doctores. A los policías nunca se les dice nada, es peor —dijo Maite y dio un sorbo a su refresco.

Él pareció sorprenderse con la respuesta.

—Eso está bien —dijo.

—Tampoco es que sepa nada. ¿Tendrás que vendarme los ojos cuando vayamos a ver a Jackie?

Él se rio.

—No es necesario. No es confidencial.

El edificio al que la llevó Rubén era bastante común y corriente. No había centinelas, ni perros feroces ladrando para anunciar su llegada. Subieron las escaleras y entraron a una galería que parecía igualmente mundana: un pequeño cartel en la puerta proclamaba «Cooperativa y Galería de Arte Asterisco». Una galería de arte. No era el tipo de lugar de Maite. Había ido un par de veces al Museo Nacional de Historia en excursiones escolares, pero nunca había pisado una galería de arte.

Había una fiesta en la galería, a juzgar por la cantidad de jóvenes que se arremolinaban con bebidas en la mano. Maite se preguntó si habría fiestas todos los fines de semana. Tal vez Leonora asistiera a esos eventos con regularidad, junto con Emilio.

Un par de mujeres miraron a Maite. Se preguntó qué pensarían de ella, con su vestido amarillo demasiado juvenil. Quisquillosa. Parecía quisquillosa. Aunque quizá no la estuvieran mirando a ella, sino a Rubén.

—¿A dónde vamos? —le preguntó Maite.

—Ya te lo he dicho, estamos buscando a Jackie —dijo él, echando un vistazo a la habitación.

—¿Estás seguro de que está aquí?

—Debería estarlo. Seguro que está en la oficina. Vamos.

La oficina de la galería venía con el contenido esperado: pinturas apoyadas sobre libreros, pequeñas esculturas en repisas, una pila alta de cajas. Habían colocado dos escritorios juntos en el centro de la habitación con dos máquinas de escribir encima. Había mesas y sillas desvencijadas esparcidas por todas partes. La habitación estaba caliente, aunque la ventana estaba abierta y un ventilador zumbaba en una esquina. También estaba llena de humo de muchos cigarros, cinco personas apretujadas adentro fumando durante Dios sabía cuánto tiempo. Tres hombres y dos mujeres.

Una de las mujeres, sentada detrás de un escritorio, estaba ocupada revisando documentos mientras la otra estaba de pie frente al ventilador, tratando de refrescarse. Dos de los hombres estaban sentados al otro lado del escritorio. Uno de ellos había estado recientemente en una grave refriega. Tenía los dos ojos morados y el brazo en un cabestrillo. Era una visión alarmante.

—Oye, esta es Maite, la amiga de Leonora de la que te hablé —dijo Rubén cuando entraron y las cinco personas de la sala se los quedaron viendo.

Maite asintió. La mujer que estaba detrás del escritorio se levantó. Llevaba una blusa blanca con flores bordadas en el cuello. Sobre ella se había puesto un chaleco cuyos bolsillos también estaban bordados. Se había recogido el pelo en una trenza desordenada. No parecía una revolucionaria. Ninguno de ellos lo parecía y todos eran muy jóvenes.

—Soy Jackie. Esta es Luz —dijo la mujer, señalando a la otra mujer de la habitación, que le esbozó a Maite una pequeña sonrisa—. Este es Sócrates —continuó Jackie, poniendo una mano en el hombro de un joven. Llevaba una bandana y estaba bebiendo de un pocillo, que bajó para saludarla.

—Hola —dijo Sócrates.

—Y este es Casimiro.

El hombre con el brazo en el cabestrillo asintió en dirección a Maite. Jackie no presentó a la quinta persona de la sala, el hombre con chamarra de ante y cuello de tortuga sentado al fondo, que fumaba un cigarro, con las piernas estiradas.

Maite les sonrió, la sonrisa tensa, intentando que las comisuras de sus labios no se movieran.

—Encantada de conocerlos.

—Maite ha hablado antes con Emilio. Cuéntales qué te ha dicho.

Cuando ella dudó, Rubén le dio a Maite una palmadita tranquilizadora en el brazo.

—No me ha dicho mucho —comenzó—. No ha visto a Leonora. Le dijo que quería reunirse con una periodista que vive en Cuernavaca. Lara. Pero Emilio no pudo llevarla. Eso es todo lo que sabe.

—¿Conoces a alguna periodista que se llame Lara? —preguntó Jackie, volviéndose hacia Luz.

La joven negó con la cabeza.

—No me suena.

—¿Algo más? —preguntó Jackie.

—Maite pilló a Emilio fisgoneando en el departamento de Leonora.

Maite se volteó para mirar a Rubén, aterrada.

—¡Yo no dije eso!

—Dijiste que estaba buscando una cámara.

—Pero en realidad no estaba husmeando. Estaba preocupado. Le preocupaba que Leonora se estuviera metiendo en un lío —dijo Maite—. Y tienes que admitir que tiene razón, con ese hombre de la Dirección Federal de Seguridad hablando conmigo y todo eso.

—Espera, ¿qué hombre? —dijo Jackie, levantando la cabeza y mirando a Rubén—. ¿Hay un tipo de la DFS involucrado?

—Por eso hemos venido. Hemos pensado que deberías saberlo.

—Mierda —dijo Jackie, frotándose una mano contra la frente y sacudiendo la cabeza—. ¿Ese tipo tiene nombre?

—Anaya —dijo Maite—. Quería saber dónde estaba Leonora, pero no tengo ni idea. Se lo dije. Pero de alguna manera sabía que yo había hablado con Rubén y también te mencionó a ti.

—Deben de estar vigilándola —dijo Sócrates—. Ha sido una muy buena idea traerla aquí, Rubén.

—Oh, cállate —murmuró Rubén—. Tampoco es un gran secreto dónde pueden encontrarme. Dónde pueden encontrarnos a todos nosotros.

—Digo que tal vez no deberías dejar un puto rastro de migajas de pan para que lo siguieran, pendejo.

—Lo entendemos —dijo Jackie, haciendo callar a Sócrates y apretando las manos, apoyando las yemas de los dedos justo debajo de la barbilla mientras se sentaba de nuevo en la silla que había estado ocupando cuando entraron—. Emilio estaba buscando una cámara, pero no la encontró. ¿Estás segura? ¿Buscaste en el departamento de Leonora?

—Allí no había nada —dijo Maite—. Leonora me llamó por teléfono y quería que le llevara su gato y una caja, pero la caja es basura.

—¿La revisaste? ¿Estás segura?

—Sí. Tú también puedes revisarla.

—Quizá Lara tenga las fotos —dijo Rubén—. Leonora incluso podría estar con esa periodista, en Cuernavaca. Podría estar escondida allí.

—Si es que existe una periodista —murmuró Jackie.

Rubén se tensó de inmediato. Había estado apoyado contra un librero, pero ahora se había enderezado, con los ojos fijos en Jackie.

—¿Qué estás insinuando?

—Está insinuando que ninguno de nosotros ha visto esas fotos —respondió Sócrates, dejando su pocillo encima de una pila de libros.

—Entonces, ¿dónde diablos está Leonora? ¿Por qué la DFS está interesada en esto? Hay fotos, lo sé. No puedes pensar que… ¡no es el topo, Jackie!

Pero Jackie no parecía convencida y el resto de los presentes le lanzaron a Rubén miradas igualmente dudosas.

—Carajo, Jackie, otra vez eso, no —dijo Rubén con un suspiro—. Ni siquiera sabes con certeza si hay un topo.

—Lo sé —dijo Jackie.

—¿Cómo?

—Mira, no importa —dijo Sócrates, interrumpiéndolos—. Ahora tenemos cosas más importantes de las que preocuparnos.

—¿Qué es más importante que encontrar a Leonora?

—Alguien, quizá de la DFS, trató a Casimiro como un saco de boxeo.

—Sí, y ahora mismo podrían estar dándole una paliza a Leonora. Y también hay que preocuparse por las fotos.

—Leonora nunca fue de fiar —señaló Luz.

—Eso no es cierto.

—Que te hayas acostado con ella no quiere decir que sea realmente nuestra amiga —espetó Sócrates.

—Mira quién habla —dijo Rubén, levantando la voz. Sócrates también la alzó. Luego se produjo una mescolanza de pronunciamientos y recriminaciones de un lado para otro que Maite ni siquiera podía seguir.

—¡Carajo! —dijo Jackie, levantando las manos en el aire de forma dramática, para luego dejarlas caer y apoyarlas contra sus rodillas—. Sócrates, ¿por qué tú y los demás no me dejan platicar un rato con Rubén y su amiga? Hay demasiada gente en la habitación.

Obedecieron. Salieron Luz, Sócrates y, por último, Casimiro y el hombre con la chamarra de ante que no había pronunciado una sola palabra. Tiró su cigarro en un cenicero y cuando pasó junto a Maite le guiñó un ojo.

Rubén se movió junto a la ventana, con los brazos cruzados, mirando al exterior. Estaba frunciendo el ceño.

—Sé lo que estás pensando, pero no es mi culpa que haya desaparecido —dijo Jackie.

—Se suponía que iba a reunirse contigo. Se suponía que tú la mantendrías a salvo —replicó Rubén.

—Sí que me reuní con ella. Y luego me dijo que no podía darme las fotos después de todo, que no estaba segura. Saltó de mi coche, Rubén. Yo no la obligué a hacerlo.

—Le dijiste que era el topo.

Jackie levantó la barbilla, con la mirada dura.

—Le dije que ya era hora de demostrar su valía. No lo hizo.

—Necesito que me prestes la pistola —dijo Rubén con frialdad—. Maite y yo vamos a visitar a esa periodista.

—No quiero que te metas en problemas.

—Ya estamos todos metidos en problemas. Tenemos que recuperar esas fotografías. Si los agentes de la DFS también están buscándolas, más vale que esté preparado.

Jackie frunció el ceño, pero tomó un juego de llaves de los bolsillos de su chaleco y abrió un cajón del escritorio. Sacó una pistola y la sostuvo en sus manos, mirándola detenidamente.

—¿Y si destruyó las fotos?

—Tienes que tener más fe en la gente, Jackie.

—Supongo que quieres fe y mi coche para el fin de semana, además de mi pistola.

—Te lo devolveré todo el lunes.

Le entregó la pistola a Rubén, quien con toda tranquilidad tomó una bolsa de papel que estaba en la esquina de uno de los escritorios y metió el arma en ella, como si fuera su almuerzo.

La puerta se abrió y Luz volvió a entrar a toda prisa.

—¡Arkady ha atrapado al tipo que golpeó a Casimiro la otra noche! ¡Estaba aquí!

—¿Aquí? ¿Dónde? —preguntó Jackie.

—¡Aquí, justo aquí! Arkady lo está llevando al almacén.

—Vamos —murmuró Rubén, sujetando a Maite del brazo.

—¿Qué pasa?

Maite miró por encima del hombro a las mujeres que hablaban animadamente, pero Rubén la estaba llevando fuera de la oficina a paso rápido. En lugar de salir por donde habían entrado, tiró de ella hacia el fondo de la habitación, donde había una puerta que conducía a unas estrechas escaleras.

Rubén se movió tan rápido que Maite estuvo a punto de tropezar y caer. Protestó, pero él no cedió. Subieron al coche. Él tiró la bolsa de papel en el salpicadero y ella volvió a preguntarle qué pasaba, pero Rubén no respondió.

La idea de los villanos que ataban a las mujeres con una cuerda gruesa le volvió a la mente, anudándose perversamente en su cerebro. Miró la bolsa de papel y se mordió el labio. Y luego giró la cabeza hacia la ventana.

16

Si hubiera sido solamente uno de los payasos del colectivo de arte con un cuchillo, Elvis se habría arriesgado y habría intentado luchar contra él, incluso con la amenaza de un ataque a corta distancia. Pero cuando Elvis se puso en pie y levantó las manos, se dio cuenta de que otros tres jóvenes habían bajado corriendo las escaleras.

—Vamos, hijo de la chingada —dijo uno de los hombres y Elvis dejó que lo llevaran a un almacén, porque podía hacer cálculos elementales y uno contra cuatro tipos y uno de ellos con un cuchillo habría sido una estupidez, sobre todo cuando el puto cuchillo estaba presionado contra su cuello. Un cuchillo contra tu cuello no era negociable.

En cuanto llegaron al almacén, uno de los hombres le dijo que se quitara la chamarra, lo cual Elvis hizo, y los otros dos le ordenaron que se sentara e intentaron atarlo a una silla. No tenían ni idea de cómo hacerlo y Elvis casi se rio de sus dedos torpes mientras le inmovilizaban las manos a la espalda.

Mientras tanto, el tipo que había estado sosteniendo hábilmente el cuchillo contra su cuello comenzó a vaciar el contenido de la chamarra de Elvis y a colocarlo cuidadosamente sobre una mesa en la que había una radio solitaria. Algo en su porte, en su forma de trabajar —frío, sereno, mientras los otros dos seguían intentando hacer un nudo—, parecía fuera de lugar.

El almacén estaba lleno de cajas. No había ventanas. Una vez que Elvis estuvo atado, el hombre con el cuchillo guardó su arma.

—Quiero hablar con él a solas —dijo el hombre—. Salgan y que nadie me moleste hasta que termine.

Los hombres cerraron la puerta tras ellos. Elvis pudo oír el sonido sordo de la música y los fuertes pisotones procedentes del piso de arriba. Miró al techo, frunciendo el ceño.

—Es un estudio de baile —dijo el hombre, todavía mirando las posesiones de Elvis. Sostenía su licencia de conducir. Era falsa, por supuesto—. ¿Bailas mucho?

—La verdad es que no.

—No, no te etiquetaba como bailarín y no creo que estés aquí por la galería de arte. Entonces, ¿qué es lo que buscas?

—¿Perdón?

—Qué buscas —dijo el hombre, dejando la licencia de conducir y volviéndose hacia Elvis—. ¿Para quién trabajas? ¿La DFS? ¿O eres un judicial?

—¿Para *quién* trabajas tú? —respondió Elvis—. Hablas español como si lo hubieras aprendido de un español, pero no eres de allí.

—¿Cómo lo sabes?

—Conocí a un español de verdad —dijo, pensando en El Gazpacho.

—Hay varias regiones en España, ya sabes. No todos los acentos suenan igual —dijo el hombre, sacando un periódico de una pila alta y abriéndolo; sus ojos escudriñaban el contenido en lugar de centrarse en Elvis—. Pero te daré un punto por ser observador. Y tal vez incluso te diga de dónde soy si respondes a mis preguntas. ¿Cuál es tu nombre? Tu verdadero nombre.

—Elvis.

—Tu verdadero nombre, he dicho.

—Más real no puede ser.

Era cierto. No había nada que Elvis amara más que ser Elvis. Al perdedor que había sido antes era mejor olvidarlo. Elvis no era un nombre en clave, como podría haber sido para los otros. Elvis era él. Su interrogador debió apreciar la honestidad de su voz, porque asintió.

—Puedes llamarme Arkady —dijo el hombre. Era alto e iba bien vestido con una chamarra de ante y un cuello de tortuga. Elegante, pero no excesivamente recargado. Sus zapatos eran de charol brillante. Con ese atuendo a la moda podría encajar fácilmente tanto en un cóctel chic como en la fiesta de cumpleaños de un hippie.

—Claro, Arkady.

El hombre conectó la radio.

—¿Para quién trabajas, Elvis?

—Todo es la misma basura. ¿Qué diferencia hay?

—Ah, te crees muy listo, ¿no? Respondiendo a mis preguntas con preguntas. Bueno, no puedo perder todo el día con un hombre descuidado como tú.

—Descuidado —repitió Elvis.

—La forma en que golpeaste a Casimiro fue descuidada. Demasiado desordenada. No soporto los interrogatorios desordenados. Seguramente eres desordenado todo el tiempo —dijo el hombre, levantando las manos en el aire y suspirando—. ¿Tres tipos para golpear a un cura flacucho? ¿No podrías haberlo hecho tú solo?

—¿Lo manejan mejor en Rusia?

—¿Cómo lo has adivinado? —preguntó el hombre. No sonaba sorprendido. Solo satisfecho de que Elvis se hubiera dado cuenta rápidamente. Tal vez había supuesto que Elvis era un pinche idiota y que ni siquiera era capaz de adivinar bien.

—Está claro que no eres de Peralvillo. Arkady es un nombre ruso. Es de *Crimen y castigo.*

—¿Estás estudiando literatura?

Elvis se rio.

—Me gusta leer.

—Bien. Todo el mundo merece una educación. Ahora, ¿qué es lo que buscas?

—Supongo que lo que tú buscas es tratar de asustarme diciéndome que eres de la KGB y luego agitando tu arma delante de mí.

Seguramente llevaba una Makarov en alguna parte, maldito espía comunista.

El hombre sonrió y encendió la radio, subiendo el volumen bastante. Empezaba a sonar *White Room*. Enrolló el periódico, con las manos apretadas alrededor.

—No, lo haré de forma sencilla. No de forma descuidada. Sencilla.

Arkady lo golpeó en la cara con el periódico, como si Elvis fuera un maldito perro. Y mierda, *le dolía*, carajo. Arkady lo golpeó una y otra vez y otra vez. Elvis trató de concentrarse en otra cosa. Eso es lo que El Mago les decía cuando estaban heridos, enfocarse en otra cosa. Pero no había mucho en lo que centrarse en aquel almacén gris lleno de cajas.

—Grita si quieres, por supuesto —dijo Arkady. Pero, claro, la radio estaba a todo volumen, y ¿quién carajo iba a escuchar a Elvis de todos modos? Mejor morderse la lengua en lugar de lloriquear como un bebé.

Pensó en la mujer. Maite. Con sus ojos asustados, su rostro parecido a la esposa de Barba Azul. La forma en que había inclinado la cabeza aquella mañana cuando el hippie le había hablado frente a su edificio, antes de que subieran al coche. Su vestido era amarillo con un estampado de flores.

Elvis parpadeó, mirando a Arkady. El hombre había dejado de golpearlo y ahora lo estaba mirando, todavía sonriendo. Sus dientes eran muy blancos. Probablemente se los cepillaba después de cada comida, el muy cabrón. Se peinaba muy bien, y se aseguraba de que no hubiera ni un solo pelo fuera de su sitio. Incluso ahora, después de haber golpeado a Elvis ocho veces seguidas, tenía un aspecto impecable.

—¿Para quién trabajas? — preguntó Arkady, ahora golpeando a Elvis en el hombro con el periódico. Un golpecito. Elvis se estremeció y tragó; el sabor de la bilis cubrió su lengua. Una vez había leído sobre un cabrón que mató a un perro a golpes con un periódico y se preguntó si se podía hacer lo mismo con un hombre. No estaba dispuesto a averiguarlo.

Revela lo que debes, oculta el resto. Esa es otra cosa que El Mago siempre decía. Decidió probar esa vía.

—La DFS —murmuró. Una mentira, pero sonaba bastante real. Últimamente estaba pensando bastante en la DFS y era más seguro decir que estaba con la DFS que decir que era un Halcón. Incluso un orangután de la KGB se lo pensaría dos veces antes de darle un balazo a un hombre de la DFS. Causaría demasiados problemas.

—¿Qué quieres aquí? —preguntó el ruso.

—Supongo que lo mismo que tú —murmuró Elvis—. Una educación artística.

—Idiota respondón. Qué. Quieres.

A cada palabra le seguía un golpe y el rítmico wah-wah de la guitarra de Clapton hasta que Elvis dijo con voz ronca un nombre.

—Leonora —dijo, pensando *qué carajo*. Tenía que decir *algo*.

—Ah, Leonora. La chica de las fotos. ¿Tienes buenas pistas?

—Mi única pista me trajo aquí, así que no es mucho.

—No, no lo es —estuvo de acuerdo Arkady—. ¿Quién es tu jefe?

—Un tipo.

Arkady lo golpeó de nuevo. Media docena de porrazos en la cara. La boca de Elvis estaba sangrando. Pero si respondía demasiado rápido, el hombre sabría que estaba fingiendo. Así que pensó de nuevo en Maite, en la foto que había robado de su apartamento. Los ojos oscuros capturados en esa instantánea, ese temblor de la boca, congelado en el tiempo.

Arriba, la gente volvía a bailar. El tap-tap-tap de sus pies parecía marcar cada golpe. No pudo reconocer la música. Sonaba distorsionada, amortiguada por la radio de la habitación. Danzón, tal vez. Por lo que sabía, un tango. Sí, probablemente un tango. No sabía bailar. Si ponían música se quedaba parado en su sitio, erguido como un palo de escoba.

Un puto tango se estaba ejecutando sobre su cabeza, Los Hooligans estaban en la radio ahora que la canción de Cream había terminado y el maldito ruso lo golpeaba con golpes indiferentes y metódicos mientras Elvis tragaba sangre.

Otra media docena de golpes y Elvis habló.

—Anaya —balbuceó—. Es Anaya.

Sonó honesto y Arkady pareció satisfecho, aunque todavía le dio un golpe en la cara con el periódico una vez más antes de salir.

Elvis esperó unos minutos antes de probar sus ataduras. Menos mal que los hombres que lo habían atado eran unos bobos porque Elvis nunca había aprendido a deshacer nudos. Confió en estirar la cuerda y zafarse de ella de una manera bastante torpe, pero funcionó. Consiguió liberarse.

Rápidamente, Elvis se puso su chamarra y metió sus pertenencias en el bolsillo. Luego, curioso, miró dentro de una de las muchas cajas de cartón que había por el almacén. Estaba llena de volantes en blanco y negro. El volante decía «¡ÚNETE!» en letras grandes. «¡Despierta a la lucha!».

La puerta del almacén era una basura y se abrió paso usando su desatornillador; ni siquiera tuvo que forzar la cerradura. Un par de golpes rápidos y eficaces y la puerta cedió.

El ruso se había ido, pero afuera del almacén estaba uno de los hombres que lo habían atado a la silla. Pareció bastante asustado al ver a Elvis. Elvis le devolvió el favor golpeándolo contra la pared y dándole un rodillazo en los huevos, y luego le dio un puñetazo una vez que estaba gimiendo y doblándose.

A Elvis le habría gustado arrancarle los putos ojos a ese cabrón, le habría gustado encontrar al maldito ruso y clavarle el desatornillador en la oreja, pero no había tiempo que perder. El almacén estaba en la planta baja, detrás de las escaleras, y corrió hacia la libertad.

Una vez afuera, siguió corriendo y no se detuvo hasta quedarse sin aliento. Le ardían los pulmones, el sudor le caía por la frente y le temblaban las manos. No sabía qué hacer. Su entrenamiento le había enseñado a golpear a la gente y a espiarla, pero no mucho de este estúpido juego en el que estaba metido.

El Güero se iba a burlar de él, lo sabía. Iba a decir: puto desgraciado, te han dado una paliza. Y El Antílope no sería mucho mejor. El Gazpacho hubiera sabido qué hacer ahora, hubiera sabido cómo reconstruir toda la información y entregar un informe, aceptable y compuesto, pero Elvis no tenía idea de qué era qué.

Carajo, lo había torturado un maldito agente de la KGB.

Encontró un teléfono público frente a una tlapalería. Se limpió la boca con el dorso de la manga de su chamarra. A cobre. La boca le sabía a cobre.

Tomó el auricular, metió una moneda y marcó el número de El Mago.

—¿Sí? —preguntó El Mago.

—Ha pasado algo, necesito que hablemos —dijo. El Mago no solía recibir a ninguno de ellos en su casa —era un placer inusual—, pero supuso que esta era una ocasión especial.

Se hizo el silencio.

—Nos vemos en media hora —dijo El Mago—. Timbre número doce, toca cuatro veces.

Elvis colgó. A dos calles de la tlapalería llamó a un taxi. Le dolía la cara y se frotó la mandíbula.

Casi había olvidado la dirección de El Mago y por un momento entró en pánico, pensando que no sería capaz de encontrarla. Pero al final se las arregló bien y tocó el timbre que El Mago le había indicado, cuatro veces. El Mago le abrió la puerta con el interfón sin decir nada.

Elvis subió las escaleras en lugar de utilizar el viejo elevador. No necesitó tocar a la puerta. El Mago la abrió y lo dejó pasar. Le echó un vistazo y se apartó de él.

—Necesitas hielo —dijo—. Ven a la cocina.

La cocina era tan fabulosa como el resto del apartamento y, a pesar del dolor en la mandíbula, se permitió admirarla. Las barras y las alacenas eran de una madera oscura, con mucha clase, con pomos plateados, y había azulejos azules y blancos en las paredes. Nada que ver con el linóleo sucio y los muebles desvencijados de la infancia de Elvis.

El Mago sacó unos cuantos cubos de hielo y los envolvió en un trapo de cocina.

—¿Qué te ha pasado? —preguntó, entregándole el trapo.

Elvis se lo apretó contra la cara.

—He seguido a esa mujer, Maite, hasta Asterisco. He decidido entrar allí y hablar con esos artistas, a ver qué podía encontrar, tal vez incluso platicar con ella yo mismo. Pues bien, el cura de mierda con el que hablamos el otro día también estaba allí. Me ha reconocido y ha armado un alboroto. Había un maldito ruso con él. Me ha dado una paliza.

—Un ruso. ¿En serio?

—No es broma. Y lo que es peor, todavía no sé dónde está la chica. Es como si hubiera desaparecido. Ah, ¿y la DFS? Van en la misma dirección que nosotros.

—¿Cómo lo sabes?

—No somos los únicos que vigilamos el edificio de esa mujer. Había otras personas allí. No puedo decir con seguridad quiénes eran, pero ¿le suena el nombre de Anaya? Justo me ha dicho que podría estar metido en todo esto.

—Anaya. —El Mago negó con la cabeza. Sí, conozco a Anaya. Es un cabrón metiche que quiere escalar posiciones utilizando mis huesos para ascender. Sucio ladrón.

—¿Ladrón?

—Tiene un negocio paralelo metiendo de contrabando coches estadounidenses robados en el país. Salió a la luz hace poco y le ha traído algunos problemas. Eso no se habría tolerado en mi época, ¡pero ahora! —El Mago cerró el puño—. Cree que si puede hacerme quedar mal, él quedará bien. Si consigue esas fotos antes que yo, se acabó. Se acabó para mí y se acabó *para ti*. ¿Entiendes?

Elvis asintió.

—Le he dicho al ruso que trabajaba para Anaya. He pensado que sería mejor que decirle que trabajaba para usted. Y quizá vaya a apuñalar a ese cabrón en lugar de a nosotros, si le apetece.

Elvis cambió el trapo con el hielo de una mejilla a la otra. El Mago se cruzó de brazos, sumido en sus pensamientos, y luego comenzó a caminar hacia la sala de estar. Elvis lo siguió. Miró las fotos que había sobre el piano vertical de El Mago. Había dos niñas pequeñas en varias fotos. El Mago, más joven, con otros familiares.

—Perdone si no se lo he dicho por teléfono, pero estaba intentando seguir el procedimiento —dijo Elvis, y así había sido. Mantener la charla al mínimo por teléfono, eso es lo que les había dicho El Mago.

—Estabas asustado —dijo El Mago—. Todavía estás asustado. Escabulléndote por ahí con miedo. Pues no puedes hacerlo. Esto ha sido un incidente menor.

No le parecía muy menor a Elvis, que sentía un dolor punzante en la mandíbula.

—Claro.

—¿Qué has averiguado sobre Asterisco? Aparte del hecho de que parece que tienen un amigo ruso.

—Creen que Leonora es un topo. Y hay un par de personas a las que podría haber acudido en busca de ayuda. Emilio y, sí, ya sé que me dijo que no escarbara allí, pero también un tipo llamado Sócrates. No he tenido oportunidad de preguntar nada más.

El Mago se dirigió hacia donde estaba parado Elvis, junto al piano. Levantó la tapa y pasó los dedos por las teclas, tocando una sencilla melodía.

—Puedo darte un expediente sobre Emilio. Pero tienes que tener cuidado con él. No es un disidente.

—Si esconde a la chica, quizá lo sea.

—Lo dudo.

—¿Tiene algo sobre Sócrates?

—Tengo algo sobre cada miembro de Asterisco. Espera aquí.

El Mago salió de la habitación y Elvis se inclinó, mirando las teclas del piano. Luego se enderezó y echó un vistazo a la habitación, a los hermosos libros, a las bonitas repisas, a las antigüedades y a los objetos de decoración. Qué lugar tan perfecto y precioso. Ojalá pudiera vivir así, en lugar de tener que aguantar la paliza que le habían dado en el almacén.

Nunca había querido esto, el jodido trabajo que tenía, la jodida gente con la que vivía, los jodidos encargos vigilando a la gente cuando le importaba un bledo si eran rojillos o no... Por Dios, ¿qué problema había? Necesitaba el dinero. Necesitaba el trabajo. Si no fuera un Halcón sería un maldito delincuente, un ladrón, un don nadie. Necesitaba la esperanza de que al final del túnel hubiera un lugar como este, seguro y acogedor. Un pequeño apartamento con un piano y hermosos muebles y cuadros en marcos plateados.

El Mago volvió con dos carpetas y se las entregó a Elvis.

—¿Debemos seguir vigilando a la vecina de la chica?

—Estaba en Asterisco, que al parecer es una guarida de espías de la KGB en estos días. Habló con Leonora. Esa mujer debe saber algo que aún no nos ha dicho. Vigílala.

Eso fue todo. El Mago le dijo que volviera al apartamento y se aseara. Cuando llegó a la calle había empezado a llover. Una lluvia raquítica, pero que le sentaba bien sobre la cara.

17

—Tienes que pedirle a Emilio la dirección de Lara —le dijo Rubén.

—Cuando lo he visto antes, me ha dicho que iba a su tienda.

—Sé dónde está.

Maite pensó que era una grosería pasarse por allí sin ser invitada, pero había una pistola en una bolsa de papel café sobre el salpicadero. Ya habían superado el punto de las formalidades. La asustaba un poco, pero también disfrutaba del escalofrío eléctrico que le provocaba. Era como una de sus historietas. Excepto que Rubén no se parecía mucho a un héroe de historieta con su camiseta y conduciendo ese coche destartalado. ¿Mejoraría algo su aspecto con un esmoquin? Quién sabe.

Emilio. Así que hablaría con él dos veces en un día. Abrió su bolsa y comenzó a buscar en ella, tratando de ver si había metido su lápiz labial. Pero no lo había hecho. Bajó el espejo del lado del pasajero y se alisó el pelo, intentando al menos arreglar eso.

Su reflejo le mostró todas las pequeñas imperfecciones de su piel. Cerró los ojos.

Rubén la dejó salir exactamente frente a la tienda de Emilio, pero le dijo que estacionaría a la vuelta de la esquina. Ella bajó del coche, tomó su bolsa con ambas manos y miró el letrero, que decía «ANTIGÜEDADES LOMELÍ» en letras grandes. En el escaparate había jarrones y platos de porcelana, y se podía ver el brillo del cristal y los muebles laqueados en el fondo.

Parecía una tienda muy bonita, como él había prometido.

Entró, una campana de plata sonó al abrir la puerta. La tienda era encantadora, pero estaba un poco atiborrada y tuvo que caminar con cuidado por un exhibidor con muñecas de porcelana. Una mujer joven estaba sentada detrás de un mostrador leyendo una revista, y con sus largas uñas rosadas golpeaba un cuadro. Maite se abrió paso a través de la tienda y apretó la bolsa con más fuerza, preguntándose qué debería decirle a la chica.

Cuando llegó al mostrador, Maite colocó su bolsa sobre la superficie de cristal.

—¿Está el señor Lomelí? —preguntó.

La joven miró a Maite.

—Está haciendo inventario. ¿Tiene usted una cita?

—No. Pero soy amiga de él. Maite. Me llamo Maite.

La empleada esbozó una fina y escéptica sonrisa.

—Voy a ver si está disponible.

La joven se levantó. Llevaba una minifalda y unos zapatos de tacón peligrosamente altos. Apartó una cortina roja con una mano, se puso detrás y la volvió a cerrar.

Maite se preguntó si aquel sería el tipo de mujeres que le gustaban a Emilio. Delgadas, con el pelo corto, un poco como Twiggy, balanceándose sobre unos zapatos que eran más bien zancos. Pero no, Leonora no tenía ese aspecto. Su pelo era largo. Sin embargo, también era hermosa.

Maite miró su vestido estampado amarillo, sus zapatos prácticos y sus feas rodillas.

Emilio abrió la cortina. Se había subido las mangas de la camisa, así que se le veían los brazos hasta el codo, y llevaba el cuello abierto. Estaba muy guapo con ese look más informal.

—Hola, nos vemos de nuevo. Ven a la parte de atrás.

—Siento no haber llamado por teléfono —dijo Maite, rodeando rápidamente el mostrador.

—No pasa nada. Puedes venir cuando quieras.

—Es muy amable de tu parte.

—Soy sociable.

La acompañó a una pequeña oficina bien mantenida. Sobre su escritorio tenía una lámpara con una pantalla verde oscura y en las paredes había grabados antiguos. Ella lo imaginó en el pequeño escritorio, relajado, revisando cifras y libros de contabilidad.

—¿Qué opinas de mi tienda? —le preguntó.

—Es bonita. Muy diferente a tu casa.

—Bueno, aquello es mi casa y esto es el trabajo. La verdad es que esta es la tienda de mi padre. A mí me interesaban más las fotos y las galerías de arte, pero eso fue cuando era más joven —dijo desdeñosamente, restándole importancia con una mano a cuando tenía veintipocos años—. De todos modos, ¿supongo que no has venido aquí buscando una bonita escultura de bronce?

—He venido a pedirte la dirección de esa periodista amiga tuya.

Emilio se apoyó en su escritorio y ladeó un poco la cabeza.

—¿Planeas ir a ver a Lara?

—Alguien debe saber algo sobre el paradero de Leonora. La casa de Lara podría ser un buen lugar para empezar a buscar pistas.

—¿Te estás convirtiendo en una detective, Maite? —preguntó Emilio, pero juguetonamente, y luego se dio la vuelta y comenzó a hojear su Rolodex.

—Estoy preocupada.

—¿No lo estamos todos? Aunque no estoy seguro de que Lara esté en casa. La he llamado antes por teléfono y no me ha respondido. Pero supongo que podrías tener más suerte que yo. No siempre contesta el teléfono si tiene un plazo de entrega —dijo, sacando una tarjeta y copiando la información en un pequeño papel. Se lo entregó—. Mantenme informado, ¿sí? Hablaba en serio cuando te he dicho que podías venir cuando quisieras.

—Te llamaré en cuanto vuelva.

Emilio sonrió. Tenía una sonrisa maravillosa. Buenos dientes, como la porcelana de su tienda. Buen pelo, buenos ojos, bueno todo.

¿Por qué el mundo no puede estar repleto de hombres así?, pensó, recordando a los don nadie y a los perdedores con quienes había salido. Uno de los peores había sido aquel empleado de banco al que le gustaba coleccionar bolis flotantes: al inclinar los bolis se podía mover un barco por un río o hacer que una bailarina hawaiana se deslizara frente a un fondo de palmeras, pero también estaba el hombre de la compañía de seguros que masticaba con la boca abierta.

Y Cristobalito. Lo había amado sin restricciones y él le había dejado una mácula en el alma, Cristobalito. Había sido un augurio de lo que vendría, el comienzo de una letanía de amargura.

Salió rápidamente de la tienda y se deslizó de nuevo al coche.

—Tengo la dirección —le dijo a Rubén.

—Genial. Podemos volver a tu casa y revisar esa caja antes de ir a Cuernavaca —dijo Rubén, mirando su reloj.

—¿Estás pensando en ir a Cuernavaca hoy?

—O mañana temprano. ¿Tenías algo que hacer este fin de semana?

Ella negó con la cabeza, deseando poder decirle que tenía compromisos previos. Que tenía que revisar su calendario.

Cuando llegaron al apartamento, lo primero que hizo fue alimentar al irritante gato de Leonora. Si la chica no volvía, se preguntó qué haría con el animal. Después de todo, podría haberle ocurrido algo. O tal vez no le pasara nada. Tal vez la chica se había refugiado con una amiga. Leonora parecía tener muchos amigos. También tenía dinero. Por lo que sabían, podría estar tomando el sol en Acapulco.

Después de dar de comer al gato, Maite le mostró a Rubén la caja que Leonora había dejado y él empezó a sacar todo su contenido, extendiéndolo sobre la mesa del comedor. No había nada de interés ahí. Periódicos viejos, papeles, revistas. Basura destinada al basurero.

Maite dejó que buscara en la caja y puso un disco. Las notas de *Somos novios* salieron de su atelier. Entró a su dormitorio, se miró al espejo que estaba encima de su tocador, examinando una vez más su rostro. Bajo las tenues luces de su apartamento su rostro parecía un poco más bonito. Tomó un pequeño frasco de perfume, otro de los objetos robados de su colección que ahora exhibía sobre el tocador junto con otras baratijas, y se puso una gotita de perfume en el cuello.

Había robado a su madre el frasco de perfume, que de todas formas ya estaba medio vacío, y le producía un gran placer usarlo. Pero solo lo hacía en ocasiones especiales, racionándolo. Suponía que esta era una ocasión especial. Rara vez había hombres en su apartamento.

Volvió al comedor, observándolo mientras suspiraba y dejaba un periódico en el suelo.

—Aquí no hay nada —dijo, frotándose la frente—. A menos que haya una pista críptica escondida en uno de estos viejos periódicos.

—Pareces cansado.

—He estado despierto hasta tarde, trabajando.

—¿Quieres una taza de café?

—Claro.

Se deslizó hasta la minúscula cocina y puso a hervir agua en el fogón. Siempre había querido tener una buena cocina. Esta se estaba cayendo a pedazos. Linóleo descascarillado y barras combadas. Pero el propietario nunca la arreglaba.

Preparó dos tazas de café y sacó la azucarera. Estaba muy orgullosa de la delicada azucarera, era de auténtica porcelana. La había comprado en La Lagunilla, regateando hasta que la mujer que la vendía bajó el precio. No era muy propio de una dama regatear, pero Maite discutía por un miserable peso como una loba furiosa si era necesario. A menudo lo era.

Maite le puso la taza de café delante y él sonrió. Un par de días antes había pensado en invitar a este hombre a su apartamento y allí estaba. Y claro, ahora que estaba aquí, sentado en su comedor, no sabía qué decirle, aunque en su imaginación le había pedido que cogieran. Fácilmente y sin rodeos. Solo porque podía hacerlo.

Maite era aburrida y estaba cansada de serlo. Pero no podía, no quería, ir en esa dirección.

Él no sería mejor que el hombre de las plumas flotantes, que también coleccionaba fotos de pin-ups, sus ojos ávidos clasificando a cada mujer viva, midiéndola, deslizándola en el cajón de sus recuerdos. Sus piernas, sus senos, su torso. Era un sinvergüenza, pero ella era de alguna manera peor.

Eres perversa, pensó. *En el fondo, eres un monstruo de perversidad y lo sabes. Todo lo que tienes son fantasías baratas.*

—¿Cuánto tiempo llevas trabajando en la imprenta? —preguntó Maite.

—Un par de años, a media jornada. Tardaré en encontrar otra cosa. Dejé la universidad, así que no es tan fácil conseguir un trabajo decente.

—¿Qué estudiabas?

—Literatura.

Mejor que poesía, pensó ella sombríamente Aunque no por mucho. Quizá se pasaría el resto de su vida en esa imprenta, encorvándose y encaneciendo.

—¿Dónde trabajas? —preguntó Rubén.

—Soy secretaria en un bufete de abogados.

—¿Te gusta trabajar allí?

—Lo odio —dijo Maite con sinceridad, agitando su café y dando un sorbo.

—Podrías renunciar.

—El sueldo en otro trabajo no sería mejor.

—Podría ser más divertido.

Qué raro, pensó. Pensar en un trabajo como «divertido» o «no divertido» cuando un trabajo era simplemente un sueldo. Supuso que era su juventud la que lo hacía pensar así. Diez años en las trincheras y desecharía esas ideas.

La juventud. Todo lo que él tenía era su juventud. No era atractivo; era demasiado peludo para su gusto y no era tan sofisticado como ella hubiera querido. Sin embargo, había salido con Leonora, y Leonora era hermosa. Tal vez funcionara así para los hombres. No importaba si eras el Jorobado de Notre Dame, aún tenías la oportunidad de enamorar a Esmeralda.

—¿Cómo se conocieron Leonora y tú? —preguntó.

—En Asterisco. Llevaba un tiempo diseñando folletos para ellos, ayudando a Jackie con eso y con otras cosas. Leonora empezó a ir y comenzamos a hablar, y vimos que teníamos muchas cosas en común, así que empezamos a salir juntos.

—¿Durante cuánto tiempo?

—Más de medio año. Ella acababa de llegar a la ciudad. Era un poco provinciana, pero no por mucho tiempo. Y tenía ganas de hacer amigos, de conocer gente, y todos querían conocerla. Tiene un brillo, como sabes.

Maite no lo sabía. No conocía a esta mujer en absoluto. Pensó en la isla de *Romance secreto*; se imaginó a la chica contorsionándose en un altar de piedra.

—Sentía que me había tocado la lotería, ¿sabes? Estaba loco por ella. La invitaba a salir, la llevaba a donde tuviera que ir, hablábamos durante horas.

—¿Qué pasó?

Hizo una pequeña mueca, como si se estuviera rascando una costra.

—Emilio fue lo que pasó. Cada fin de semana iba a Asterisco, buscando una cogida fácil. Se acuesta con todo lo que se mueve y supongo que pensó que era un buen lugar para ligar chicas. Un montón de jóvenes para botanear.

—Y conoció a Leonora.

—Conoció a Leonora —dijo Rubén, asintiendo y bebiendo su café. Hubo una pausa; se rascó la muñeca.

—El caso es que nos burlábamos de Emilio, Leonora y yo. Pensábamos que era otro cerdo burgués en busca de emociones. Era un estirado, se creía muy importante simplemente porque su dinero había ayudado a fundar el colectivo. Cada vez que entraba a una habitación, llevaba lentes de sol y se los quitaba, como una estrella de cine barata. Era gracioso.

—Pero, obviamente, ella pensaba que era simpático —dijo Maite, un poco enfadada. No le gustaba que Rubén hablara así de Emilio. Emilio tenía clase y Rubén estaba siendo un amargado con todo el asunto. Como si alguien pudiera culpar a Leonora por haberlo cambiado por alguien mejor.

Rubén la miró, frunciendo el ceño.

—Sí, bueno, no sé qué pendejadas le dijo, pero ella le creyó. Me dejó y empezaron a salir. Lo hizo amablemente, me dijo que no quería engañarme. Como si me estuviera haciendo un favor, ya sabes. Con mucho tacto. Y ni siquiera estoy seguro de que *no* me haya engañado.

—Oh —dijo y se preguntó si la chica habría recibido a Rubén con el olor de su otro amante aún en sus sábanas color carmesí. O si habría sido más cuidadosa, si solo se verían en la seguridad de la casa de Emilio. En lugares lejanos donde las miradas indiscretas no pudieran revelar su secreto.

—Fue muy dulce conmigo hacia el final y la cosa es que cuando Leonora es dulce es porque está compensando algo. Se siente culpable. Ese es el problema de Leonora. La culpa siempre la alcanza, la abruma y la asfixia. Seguro que me engañó.

Se imaginó a la bella Leonora diciéndole a Rubén con lágrimas en los ojos que no era culpa de ella. Simplemente había sucedido. Podían seguir siendo amigos y ella lo sentía *mucho*. En su mente, las lágrimas de Leonora le caían por el rostro bajo sus grandes lentes de sol, con los labios entreabiertos. Como en las historietas. Pero no había sido una historieta. Había sido real. Como Cristobalito había sido real.

—Pero te sigue gustando —dijo Maite, casi acusadoramente.

—Sí, bueno, ¿no es eso lo que pasa? Nadie dijo que yo fuera inteligente —le dijo él con una risita—. Que alguien deje de quererte no significa que a ti te pase lo mismo.

Se sintió mal por él. Era un perdedor, como Maite. Ambos un par de tontos sentados en el silencioso comedor; la música había dejado de sonar.

—Me sentí así por un chico, una vez —admitió Maite—. Me rompió el corazón y aun así quería volver con él. Me sentaba por la noche y lloraba a mares. Pensaba que iba a morirme cuando se fue. Quería morirme. Lo habría hecho, si no fuera tan cobarde.

Si esto fuera una historieta, pensó, *habría un recuadro que retrocediera a un punto lejano del pasado.* Y Maite, sosteniendo su corazón en las manos, como una doncella en un sacrificio azteca.

Pero Rubén no parecía estarla escuchando; no la estaba mirando.

—Quiero que vuelva. Que esté a salvo.

Ella estiró los dedos y le dio unas palmaditas en la mano que descansaba junto a la taza de café que se estaba enfriando, pero él ni siquiera entonces pareció darse cuenta de que ella estaba allí. Dejó escapar un suspiro y sonrió un poco, y entonces ella retiró la mano, apoyándola en su regazo.

Se sintió más sola, sentada frente a ese hombre, de lo que se había sentido en años.

—Supongo que estoy un poco cansado después de todo —dijo, pellizcándose el puente de la nariz—. Tal vez deberíamos ir por la mañana. No creo que esté en condiciones de hacer un viaje largo. ¿Tienes una cobija que me puedas prestar? Puedo tomar el sofá, sin problema.

—¿Quieres quedarte aquí?

—No quiero asustarte, pero alguien le dio una paliza a nuestro amigo y ese alguien también estuvo hoy por Asterisco. Tal vez sea el tipo de la DFS que fue a tu oficina o tal vez otra persona. En cualquier caso, no creo que debas estar sola.

Deseó reírse. Este joven se estaba invitando a sí mismo a su apartamento. Qué curioso. Que él cumpliera su deseo, ahora que realmente no lo quería cerca. La había puesto triste.

—Tengo una cobija —dijo, y fue a su habitación y se la trajo.

Era demasiado temprano para dormir, pero él ya se había quitado los zapatos y estaba tendido en el sofá, con un brazo sobre los ojos. Ella lo tapó y él le dio las gracias, con la voz apagada.

Era temprano, así que se sentó en su atelier, pasando cuidadosamente las páginas de un viejo número de *Romance secreto* mientras Lucho Gatica cantaba sobre su único amor. Pensó en Emilio Lomelí, que parecía uno de los hermosos personajes dibujados en la historieta, y en Leonora, que se parecía a las heroínas que lloraban en esas publicaciones. Y luego pensó en Rubén, durmiendo en la sala de su casa, con una pistola en una bolsa de papel a su lado, que no se parecía a nadie, salvo quizás a las caras borrosas del fondo de una viñeta. Y Maite, que ni siquiera era una cara borrosa, y que no aparecía en ningún número.

18

El cielo estaba gris cuando salieron del apartamento, pero no llovía. Era como la promesa rota y susurrada de un amante poco entusiasmado.

Pasaron la mayor parte del viaje en silencio. Maite no estaba segura de cómo tratar a Rubén. No eran amigos. *No, no del todo,* pensó ella, observándolo mientras se sentaba al volante. En su regazo había un ejemplar de *Romance secreto*, al que hojeaba sin concentrarse.

Bajó la ventanilla. Pasó otra página de su historieta. No dejaba de pensar en que no conocía a Leonora, que no tenía nada que hacer en ese coche, con este hombre. Maite ya tenía suficientes problemas con sus deudas, su vehículo descompuesto, su familia, como para cargar con los problemas de otra persona. Como para involucrarse con un bonche de chicos comunistas que estaban siendo vigilados por agentes de la DFS.

Miró resueltamente por el retrovisor y se dijo que no iba a ceder a las preocupaciones mundanas. Ese día, no. Mañana, sí, se vestiría con su ropa de oficina, agarraría su bolsa y tomaría el autobús para ir al trabajo. Pero ahora mismo no tenía que pensar en nada de eso.

Además, hacía mucho tiempo que no salía. Siempre eran el trabajo o las preocupaciones; tal vez iba al cine si había una buena película. Al menos estaba saliendo de casa. Estaba yendo a algún sitio. Cualquier lugar estaba bien.

—Espero que hayas dormido bien —dijo Maite después de un rato, porque al menos quería fingir que podían ser amigos—. El sofá no es muy cómodo.

—Estuvo bien. Estaba realmente agotado. Podría haber entrado una banda de mariachis a la habitación y no me habría enterado. ¿Eres una persona madrugadora?

—Más o menos. Todo lo que necesito es una taza de café y ya puedo salir por la puerta.

—Me gustaría ser así. Yo me levanto por etapas.

—Por etapas, ¿en serio?

—Sí, primero ruedo fuera de la cama, luego ruedo al suelo. Ese tipo de cosas. Leonora es igual. No, ella es peor. Es sumamente perezosa. No la verás levantada de la cama hasta el mediodía. Siempre llegaba tarde a clase. Cuando intentaba despertarla, decía: «¡No, cinco minutos más!». Y cinco nunca eran cinco. Más bien quince.

Sonrió. Se imaginó a Leonora, con un aspecto adorable con su pelo desordenado y su ropa arrugada. El desorden realzaría su belleza. Cuando Maite se despertaba tenía un aspecto desastroso. Ningún hombre se hubiera sentido encantado por esa visión.

La belleza es una moneda de cambio, pensó. *Todas las puertas se te abren si eres bonita.*

—¿Qué estás leyendo? —preguntó Rubén.

—Oh —dijo ella, bajando la vista a la revista que tenía en su regazo. La apretaba con más fuerza—. *Romance secreto.* Historietas, ya sabes.

Por un momento esperó que él le sonriera con interés, tal vez le preguntara por el artista que dibujaba las ilustraciones. Después de todo, él era una especie de artista. Pasaba su tiempo con pintores y poetas y gente de ese entorno. Era de esperar que alguien así, alguien con un alma sensible, entendiera sus pasatiempos. Pero se rio.

—¿De verdad? ¿Qué tipo de historietas, para niños?

Maite lo miró, sintiendo que se sonrojaba.

—No son para niños. Son como novelas. Pero con dibujos. Como las novelas —dijo, alisando la página de la revista con la palma de la mano y tratando de mantener su tono de voz. No sería bueno buscar una pelea en el coche, a medio camino de Cuernavaca. Si se peleaban, tal vez la echaría. Y ella se quedaría caminando al lado de la carretera.

—Creo que mi mamá lee cosas así. Romances de enfermeras, sí, eso es.

Maite había leído muchos romances de enfermeras y supuso que esto era similar. Pero le molestaba pensar qué la estuviera comparando con su madre. No era *tan* vieja. La palma de su mano se deslizó con más fuerza sobre el papel, la tinta barata le manchó la piel.

—¿Cómo se llama...? Barbara... ¡Barbara Cartland! ¿No escribe esas cosas empalagosas?

—No son empalagosas. Esta tiene una aventura. El héroe está en coma y ahora la heroína va a tener que rescatarlo. Al menos, creo que lo hará. No es empalagosa.

—¿No?

—Hay una escena. Una escena con un sacrificio azteca —dijo ella.

—Eso suena diferente.

Pero no había ninguna, ¿verdad? No. El sacrificio azteca era algo que Maite había soñado. Un altar de piedra y una mujer tumbada encima. ¿Por qué, entonces, había dicho eso? Había sido tan verosímil, por un momento. Esa imagen. Incluso sabía cómo iba vestida la heroína: de blanco, para que la salpicadura de sangre en su pecho fuera más vívida.

—¡No son cosas de niños! —dijo con la voz chillona, casi entrecortada.

Él la miró sorprendido y ella se sintió mortificada. Se examinó los dedos, oscuros por la tinta.

—Lo siento. No pretendía ser grosero.

—No, no —dijo ella—. No pasa nada.

Cerró los ojos apretándolos y volvió la cara hacia la ventanilla. Rojo y blanco. Vio el rojo y el blanco detrás de sus párpados, y cuando volvió a abrir los ojos ahí estaba el cielo gris. Después se sumieron en el silencio.

Llegaron a la casa de Lara a mediodía y tocaron el timbre. Una mujer de unos treinta años, con un pañuelo anudado al cuello, abrió la puerta. Llevaba unos pantalones caqui y una blusa blanca, lo cual le daba el aspecto de una cazadora europea en un safari. Se había recogido el pelo en una coleta.

—¿Sí? —preguntó.

—Hola —dijo Maite—. Estamos buscando a una periodista. A Lara.

—Soy Jessica Laramie —dijo la mujer—. Todo el mundo me llama Lara. ¿Y tú eres?

—Soy Maite. Y este es Rubén. Emilio Lomelí nos dio tu dirección. —Maite sintió que su solo nombre era como la llave de un reino mágico, que abriría cualquier puerta, pero la mujer los miró con curiosidad. Los dedos de Maite aún estaban un poco sucios por la tinta y quería llevarse las manos a la espalda, para ocultarlas.

Su vestido no tenía bolsillos, así que no podía meter las manos en ellos. Además, era un vestido feo. La ropa de la periodista era sencilla pero elegante. El vestido de Maite era azul marino, el cuello le llegaba a la barbilla. Su madre se lo había regalado el año anterior. No tenía ni idea de por qué se lo había puesto y ahora… ah… sus horrorosas manos.

—¿Está todo bien con Emilio? —preguntó Jessica.

—Con él, sí. Pero nos preguntábamos si podrías hablar con nosotros unos minutos. Se trata de una amiga nuestra y él cree que podrías ayudarnos —dijo Rubén—. Por favor, hemos venido desde Ciudad de México. ¿Tienes cinco minutos?

La mujer ladeó la cabeza, probablemente intentando averiguar qué onda con ellos. El joven con una camiseta arrugada y unos jeans azules y la secretaria que parecía exactamente una secretaria, con su vestido mojigato. La periodista tal vez estaría pensando que no parecían los amigos habituales de Emilio. No, Maite se imaginaba a los amigos de Emilio como una multitud de gente centelleante, muy elegante, muy plácida.

—Pasen —les dijo Jessica.

Siguieron a la mujer hasta una pequeña sala con muebles de mimbre y multitud de cactus. Había un librero con estatuillas de cerámica y macetas de barro negro, y otro librero con pilas de revistas y libros. La mujer se sentó en una silla baja y ellos ocuparon el sofá de mimbre.

—¿Y quién es tu amiga? —preguntó la mujer, tomando una cajetilla de cigarros que descansaba sobre una mesita circular y sacando uno.

—Leonora. Vino a verte. Ahora ha desaparecido. Estamos preocupados por ella —dijo Rubén.

La mujer encendió su cigarro y lo apretó contra sus labios.

—Ya veo. Pero no sé por qué están aquí.

—Tú eres una de las últimas personas que habló con ella y quizás sepas dónde podría estar.

—Ajá. No me dejó su itinerario, sabes.

—¿Tal vez si nos dijeras de qué hablaron?

La mujer negó con la cabeza. Sobre la mesa circular había también un vaso, medio vacío, y la mujer se lo llevó a los labios, con el hielo tintineando contra el borde.

—Hablamos de una posible historia. No puedo comentar los detalles con ustedes. Han hecho un largo viaje para nada.

—Sabemos lo de las fotos —se aventuró a decir Maite, preguntándose si eso podría llevarlos a alguna parte. Apretó las manos con fuerza delante de ella. Nadie podría ver las manchas si mantenía esa postura.

La mujer volvió a dejar el vaso, luego cruzó las piernas y apoyó el codo en la rodilla, inclinándose hacia delante. Tenía los dedos largos, una buena manicura. Las puntas de sus uñas eran medialunas blancas.

—¿Las has visto?

—No. Pero tenemos una buena idea de lo que hay en ellas. De todos modos, necesitamos saber de qué hablaron —dijo Rubén—. Somos amigos de Leonora, lo juramos. Puedes llamar a Emilio y preguntarle si nos conoce.

Jessica no respondió. Siguió mirándolos.

—Estamos intentando averiguar qué le pasó —añadió Maite. Ahora apretaba más las manos. Ahora era una suplicante.

La periodista suspiró.

—Me imagino que lo mismo que les pasa a todos los que desaparecen hoy en día. ¿Quieren saber de qué hablamos Leonora y yo? Exactamente de eso. De la desaparición de activistas, las escuchas telefónicas, la masacre de San Cosme en el día de Corpus Christi.

—¿Estuviste allí? —preguntó Rubén.

—No. Pero muchos de mis colegas, sí.

—¿Para quién trabajas?

—Trabajo por mi cuenta. Tengo cosas en *Time* y en un montón de otros lugares. Llevo dos años cubriendo México. Antes de eso, estuve en Perú.

La mujer dio otro sorbo a su bebida, otra fumada a su cigarro. Movimientos practicados y elegantes. Tenía pequeñas arrugas alrededor de los ojos y su piel estaba apagada, pero la periodista seguía siendo atractiva. Maite recordó lo que había dicho Rubén —Emilio se acostaba con todo lo que se movía— y se preguntó si esta sería otra de sus conquistas. Tal vez Emilio tuviera en su casa una foto de su meñique con manicura, o del ojo, ampliado, magnificado, hasta que no pareciera un ojo.

—Hablaron de los atentados de San Cosme. ¿Qué más?

—Sus periódicos están diciendo que los estudiantes estaban armados, que fueron los que lo instigaron todo. *El Sol de México*, y muchas otras publicaciones, están siguiendo la línea del gobierno.

Están tratando de limpiar al gobierno. Leonora quería cambiar eso. Dijo que tenía acceso, a través de un familiar, a fotos que probaban que los Halcones habían atacado a los estudiantes y que lo habían hecho por órdenes presidenciales. Y no solo eso, sino que la CIA había ayudado a entrenarlos.

—La CIA —repitió Rubén.

—Eso es lo que dijo. Sería toda una historia. El problema era que Leonora no llevaba ninguna prueba con ella. Ni fotos, ni nada. Me dijo que guardaba los negativos en un lugar seguro, pero no me reveló dónde.

—Quizá no sabía si podía confiar en ti.

Jessica se rio y tomó un cenicero de barro negro, arrojando el cigarro en él.

—Tal vez. Tal vez se estuviera acobardando. Insistía en que no quería los nombres de ciertas personas en la historia. Quería asegurarse de que nadie de su familia fuera identificado.

—¿Qué le dijiste? —preguntó Maite.

—No podía prometerle eso. Si lo que me estaba diciendo era verdad, entonces ese familiar suyo era un militar de alto rango que reclutaba y entrenaba a Halcones. Su nombre tenía que salir a relucir.

—¿Qué pasó al final? —preguntó Rubén.

—Al final, ella dijo que necesitaba tiempo para pensárselo. Le di mi número de teléfono y le dije que me llamara. No lo hizo.

—¿Y no supiste nada de ella en absoluto?

—No. Francamente, no pensé que fuera a cooperar. Una tiene un presentimiento para estas cosas. La gente que está dispuesta a hablar y la que no te da nada. Ella me dio muy poco. Era una gran historia, pero no había nada sólido detrás para que se sostuviera. Pensé en buscar otros canales.

—¿Pero crees que sí tenía las fotos?

—Probablemente. Estaba asustada. Muy asustada. No puedo decir que la culpe. Hay una razón por la que vivo en Cuernavaca: es más difícil que te pongan bajo vigilancia fuera de Ciudad de México.

Estaban en silencio. Se oía un zumbido bajo. Aire acondicionado, tal vez, pues era una casa bonita y estaba fresca por dentro. La periodista no era una muerta de hambre. Si hubiera tenido la oportunidad, a Maite le habría encantado robar algo de ese lugar. Una estatuilla del librero o el cenicero. Pero tenía las manos juntas y era imposible teniendo en cuenta dónde estaba sentada.

—¿Te dijo Emilio que Leonora te visitaría el día que vino?

—Mencionó algo sobre una novia de él que tenía una historia que podría interesarme, pero no. No hablamos ese día.

—Después, ¿hablaste con él?

—No. He estado ocupada.

Maite miró a Rubén frunciendo el ceño, preguntándose por qué preguntaba por Emilio. Él no había tenido nada que ver con esto.

—¿Hubo algo de lo que dijo Leonora que te pareciera raro?

—¿Aparte de que estaba siendo hermética y estaba nerviosa? Por favor. —La periodista sonrió y volvió a tomar su vaso, dejando escapar una suave risa.

—Estamos tratando de buscar cualquier pista que nos permita encontrarla.

—Podrían preguntarle al hombre que la trajo hasta aquí. Después de todo, conducía el mismo coche que ustedes.

Ambos se quedaron mirando a la periodista, demasiado aturdidos para responder. Finalmente, Maite se lamió los labios y habló.

—¿Nuestro coche?

—O uno que se parecía mucho. Aunque estoy bastante segura de que era ese. Era rojo, en cualquier caso. El hombre no entró; la esperó y luego se fueron juntos.

—¿Podrías describirlo? —preguntó Rubén.

La mujer asintió.

—Sí, un poco. Le eché un vistazo rápido. Era joven. Pelo castaño, lentes. Llevaba una bandana y una chamarra azul. ¿Eso les sirve?

—Sí —dijo Rubén, levantándose rápidamente—. Gracias. Deberíamos regresar.

—Esperen, déjenme darles mi tarjeta —dijo la mujer, poniéndose de pie y dirigiéndose al librero, de donde sacó una tarjeta de presentación de una sencilla caja de cartón blanca—. Si encuentran a su amiga, díganle que me llame. Puedo ayudar a dar a conocer esta historia.

—Claro —dijo Rubén, metiendo la tarjeta en su bolsillo.

—Saluden a Emilio de mi parte.

—Lo haremos.

Rubén puso una mano en la espalda de Maite y la condujo fuera de la casa, con un gesto insistente.

Cuando regresaron al coche, Maite se volvió hacia él.

—¿Cómo puede ser que sea este coche? ¿No es el de Jackie?

—Sí, pero nos lo presta cuando lo necesitamos.

—¿Entonces podría haber sido cualquier persona de Asterisco?

—Oh, no se lo presta a todo el mundo —dijo Rubén, girando la llave para arrancar el coche—. Solo a un puñado de personas. Y Sócrates es el único hombre con lentes y bandana en nuestro grupo.

Recordó al joven del día anterior. Parecía ser amigable con Jackie y con todas las demás personas que estaban allí. Incluso se había enfrascado en un pequeño enfrentamiento verbal con Rubén.

—Pero entonces eso significaría que no te dijo que había llevado a Leonora a Cuernavaca.

—Sí —dijo Rubén.

—¿Qué hacemos?

—Vamos a volver a la ciudad y le preguntaremos por qué tuvo ese repentino lapsus de memoria.

19

Para cuando Elvis regresó a su apartamento, El Güero estaba buscando refrigerios en la cocina. Cuando El Güero lo vio, sonrió.

—Tienes sangre en la camisa. ¿Qué ha pasado? ¿Te han descubierto?

—Mala suerte —murmuró Elvis, abriendo la puerta del refrigerador y sacando una bandeja de aluminio para cubos de hielo. En lugar de sacarla con cuidado, golpeó la bandeja contra el fregadero y los cubos salieron rebotando. Los envolvió en un trapo.

—Debes estar muy molesto porque te han arruinado el peinado.

Elvis no respondió y se apretó el trapo contra la mejilla. Que El Güero se riera si quería. No es que uno pudiera esperar solidaridad de ese pedazo de mierda. Nunca lo había hecho y nunca lo haría.

—Eso es lo que pasa cuando no llevas un arma, chico blandengue —dijo El Güero, agitando una pata de pollo frito en la cara de Elvis.

—El Mago dice que nada de armas.

—Claro, claro que sí. Y tú eres un niñito tan bueno que haces todo lo que El Mago te dice.

Elvis apartó a El Güero de un codazo.

—Nos levantamos a las cinco en punto. Llamado matutino.

—¿Las putas cinco? ¿Para qué?

—Llamado matutino, he dicho. Ve a cambiar de lugar con El Antílope, luego vuelve a medianoche y a las cinco te levantas de nuevo.

—Chinga tu madre. ¡Nos tienes trabajando durante todo el día!

—Lo que necesite El Mago. A menos que quieras quejarte con él. Incluso marcaré el número por ti. ¿Quieres?

El Güero no respondió, en cambio royó su pata de pollo.

—Bien —dijo Elvis, arrojando el trapo con los cubos de hielo al fregadero.

Se encerró en el baño. La ducha caliente fue una puta bendición para sus músculos adoloridos. Con los ojos cerrados y la barbilla apoyada en el pecho, dejó que el agua se deslizara por su cuerpo. *¿Cómo demonios te has metido en esta mierda?*, se preguntó. Pero la verdad era que sabía que acabaría metiéndose en una mierda de un tipo o de otro. No conocía otra cosa y podía admitirlo. Y como había dicho El Mago, no tiene sentido darle vueltas a algo. Mantén tus prioridades simples y apégate a las reglas.

Las reglas eran que El Mago era el jefe y le había asignado un trabajo. Él estaba allí para cumplirlo.

Después de un buen rato, Elvis cerró la llave y se puso delante del espejo, limpiándolo con la palma de la mano y examinando su cara. Tuvo que admitir que el ruso era bueno. Lo había golpeado bastante, pero no le había dejado muchas marcas. Por eso, estaba agradecido. No era terriblemente guapo, pero Elvis no quería perder los pocos puntos que tenía a su favor.

Tomó la ropa que había tirado al suelo. La camiseta estaba inservible y la chamarra también tenía manchas de sangre. Intentó lavar la sangre y colgó la chamarra para que se secara en la varilla de la ducha.

Se pasó las manos por el pelo y volvió a entrar a su dormitorio; tomó un disco de la pila que tenía junto a la cama y dejó que Sinatra lo tranquilizara. Abrió la carpeta que le había dado El Mago.

Echó un vistazo al expediente de Emilio, que consistía en un montón de fotos y la árida información habitual. Edad, altura, nombre completo. Reconoció su dirección nada más verla: era el mismo lugar a donde había ido la mujer, aquella casa de Polanco.

Elvis consideró ese dato. Maite ahora estaba visitando a Emilio Lomelí, el novio de su chica desaparecida, y también estaba en Asterisco. ¿Valía la pena investigar a Emilio? Iba a visitar a Emilio o a Sócrates a la mañana siguiente y, aunque un niño rico no era su objetivo habitual, estaba dispuesto a cambiar las cosas si fuera necesario.

Pero Emilio parecía soso. No pudo encontrar nada comprometedor. Su historial estaba limpio. Un aspirante a artista sin verdadero poder. Sus socios eran escritores, periodistas, críticos culturales, otros fotógrafos, pero ninguno de ellos era del tipo que llamaba la atención de las autoridades. Trabajaban para periódicos que acataban la línea oficial. No se relacionaba con caricaturistas agitadores como Rius, sino que cenaba con los editores de *El Nacional* y era buen amigo de lambiscones como Denegri.

Se dirigió a Sócrates, sacando las páginas del informe y revisándolo línea por línea. En sus escasos veintiún años de vida, Sócrates había tenido varios encontronazos con la policía, todos ellos por sus inclinaciones activistas: había participado en varias manifestaciones, distribuido folletos disidentes, ese tipo de cosas. Si alguien podía estar dando refugio a la chica desaparecida, sería un radical de izquierda como Sócrates. Además, Sócrates y sus compañeros pasaban el tiempo con los rusos.

Ese, entonces, sería su próximo objetivo. Elvis sacó su diccionario y lo hojeó, buscando una buena palabra para encapsular el día siguiente.

Maite tenía un *Larousse*, al igual que él. Mucha gente tenía esos diccionarios, pero eso hizo que se detuviera a considerar de nuevo a la mujer.

Tomó la foto que había robado de su casa y la levantó, preguntándose si no sería el momento de charlar también con la señorita. Pero El Mago no había dicho nada de interceptarla.

Sin embargo, tenía ganas de hablar con ella. Se preguntó cómo sonaría su voz. La mujer de Barba Azul, con sus ojos asustados. A veces, cuando estaban vigilando a alguien, anotando sus idas y venidas en un libro de contabilidad y tomando fotos, Elvis se aburría e intentaba construir un perfil de los objetivos a través de los detalles que conocía sobre ellos. Era bastante fácil y a menudo preciso. Imaginaba su voz o los cajones de su cocina.

Había estado en el apartamento de la mujer, así que no había necesidad de imaginar su entorno, pero la voz lo fastidiaba. ¿Tendría una voz agradable? ¿O sería chillona y de pito? ¿O más grave? ¿La voz coincidiría con el rostro o sería uno de esos trucos absurdos de la naturaleza en los que la voz es una sensual delicia y la persona es tan común como el arroz?

Cristina no tenía nada parecido a una voz agradable. Pero era muy bonita, y Elvis sentía debilidad por un par de hoyuelos y una linda sonrisa.

Se preguntó por la mujer y pensó en invitarla a salir alguna vez, por diversión. Cuando todo esto terminara. Tal vez.

Sinatra cantaba sobre las tonterías que te recuerdan a un amante y el disco giraba.

Le gustaban los *crooners* porque pensaba que cantaban la verdad. Y le gustaba Elvis porque Elvis era simplemente divertido. Un verdadero héroe del rock and roll, con la música en la sangre. Cuando vivía con Sally y probaba a tocar la guitarra, creía a medias que podría hacer algo así. Cantar en salones o bares. Pero habían cerrado los cafés cantantes y tampoco era como si tuviera algún talento, de todos modos.

Elvis eligió la palabra *necrología* y se fue a la cama. Por la mañana se metió un gran cuchillo en la chamarra, porque ese día tenían trabajo y no se puede asustar a nadie con un desatornillador.

El Antílope seguía de guardia en el apartamento de Maite, así que El Güero y Elvis tomaron un taxi. El tráfico no se había puesto en marcha y llegaron rápidamente al barrio de Sócrates, pagaron el taxi y se instalaron frente al edificio, escondidos tras un muro bajo de cemento que rodeaba un terreno baldío. Un gato callejero los miraba mientras ellos se apoyaban en un árbol marchito y encendían sus cigarros.

Estaba lloviznando. Elvis repitió la palabra del día en su mente y luego tamborileó los dedos contra su muslo, al ritmo de una música silenciosa. Presley cantando *Can't Help Falling in Love.* Media nota, media nota, dulce como la miel. La vida debería ser una canción lenta, el afecto debería ser una melodía. La palabra del día era *necrología* y él pensaba en el destino y en los amantes.

Esperaba que Sócrates no tardara mucho. Le dolía el cuerpo y corrían el peligro de que alguien los descubriera, aunque se podría suponer que El Güero y Elvis eran simplemente un par de vagabundos acampando en el terreno baldío solitario. Aun así, hacía frío y la llovizna se estaba convirtiendo en aguacero.

Hacia las ocho, Sócrates salió del edificio de apartamentos y empezaron a seguirlo. No fue muy lejos, se deslizó hasta una cafetería y se sentó en la barra. Después de que se sentara, Elvis y El Güero entraron al establecimiento. Elvis tomó el banco de la izquierda de Sócrates y El Güero el de la derecha. Sócrates aún parecía medio dormido y Elvis tuvo prácticamente que golpearlo en las costillas para llamar su atención.

—¿Eh? —murmuró.

—Oye, amigo, vamos a tu casa a hablar —murmuró Elvis.

—¿Qué?

—Es un puto cuchillo lo que traigo aquí; levántate y ponte a caminar, y no te atrevas a gritar o te cortaré una arteria tan rápido que ni lo sentirás.

Eso pareció ser suficiente. Sócrates se puso en pie de un salto, lanzando una mirada de preocupación a Elvis. Abrió la boca y gimió pero no habló, como si, en el último segundo, hubiera recordado de repente que tenía un cuchillo apretado contra su cuerpo.

Salieron juntos mientras El Güero sacaba unas monedas y las arrojaba sobre el mostrador, pagando el café que el joven había pedido. Los tres caminaron de vuelta hacia el edificio, Elvis junto a Sócrates y El Güero delante de ellos. De esta manera, no había ningún lugar al que el tipo pudiera correr, pero no era un corredor. Elvis se dio cuenta.

—¿Quién eres? ¿Qué quieres? —susurró Sócrates.

—No importa mucho —dijo Elvis—. ¿Vives solo? ¿Hay alguien en el apartamento?

Esperaba que no lo hubiera. Eso facilitaría las cosas. El hombre negó con la cabeza, miró a El Güero y luego a Elvis. En poco tiempo estaban entrando en el apartamento del joven, que estaba en el último piso del edificio. No había elevador.

Era un estudio, atiborrado de libros y cajas y con un hornillo eléctrico sobre una mesa en lugar de una cocina propiamente dicha. En una repisa, Sócrates guardaba latas de Choco Milk, un tarro de Nescafé y latas de sardinas junto a montones de papeles y más libros. Si te sentabas en la cama podías ver el baño, que carecía de puerta. En su lugar, una cortina hecha con cuentas de madera servía de separador. No había sofá y la habitación olía a incienso y también a la tenue dulzura de la marihuana.

Elvis le indicó a Sócrates que se sentara en la cama y cuando lo hizo la cama crujió, como si pronunciara una queja. Por un momento, Elvis se sintió extraño parado ahí, con el joven mirándolo. La disposición de la habitación no era tan diferente de la del lugar donde Elvis había vivido cuando era más joven, y lo incomodaba. Tal vez hubiera sido mejor si hubiera ido a ver a Lomelí. Habría sido divertido golpear a un hijo de puta rico. Ahora mismo, no se sentía muy cómodo con la idea de torturar a este chico, igual que no se había sentido muy cómodo golpeando al cura, al menos al principio.

Pero entonces recordó cómo los compañeros del cura lo habían atrapado y el ruso lo había golpeado con los periódicos, y la compasión de Elvis se agotó.

—Busca la cámara —le dijo Elvis a El Güero y luego se dirigió a Sócrates—. Si intentas algo, te corto la verga. —Trazó un arco en el aire para enfatizar sus palabras. A veces la gente era realmente estúpida y necesitaba ayuda visual, un puto diagrama que les dijera qué era qué.

Sócrates levantó las dos manos.

—No estoy intentando nada. ¡Conozco a los de tu tipo!

—¿Ah, sí? Bueno, señor sabelotodo, ¿qué sabes entonces acerca de Leonora?

—¿Leonora? —repitió, mirándolo estúpidamente, como si Elvis hubiera hablado en chino.

—Sí, Leonora. Son amigos, ¿no?

—Sí.

—¿Qué tan amigos son?

—Nos conocemos.

—¿Recitas poemas de mierda a todas las personas que conoces?

Sócrates se sonrojó. Las manos, que habían estado en el aire, bajaron para descansar cruzadas contra su pecho.

—¿Quién te ha dicho eso?

—La gente dice que Leonora te la pone dura. Mucha gente.

—Están exagerando. No es así.

Lo que significaba que era así. No era que Elvis culpara al chico: la chica era bonita. Su amiga, Maite, no lo era, aunque para ser sincero le parecía más interesante que Leonora. Eran los ojos los que producían ese efecto. Había una chispa de dolor en ellos, había conmoción y algo turbio y perdido. Como si hubiera estado soñando y de repente la hubiera despertado un trueno. Eso le daba curiosidad.

Pero Leonora. Era en Leonora en quien tenía que enfocarse, Leonora era el cordero perdido.

—¿La esconderías si alguien la estuviera buscando?

—¿Esconderla dónde? ¿En el baño?

El Güero sonrió burlonamente ante eso.

—Es un bromista —dijo y siguió jugueteando con una pila de libros junto a la cama, abriéndolos y cerrándolos—. Va a ser muy divertido cuando te apuñalemos los huevos.

Sócrates ya estaba nervioso, pero eso pareció funcionar. Se estremeció y casi saltó un poco, como si le hubieran administrado una descarga eléctrica en dichos huevos.

—¡Hombre, no la estoy escondiendo! Maldita sea. Ya se lo he dicho a Anaya, ¡no sé dónde está!

—Retrocede —dijo Elvis—. ¿De qué conoces a Anaya?

—Carajo —murmuró Sócrates.

—Carajo, sí. Habla. Rápido.

—O sea, no sabría por dónde empezar, o sea, no es... No puedo decírtelo.

—Golpéalo —ordenó Elvis.

El Güero se dio la vuelta y golpeó un libro contra la cabeza de Sócrates, luego se movió por la habitación para empezar a revisar el contenido de un librero. Sócrates soltó un quejido agudo, casi como un gato, y se apretó una mano contra la oreja, con los ojos cerrados. Elvis lo dejó sentado así durante un minuto, luego metió la navaja en el bolsillo de su chamarra y sacó un cigarro. Lo encendió.

—Estoy teniendo una semana de mierda, no quieras empeorarla —dijo Elvis—. Habla antes de que haga que mi amigo utilice todos los volúmenes de tu puta enciclopedia en tus costillas. ¿De que conoces a Anaya?

—Le paso información.

—Eres una rata.

—Un informante —dijo Sócrates, todavía frotándose la oreja.

Una rata. Un puto soplón. Una rata es una rata, no importa si has leído un diccionario de sinónimos y puedes llamarla de alguna manera rebuscada. Si quisiera llamarse Ricitos de Oro, no le importaría a Elvis.

—¿Estás con la DFS, entonces?

—¡No, nada de eso! Nos pillaron una vez repartiendo folletos y Anaya dijo que si no cooperaba con él, si no lo ayudaba, se iba a encargar de torturarme durante semanas. Así que eso hago, coopero. Me hace preguntas de vez en cuando y yo las respondo.

No era algo inaudito. Orejas las hay a montones. Justo había estado husmeando en Asterisco para la DGIPS y este payaso había estado hablando con Anaya, y también había algún hijo de puta ruso y, por lo que Elvis sabía, la CIA y Santa Claus también tenían espías en ese pequeño nido comunista. Exageración y falta de coordinación. Ese era el problema. La DFS odiaba a la DGIPS, pensando que eran unos pueblerinos, y la DGIPS pensaba que los agentes de la DFS eran unos pendejos estirados.

—Anaya te preguntó por Leonora. ¿Qué le dijiste?

—¿Puedo... puedo fumar un cigarro?

¡Jesús! ¡Gorroneando sus cigarros! Pero si eso ayudaba a que este imbécil diera explicaciones, Elvis le daría una cajetilla entera. Sacó uno y lo encendió para el hombre. El Güero estaba silbando *La cucaracha* y se había metido al baño.

Cabrón, pensó Elvis. No podía dejar de darle la lata ni un maldito día.

Sócrates dio una fumada y luego se lamió los labios.

—Llevé a Leonora a Cuernavaca el fin de semana pasado. Fue a reunirse con una periodista.

—¿Una amiga tuya?

—No. Una amiga de Emilio, su ex.

—¿Llevaba las fotos con ella?

—No. —Sócrates tomó un vaso sucio que había en una mesa junto a la cama y dejó caer en él la ceniza de su cigarro—. No sabía si podía confiar en la periodista. La llevé por si me contaba más sobre las fotos, por si acaso me enseñaba dónde las guardaba. En el camino de vuelta se lo pregunté varias veces, pero cerró el pico y me pidió que la dejara en casa de Casimiro Villarreal. Pensó que estaría segura con él.

—¿No con Emilio? ¿O con Jackie?

—No. Supongo que no fueron las primeras personas en las que pensó y tal vez quería confesarle algo a Casimiro. Cosas religiosas, ¿sabes? Intenté convencerla de que era mejor que se quedara conmigo, pero no pude.

—Quedarse contigo. ¿Para poder entregarla a Anaya?

—Habría estado más segura. Si Anaya supiera dónde encontrarla, no habría armado tanto alboroto con esto.

—Eres tan buen amigo...

—Vete a la mierda —dijo Sócrates, sus dientes casi apretando el cigarro por un segundo antes de dar una fumada—. Esperaba poder conseguir que me entregara las fotos y entonces yo se les daría a Anaya. Pensé que era lo mejor. Por eso la llevé a casa de Casimiro y no con Anaya. *Podría* habérsela entregado a Anaya. Pero entonces desapareció.

—Abracadabra, como una maga.

—Nadie sabe nada de ella.

—¿Y no la ayudaste a hacer este acto de magia?

Sócrates dejó caer el cigarro en el vaso.

—No. Tiene dinero. Tampoco es que no haya podido utilizarlo para esconderse en algún sitio. Y la he buscado por todos los lugares que frecuentaba. Nada.

El Güero volvió a entrar a la habitación.

—No he encontrado nada parecido a una cámara o fotos. ¿Damos por terminada la mañana?

—Estoy esperando a alguien en menos de una hora —dijo Sócrates.

—Pero apenas hemos empezado a conocernos —dijo Elvis.

—Es Anaya.

—¿Me estás mintiendo? Porque recuerda: los cuchillos cortan huevos.

—¡Es verdad!

—Pues en algo estás mintiendo —dijo Elvis. No tenía ni idea de si era el caso, pero decidió lanzarlo. A ver qué conseguía. Pareció funcionar, porque de repente Sócrates estaba frotándose la frente y mirando hacia abajo. Pero no habló. Apretó los labios.

—Hijo de la chingada —dijo Elvis, y tomó el cuchillo y lo apretó contra la pierna del tipo—. Te voy a rebanar un huevo y luego el otro. ¿Qué te parece? Me llevará un minuto, así que no hay peligro de que me tope con Anaya.

Y por un momento, mientras sostenía el cuchillo así y miraba la cara del tipo, se preguntó si no estaría exagerando —este había sido el papel de El Gazpacho, y El Gazpacho siempre había sido una especie de caballero— y hasta le dio un poco de lástima Sócrates, porque el tipo estaba a punto de cagarse mientras El Güero se reía en un rincón. Pero Elvis no había mentido cuando dijo que había tenido una semana fatal y que aún le dolía el cuerpo, así que no estaba precisamente en el mejor estado de ánimo.

—¡Un anuncio! ¡Dije que pondría un anuncio en el periódico!

Elvis frunció el ceño.

—¿Qué periódico?

—Cuando la dejé en el edificio de apartamentos de Casimiro le dije que nunca se es demasiado cuidadoso. Le dije que la gente podría ir tras ella... por Anaya. Porque yo tenía miedo. Y le dije que si tenía problemas y debía mantener un perfil bajo, que lo hiciera, que se mantuviese oculta, y luego yo pondría un anuncio en el periódico avisándole que no hubiera moros en la costa.

—Hijo de la chingada —dijo Elvis, dando un paso atrás y sonriendo—. ¿Intentabas traicionar a Anaya?

—Intentaba mantenerla a salvo.

—No puedes hacer eso. Hay demasiada gente buscando a la chica. ¿Qué periódico y qué se supone que dice el anuncio?

—*El Universal*. En la sección de clasificados.

—Escribe el mensaje.

Sócrates se quedó sentado, tieso como una vara, pero entonces Elvis inclinó un poco el cuchillo y Sócrates tomó una libreta que estaba junto a la cama y garabateó unas cuantas palabras.

—Que tengas un buen día —dijo Elvis, doblando el papel y guardándolo en el bolsillo. Luego le hizo una seña a El Güero y bajaron las escaleras. Todavía era temprano y los taxis escaseaban en la calle por la que caminaban, así que fueron a buscar una parada de taxis en lugar de intentar llamar a uno. A Elvis no le importó, aunque seguía lloviznando. Quería pensar.

No tenía la ubicación de Leonora, pero sí el mensaje que debía comunicarle que no había moros en la costa. O al menos eso creía.

Podía ser que Sócrates hubiera estropeado el código, en cuyo caso Elvis y El Güero tendrían que volver a hacerle una visita. Pero pensó que Sócrates había escrito el verdadero mensaje. Eso significaba que Elvis podía ponerlo en el periódico y ver si hacía salir a Leonora.

El problema con esta estrategia era que no estaba seguro de a dónde podría ir Leonora si realmente pensaba que no había moros en la costa. ¿Volver inmediatamente a su apartamento? ¿Sería tan tonta? ¿O se presentaría en casa de su hermana? ¿En casa de su exnovio? Leonora no había confiado en Jacqueline y la gente de Asterisco pensaba erróneamente que ella era el topo en la organización. Esto probablemente eliminaba a todos sus socios allí, incluyendo a Casimiro y a Sócrates. No acudiría a ellos.

Aunque si ella confiaba en el mensaje de Sócrates, ¿quizás eso significara que confiaba en Sócrates? Definitivamente. Sócrates era una posibilidad. Podría intentar volver a su apartamento; era una estupidez, pero tampoco era improbable si realmente se sentía segura. Elvis eliminó mentalmente a Emilio y a la hermana de Leonora. El Mago le había dicho que se mantuviera alejado de ellos y, en el caso de Emilio, Elvis sentía que, si bien le había proporcionado el nombre de una periodista, si Leonora realmente hubiera confiado en él —o si él hubiera querido ayudarla—, la habría llevado él mismo.

Sí, ahora que Elvis lo consideraba, Emilio era probablemente un cabrón astuto. Aceptó ayudar a su ex, pero de tal forma que no lo metiera en demasiados problemas. Una simple remisión a la periodista no era ningún delito, mientras que albergarla cuando la DFS y los Halcones estaban tras su pista era otra cosa. No, ese niño rico no iba a ser de mucho valor. La hermana... bueno, Elvis no podía saberlo. En realidad no sabía nada de ella, y si El Mago no le había dado información al respecto, entonces esa vía estaba cerrada.

Leonora intentaría volver a su departamento o se pondría en contacto con Sócrates. Esa fue la conclusión de Elvis, lo cual significaba que necesitaba dos malditos vigías. Tenía a dos hombres, pero no podían vigilar un edificio durante veinticuatro horas. Esto iba a ser complicado. Elvis pensó que si ponía el anuncio esa mañana, entonces no podría estar en los periódicos hasta el día siguiente. Incluso podría tener que aparecer en la edición del martes. En cualquier caso, esto le daba al menos un poco de tiempo para resolver lo de sus horarios. Tal vez podría contratar a Justo para vigilar el edificio de Sócrates. A El Mago no le gustaría, pero Elvis no tenía suficientes hombres.

Por el momento, Elvis y El Güero estaban bajo un toldo, protegiéndose de la lluvia, y encendieron sus cigarros. El dueño de un puesto de periódicos había llegado y estaba empezando a abrir el negocio y a ordenar sus mercancías en la esquina. Elvis le compró *El Universal* y con un lápiz trazó con un círculo el número de teléfono de la oficina de anuncios clasificados. Dentro de un rato les preguntaría qué necesitaban para un anuncio rápido. Pero, primero, había otros asuntos que atender.

Se colocó el periódico bajo el brazo y se dirigió a un teléfono público; luego llamó por teléfono a El Mago para ponerlo al día. Era temprano, pero El Mago contestó al primer timbrazo y no sonaba adormilado.

—He encontrado al topo —dijo Elvis—. Era Sócrates, que le daba información a Anaya.

—¿Algo más?

—Nada que valga la pena repetir ahora. Tengo que ocuparme de algunas cosas —dijo y colgó, siguiendo el procedimiento. Que sea rápido y sencillo, eso decía El Mago. De todos modos, no podía hablar de sus preocupaciones con El Mago por teléfono. Tendría que pedirle que se reunieran de nuevo y estaba receloso de hacerlo. No quería parecer un bufón desvalido que acudía siempre a él. Elvis era el líder del equipo, después de todo. Podía resolverlo.

Elvis golpeó el brazo de El Güero con el periódico.

—Vamos, pongámonos en marcha.

20

Comieron tacos de barbacoa en el camino de regreso de Cuernavaca, en un pequeño restaurante al lado de la carretera.

Esto es lo que la gente hace los fines de semana, pensó ella. *Salen con sus amigos.*

Rubén no era su amigo y no pasaban el tiempo juntos porque disfrutaran de la compañía del otro; él simplemente esperaba encontrar a su exnovia. Aun así. Maite iba a decirle a Diana que había visitado Cuernavaca con una cita. Un nuevo pretendiente. Diana la miraría con admiración, ya que rara vez iba a algún lugar sola. Viajaba, como si fuera parte de una compañía teatral, con su madre y sus hermanas.

Él fue amable con ella durante la comida. Pagó los tacos y las cocas, y mantuvieron una agradable y sencilla conversación. Cuando volvieron a la ciudad, Rubén se dirigió directamente al edificio de Sócrates, pero por más que tocó el timbre, nadie bajó.

—Tal vez esté en Asterisco —dijo Rubén, y dieron la vuelta a la esquina, hasta un teléfono público. Rubén llamó, pero Sócrates tampoco estaba allí.

—¿Y ahora qué?

—Volveremos mañana por la mañana.

—Mañana es lunes, tengo que trabajar. ¿Tú no?

—Maldita sea, es cierto —murmuró Rubén—. Seguro que puedo salir temprano. ¿Y tú? ¿Puedes salir alrededor de la una de la tarde? —La miró ansiosamente.

—Sí —dijo Maite, pensando que siempre podía inventarse una enfermedad. Además, odiaba los lunes. *Romance secreto* era la razón por la que se levantaba algunas semanas. Había días en los que podría haberse quedado en la cama para siempre. Tampoco se hubiera perdido nada.

Los abogados nunca llegaban a tiempo y a menudo acortaban sus jornadas. Pensó que si se salían con la suya con un comportamiento tan poco profesional, ella podría inventarse una excusa pobre sin una pizca de culpa.

—Puedo recogerte afuera de tu oficina si me das la dirección; así llegaremos aquí antes. Oye, tengo que pasar por mi casa a por ropa limpia, ¿te importa? Tardaré cinco minutos —dijo.

—¿Por qué necesitas ropa?

—Me imagino que puedo volver a dormir en tu sofá, por tu propia seguridad. Pero tendré que cambiarme por la mañana.

—No puedes vivir en mi sofá eternamente.

—Tal vez hasta que hablemos con Sócrates. No lo sé, no me parece bien dejarte sola.

Siempre estoy sola, pensó Maite. Pero... de nuevo, ¿por qué no? ¿Por qué no iba a pasar otra noche si él quería? Podría cocinar algo. Podría fingir que estaba haciendo la cena para un buen amigo. Probablemente no era gran cosa para él, esto de aparecer en la casa de una mujer cualquiera y pasar la noche allí.

Se dirigieron a la pensión donde se alojaba. En lugar de esperarlo en el coche, Maite fue con Rubén, curiosa por ver dónde vivía, aunque al momento de entrar pensó en volver a salir, porque un par de jóvenes estaban caminando hacia ellos y lo saludaron lanzándole una mirada de perplejidad.

Seguramente no era el tipo de persona que visitaba la pensión, no con su vestido mojigato y feo. No se parecía a Leonora, que era bonita; ni siquiera a Jackie, que podía ser interesante. Parecía una tía melindrosa.

—Por aquí —dijo Rubén y ella lo siguió por un pasillo hasta llegar a su habitación.

Era muy pequeña y sencilla. Junto a la cama, Rubén tenía un librero barato apilado con gruesos tomos. No había baño ni teléfono, aunque le dijo que la casera a veces les dejaba usar el teléfono de la sala de estar si prometían ser rápidos. Tenía una ventana, pero la vista daba a un muro bajo y dañado de ladrillo que rodeaba la propiedad de al lado. Los vecinos tenían un gallinero, pero lo único que pudo ver fue un único y triste gallo sentado fuera, completamente solo.

Se preguntó si Leonora habría estado alguna vez en esa habitación. La colcha de Rubén era verde y naranja, y pasó una mano por encima. ¿Habría dormido Leonora aquí? ¿Se habrá topado con algunos de los hombres que habían visto antes en el pasillo? ¿También ellos la habrán mirado perplejos?

—¿Hace mucho que vives aquí? —preguntó.

Rubén abrió un cajón y metió una camisa en una bolsa de lona.

—Casi desde que me mudé a Ciudad de México. La renta es justa y la comida de la casera también es decente.

—¿De dónde eres?

—Guerrero —dijo, doblando un par de pantalones.

—¿Has pensado alguna vez en volver?

—Tal vez. Allí hay guerrillas. Guerrillas de verdad.

—¿Ah, sí? ¿No son todos bandidos?

—Realmente no lees los periódicos, ¿verdad? —preguntó él. No sonó despectivo, sorprendido tal vez, pero su tono hizo que ella frunciera el ceño de todos modos—. Están en la sierra. No los pueden atrapar allí. Genaro Vázquez Rojas es auténtico. Y Lucio Cabañas. Van a cambiar el país, van a derrocar a estos hijos de puta del PRI.

—Vas a terminar en la cárcel si sigues hablando así.

Él se rio.

—¿Así que no sabes nada de nada, pero sabes eso?

—Eso lo sabe todo el mundo.

—Seguramente no te equivocas, pero ¿cuál es la otra opción?

—¿Leonora quiere unirse a una guerrilla y vivir en un lugar así? —preguntó Maite y recordó el apartamento de Leonora, sus bonitos vestidos, las sábanas rojas y las caras botellas de vino.

Pero él no la había oído o no se molestó en contestar, sino que metió un par de cosas más en su bolsa.

—Listo —dijo—. Todo empacado.

En poco tiempo estuvieron de vuelta en su apartamento. Maite fue a dar de comer al gato. Rubén le preguntó por qué no llevaba al gato a su apartamento, para no tener que estar entrando a casa de Leonora tres veces al día.

—Sería más fácil. Pero no lo sé. No me gustan los gatos —admitió.

Supuso que si Leonora no volvía pronto tendría que hacer algo con el maldito animal. Al menos Rubén había pagado por la comida del gato cuando habían parado en el supermercado a comprar algunos víveres. Maite prefería comprar sus frutas y verduras en el tianguis porque ahí se podía regatear, pero no había habido posibilidad de hacerlo, así que terminaron en un Superama.

—Tal vez pueda traer al gato por la mañana, no lo sé —dijo cansada.

—No tienes por qué hacerlo. Solo ha sido una sugerencia.

Ella se quitó los zapatos y se sentó en el sofá, frotándose los pies. Se sentía cansada, aunque no habían hecho mucho ese día. Sería la emoción del viaje, supuso. Esa noche él dormiría allí, luego hablarían con Sócrates... y luego ¿qué? Esta situación no podía durar para siempre. Yendo tras una chica... y estaba ese hombre, Anaya, y quienquiera que hubiera golpeado al amigo de Rubén de Asterisco. Anaya podría volver a asomarse por su oficina. Eso podría ser embarazoso. O peligroso.

—Voy a poner un poco de música —dijo y entró a su atelier.

Rubén la siguió, mirándola mientras jugueteaba con sus discos, dudosa de si debía elegir un bolero anticuado o intentar algo más novedoso.

—Tienes una enorme colección de discos.

—No es tan grande —respondió ella, un poco a la defensiva, porque era lo mismo que decía su madre cuando se quejaba del estilo de vida de Maite: «Maite, te gastas todo el dinero en discos y libros, en historietas y tonterías».

Se agachó y tomó un ejemplar de la historieta que ella había dejado en su silla.

—*Romance secreto.*

—Ah, sí —murmuró Maite, poniéndose aún más nerviosa y apretando las manos mientras él pasaba las páginas—. Deja que lo guarde.

Él le entregó el ejemplar.

—¿Este tiene el sacrificio azteca?

—No, no es este.

Maite guardó la historieta y puso *No me platiques más*, no porque le apeteciera particularmente escuchar la romántica letra de Vicente Garrido, sino porque no se decidía. Quería impresionar a Rubén con su gusto, pero también sospechaba que sería inútil.

—Quería decir que lo siento, por cierto.

—¿Lo sientes?

—Sí. He sido un poco grosero, ya sabes. Diciendo que no lees los periódicos ni sabes nada. Diciendo que lees cosas empalagosas...

Ella no quería que él hablara de sus hábitos de lectura. *Romance de enfermeras*, eso era lo que él había dicho, como si fuera muy gracioso. ¡Y qué! ¿Qué pasa si la gente quiere un poco de romance de vez en cuando? ¿Un poco de fantasía? ¿Acaso él no fantaseaba con nada? ¿Con nadie? ¿Tal vez con Leonora?

—Supongo que lees libros *importantes*, al ser un estudiante de Literatura —murmuró ella, aunque su instinto le hizo cerrar la boca. Hablar invitaría a más comentarios.

—Últimamente, no —dijo.

Rubén se había movido de un lado a otro de la habitación. Se paró junto a la ventana y miró hacia afuera, aunque no hubiera nada que mirar. Solo otro edificio, muy parecido al de Maite. Las persianas trazaban líneas oscuras sobre el desgastado cuadro del tapete rojo y blanco que ella le había comprado a un comerciante libanés. Se decía a sí misma que era un tapete persa, pero sabía que no lo era. Era un capricho que tenía, como llamar a esa habitación «el atelier».

—Podría ser peligroso involucrarse con esa gente en Guerrero.

—Mejor que ser arrastrado a Lecumberri y pudrirse en una celda allí —respondió Rubén encogiéndose de hombros—. Y no lo dudes, a todos nos van a arrastrar algún día, por nada. Prefiero estar huyendo de los policías en los alrededores de Guerrero que terminar siendo un preso político.

—No puede haber solo esas dos opciones.

—Eso es lo que dice la gente como Emilio, pero créeme, al final, luchas o te tumbas para que te pisoteen.

—Pero ¿qué sabe un trabajador de una imprenta sobre guerrillas?

—Hay todo tipo de gente con la guerrilla. Lucio Cabañas solía ser maestro. Podrías decir: ¿qué sabe un maestro sobre la revolución? Diablos, ¿qué sabía Emiliano Zapata sobre la revolución cuando organizó a un montón de campesinos?

—Creo que no puedo ver cómo cambiarías algo. Todo parece complicado. ¡Y la policía! Todos sabemos lo que la policía podría hacerte. —Tomó un par de discos de Elvis Presley de la repisa y los volteó, mirando la lista de canciones. *Love Me Tender*. Deslizó la uña por la funda del disco.

Eres directa.

—No intento ser cruel.

—No. Se te da bien esconder la cabeza.

—¡No hay nada de malo en eso! Si más gente se ocupara de sus propios asuntos, el mundo sería un lugar mejor.

—Estoy totalmente en desacuerdo.

Maite se pasó un mechón de pelo por detrás de la oreja y se mordió el labio. Rápidamente cambió de disco, puso *Piel canela* y subió el volumen; luego se sentó en su silla de la esquina y cruzó los brazos, moviendo el pie al ritmo de la música.

—¿Te importa si fumo?

—Aquí no —dijo ella, no tanto porque no le gustaran los cigarros sino porque quería castigarlo. Era irritante.

Simpático en un momento y molesto al siguiente. No era de extrañar que Leonora lo hubiera dejado.

—Lo que tú digas —murmuró y salió de la habitación.

Después de un par de canciones, Maite también salió del atelier y se asomó a la sala, para ver si él se había refugiado allí, pero no. Estaba apoyado en la puerta del apartamento, con la cabeza volteada hacia el pasillo.

Pensó en decirle que no habría cigarros en la sierra, que él no era, ni de lejos, tan interesante como creía, y que sus pequeñas fantasías sobre guerrillas, armas y revolución no eran más sólidas que sus propios sueños. Pero no sabía si tenía sentido reñir y de repente se sintió muy cansada.

Por la forma en que él estaba parado, también parecía cansado, y algo en la manera en que sus hombros estaban caídos hizo que Maite adivinara que estaba pensando en Leonora.

Maite dio de comer semillas de girasol al periquito mientras observaba al joven.

21

Era demasiado temprano para pasar por La Habana y hablar con Justo, así que Elvis fue hasta el edificio de Maite y le dio al Antílope la oportunidad de descansar unas horas. Ya había enviado a El Güero de vuelta al departamento después de que se detuvieron a poner su anuncio en el periódico. A solas en el coche, Elvis desechó una estación tras otra, se quedó en Stereo Rey, como solía hacer, y fumó cigarros, paciente, tamborileando los dedos contra los muslos. Sonaba *Dream a Little Dream of Me*.

Unas cuantas canciones después, Maite salió y subió a un coche con el mismo hombre con el que la había visto antes. El hippie de la uniceja. Elvis los siguió, pero después de unos quince minutos los perdió de vista cuando un taxi se desvió a la derecha y le bloqueó el paso. ¡Malditos conductores! No se podía seguir bien a alguien en esta ciudad, no con la multitud de putos coches y autobuses y taxis y peatones, aunque la verdad era que quizás Elvis no estuviera hecho para esta mierda.

Tal vez El Güero tuviera razón en que era un blandengue y no podía estar a la altura de El Gazpacho.

¡Maldita sea! La mujer. ¿A dónde podría haber ido? Por un momento entró en pánico, pensando que tal vez se iba a reunir con Leonora, pero luego se tranquilizó. No, Leonora seguía escondida; no leería el anuncio en el periódico hasta la mañana siguiente. Podría ser que la mujer estuviera visitando de nuevo a Emilio Lomelí. Allí había ido la última vez. Recordaba su dirección con bastante claridad, junto con otros detalles del expediente.

¿O tal vez se estarían dirigiendo al colectivo de arte? Lo dudaba, a juzgar por la dirección que habían tomado.

Puta madre. Estaba demasiado cansado y tenso, ese era el problema. Todavía estaba adolorido por la paliza, sus músculos gritaban por el maltrato infligido sobre ellos. En particular, la espalda, la columna vertebral, le escocían como el demonio y cada vez era peor, como si cada terminación nerviosa estuviera despertando a la realidad de la situación.

Pasó por una farmacia y compró un frasco de aspirinas, y luego condujo de vuelta al apartamento. Era la una. Todavía faltaba un rato para que pudiera ir a La Habana y necesitaba descansar. Todos necesitaban un descanso si querían arreglárselas mañana y durante los próximos días. En ese momento debían estar alerta. Así que decidió echarse un sueñito, al igual que los demás.

Los chicos estaban durmiendo la siesta, pero se levantarían en un par de horas. Pegó una nota en la puerta de El Güero diciéndole que tenía el siguiente turno y que empezaba a las cinco. Luego, a las once, El Antílope debería ocupar su lugar. No estaba seguro de quién quería que vigilara a Sócrates y quién a la mujer.

La mujer. No era gran cosa y, sin embargo, allí estaba él, pensando en ella de nuevo. Supuso que era porque no podía tener una vida normal y, por lo tanto, casi cualquier mujer captaría su interés. Tampoco es que alguna vez hubiera tenido una vida muy normal, primero viviendo con aquella ruca estadounidense y luego en aquella extraña secta.

Estaba en la cama, encima de las cobijas, fumando un cigarro con las luces apagadas e intentando arrullarse para quedarse dormido. Sabía que no debía hacerlo, que fumar como chacuaco ya era malo, y que hacerlo en la cama era una receta para despertarse con quemaduras de tercer grado, pero lo hacía de todos modos cuando se sentía extremadamente vacío.

Cristina, Cristina. Los hoyuelos y el largo pelo castaño que le caía por la espalda. La recordaba desnuda, tumbada en una cama estrecha, tarareando una canción. Le gustaba recordarla así: desnuda, junto a él.

La mujer no se parecía en nada a Cristina, quien había sido exactamente su tipo. Menuda, pálida, con una boca bonita y besable. Así era como le gustaban. Pero seguía fumando en la oscuridad, preguntándose si, en otras circunstancias, no sería posible que se topara con Maite en la calle y la conociera así.

Al fin y al cabo, cientos de personas se conocen todos los días. Era la cosa más fácil charlar con una chica en el autobús o en la cola del cine. Y él no estaba interesado en ella de manera pervertida; todo era muy inocente. Simplemente sentía curiosidad.

No dejaba de preguntarse cómo sonaba su voz. La había visto de lejos, había mirado su foto, había leído la información que El Mago le había dado, pero no podía imaginar su voz. Probablemente no fuera nada especial, pero quería tener una imagen completa de la mujer. Quería preguntarle cuántos discos tenía y si escuchaba *Blue Velvet* a altas horas de la noche y se bamboleaba al ritmo de la música, sola, mientras la ciudad dormía.

No podía imaginársela con otros y menos con ese hippie de las cejas pobladas. Ella existía aislada, de pie frente a un fondo blanco y austero.

Algunas personas están hechas para estar solas.

Apagó su cigarro y se durmió.

Cuando se despertó ya era la última hora de la tarde. Todavía le dolía el cuerpo. Hizo un gesto de dolor cuando se puso una chamarra y se dirigió a La Habana.

A esa hora estaba repleto, con ancianos revolviendo sus fichas de dominó y los literatos agolpados en las mesas. Vio a Justo sentado cerca del fondo. Tenía su cajetilla de Faritos sobre la mesa y su café, y estaba inmerso en un libro o haciendo un buen trabajo fingiendo que así era. Su cara de niño estaba bien rasurada y daba toda la apariencia de ser un joven y ansioso estudiante que estaba tomando un descanso.

Se podría pensar que estaba recién bautizado, así de inocente parecía.

Elvis tomó asiento frente a él. Justo pasó la página. Los meseros con pantalones y chalecos negros se paseaban llevando pedidos de molletes en charolas redondas. Se mezclaba el aroma de los granos de café y los puros. La gente hablaba con acentos en este lugar. Español, cubano, algo de chileno.

—Qué pronto has vuelto. ¿Estás atareado? —preguntó Justo, pero no levantó la vista.

—Claro, supongo —dijo Elvis, sin saber cómo empezar. Ahora que estaba aquí, estaba pensando que su idea era bastante tonta. Después de todo, ¿por qué querría este tipo echarle una mano? Y aunque lo hiciera, ¿cómo iba a pagarle? Elvis tenía su dinero escondido en la caja de puros, pero no quería gastarlo así.

El joven dobló la esquina de la página que estaba leyendo y bajó su libro.

—Será mejor que te lo diga de inmediato: tu amigo está muerto.

Elvis escuchó lo que dijo, pero al principio no lo entendió. Todavía estaba pensando en la operación de vigilancia que tenía que llevar a cabo y las palabras se le pasaron volando. Pero Justo seguía mirándolo detrás de sus lentes con armazón de carey, con aspecto serio, y entonces Elvis lo entendió.

El Gazpacho.

Se refería a El Gazpacho.

—No puede estar muerto.

—Hice algunas averiguaciones rápidas y lo encontré, lo vi con mis propios ojos. Definitivamente está muerto.

Elvis sacudió la cabeza.

—Estás equivocado.

Pero Justo miraba ahora a Elvis con lástima y desconcierto, y Elvis sabía que no se había equivocado. Pensó en El Gazpacho, empapado en sangre, y en los sonidos que hacía mientras Elvis conducía el coche hasta el doctor. Tal vez había sido demasiado lento o demasiado torpe transportándolo. Tal vez habría tenido la culpa. Tenía la boca seca.

—¿Dónde lo encontraste?

—Lo recogieron en una zanja cerca de Ciudad Satélite. Lo habían estrangulado —dijo Justo; sacó una caja de cerillas y encendió su cigarro. Le ofreció uno a Elvis, pero este no se movió.

Elvis lo miró fijamente, observando cómo Justo tiraba la cerilla en una taza.

—Estrangulado —repitió—. No, tenía una herida de bala y yo lo dejé en el consultorio del doctor.

Justo se rio y dio una fumada, deslizando la caja con los cigarros hacia el centro de la mesa; invitó a Elvis a tomar uno con un gesto de la muñeca.

—A tu jefe no le gustan las balas.

Elvis estuvo a punto de reírse de aquello. Qué pendejo. Decir eso. Incluso *pensarlo.*

—No fue El Mago.

—¿Quién, entonces? ¿El Coco?

—Carajo... —dijo Elvis, y apretó las manos con fuerza contra la mesa con tal ímpetu que Justo tuvo que estabilizar la maldita cosa para que no se volteara.

—Siéntate, imbécil —murmuró Justo y, en ese momento, con la cara contorsionada por la ira, ya no parecía tan joven como antes. Había pequeñas arrugas a los lados de sus ojos y su boca era severa.

—Me caía bien El Gazpacho. Era un buen tipo. Por eso me molesté en buscarlo y luego me molesté en decírtelo. Podría haberme atracado tu dinero. El Mago no es un santo, deberías saberlo a estas alturas.

—¿Por qué lo mataría, eh? Era un Halcón.

—¿Cómo diablos quieres que lo sepa? No habrá sido el único Halcón muerto esta semana.

—No tiene sentido.

Un hombre había ganado una partida de dominó. Se rio y el murmullo de una radio en la esquina se extendió por el café. Violeta Parra estaba cantando acerca de volver a tener diecisiete años y ser inocente. Elvis se miró las manos. Quería tomar un cigarro, pero temía que le temblaran los dedos, así que se quedó sentado, rígido y temeroso, y temblando por dentro mientras los hombres se reían.

—Mira —dijo Justo, bajando la voz hasta que no fue más que un susurro a través de la mesa—. Van a disolver a los Halcones, créeme. Las cosas están muy feas y El Mago está hasta el cuello de problemas. La cagó, la gente se va a abalanzar sobre él. Deberías alejarte de él ahora. El reloj está corriendo para ese tipo.

—El reloj está corriendo para todos.

—Mató a El Gazpacho.

Parra hablaba de las cadenas del destino y rasgueaba una guitarra.

—Ya te he escuchado la primera vez —dijo Elvis—. Pero hay otros que podrían haberlo hecho. La CIA, por ejemplo.

—¿La CIA? ¿Me estás tomando el pelo?

—Entrenaron a algunos de los Halcones. Tal vez se pusieron nerviosos —dijo, dándose cuenta de que estaba sonando tan estúpido como El Antílope cuando entraba en una de sus rachas conspirativas—. Carajo, no lo sé. El Gazpacho era uno de los muchachos de El Mago, así que no se lo puedes achacar a él.

El Gazpacho. El pobre y sonriente Gazpacho con su amor por las películas asiáticas y sus bromas bondadosas, diciendo «hermano esto» y «hermano lo otro». Y no significaba nada, aunque en realidad sí. «Hermano». Nunca había tenido un amigo como El Gazpacho, un amigo que realmente se preocupara, alguien que no solo se interesara por sí mismo.

El Gazpacho estaba ahí para todos ellos, pero sobre todo estaba ahí para Elvis.

Apretó los ojos cerrándolos durante un segundo, solo un pinche segundo. Sintió una rabia negra en su cuerpo, la bilis cubriendo su lengua. Se metió un cigarro en la boca.

—¿Qué pasará con el cuerpo? ¿Alguien lo reclamará? Tenía familia. Una hermana.

—¿Sabes su nombre?

—No —murmuró Elvis—. No sé su nombre ni el de ella. ¿Tal vez podrías averiguarlo?

—Ya he hecho bastante con encontrarlo. Me debes esto, hijo de puta.

—¿Estás seguro de que es él? Si El Mago realmente se hubiera querido deshacer de él, ¿no le habría cortado la cabeza o algo así? ¿Para evitar la identificación?

—¿Por qué? No tiene nombre.

Elvis ni siquiera podría ir a la iglesia y mandar a oficiar una misa por el hombre muerto porque no tenía ni idea de quién había sido realmente El Gazpacho. Solo un tipo. Un muerto anónimo. Si Elvis cayera muerto mañana, también sería un muerto anónimo. Un cabrón de la alcantarilla que El Mago había encontrado y desechado, más inferior que El Gazpacho o los demás.

Elvis no estaba seguro de si a su madre le importaría un carajo aunque fuera identificado. Hacía años que no veía a su familia. Les gustaba que fuera así.

Su verdadera familia eran los Halcones. El Mago, El Gazpacho, incluso esos jodidos El Güero y El Antílope. Eso era lo que tenía.

Elvis dejó que el cigarro colgara de la comisura de su boca, sus ojos desenfocados.

—Esta noche tienes compañía —dijo Justo.

—¿Dónde? —preguntó Elvis, levantando una mano; sostenía lentamente el cigarro entre los dedos, con la voz áspera por el dolor. Se le agolparon las lágrimas en los ojos, pero se las enjugó.

—Atrás, a la derecha, en la mesa cerca de la puerta.

Elvis abrió los ojos, pero no miró. En su lugar, jugueteó con uno de los libros de Justo, fingiendo que lo estaba leyendo.

—¿Cómo es?

—Alto, pelo castaño. Chamarra de ante y cuello de tortuga.

—¿Un hombre de Anaya?

—No podría jurarlo, pero yo diría que no. Suelen desplazarse de dos en dos y no parece un gorila. Zapatos elegantes, los que trae este.

—Pendejo comemierda —murmuró Elvis. Apostaría un ojo a que era ese ruso comemierda de nuevo, con una Makarov metida en su funda de cuero. Tenía que ser una Makarov. ¿Qué demonios quería? Ya le había dado a Elvis una buena paliza. Todavía le dolía la espalda por el puto periódico con el que lo había golpeado.

—¿No es un amigo?

—No.

—¿Quién es? —preguntó Justo, curioso.

—Otro jugador —dijo Elvis, porque no le parecía una buena idea revelar que era un maldito agente de la KGB. En realidad no conocía a Justo. Su idea de pedirle ayuda era estúpida.

No sabía qué hacer. ¿Volver al apartamento y fingir que todo iba normal? ¿Olvidar que El Gazpacho estaba muerto?

Maldita sea, El Gazpacho estaba muerto. El Mago lo había matado. El Mago lo había matado, chingada madre. O, tal vez, no. No tenía sentido sacar conclusiones precipitadas.

Más valía que no hubiera sido El Mago.

—¿Hay una salida por la parte de atrás?

—Pasando los baños. Recuerda que me debes una, así que si alguna vez necesito…

—Ya sé cómo funciona —murmuró Elvis.

Se levantó. Caminó a paso normal, como si no estuviera preocupado, y salió por la parte de atrás. Pasó precipitadamente por un par de meseros que se estaban tomando un descanso para fumar, apoyados contra la pared con sus chalecos negros y camisas almidonadas. Afuera ya estaba oscuro.

Caminó más rápido y empezó a correr. Corrió hasta quedarse sin aliento.

Hermano.

22

Cuando llegó al trabajo el lunes por la mañana Maite le dijo a Diana que se había ido a Cuernavaca el fin de semana, pero en su versión de los hechos incluyó a un nuevo pretendiente. Diana parecía impresionada cuando Maite le dijo que la recogería en su coche. Le preguntó a Diana si podía cubrirla.

—¿Puedo conocerlo? —preguntó Diana.

—Hoy, no —dijo Maite—. Pero más adelante, tal vez.

—¿Cómo se llama?

—Rubén —dijo ella con orgullo.

—¿Es guapo?

—Mucho.

Continuaron en esa línea durante unos minutos más, antes de que la llegada de sus compañeros de trabajo hiciera necesario que se retiraran a sus escritorios. Maite sonrió. No solo el último número de *Romance secreto* mostraba a Jorge Luis despertando del coma, sino que las mentiras que había contado la animaron. Además, saldría de la oficina temprano y en coche, sin necesidad de subir al apestoso autobús esta vez.

Eso no significó que la mañana no tuviera sus contratiempos. El teléfono sonó dos veces y ella levantó nerviosamente el auricular, temiendo que fuera ese terrible hombre de la DFS. Pero primero fue un número equivocado, y luego, fue la madre de Maite que llamaba para decirle que el mecánico la había llamado y que cómo se atrevía

Maite a dar su número y que por qué Maite siempre tenía problemas de dinero. En realidad, Maite no había tenido problemas de dinero más allá del mecánico. La razón por la que había dado el número de su madre fue porque necesitaba una fiadora cuando compró el coche y además el mecánico le había pedido un contacto de emergencia. La mayoría de las mujeres ponía el nombre de su esposo, pero como Maite no tenía marido, estaba sujeta a esta capa extra de escrutinio.

Maite le dijo a su madre que no podía hablar porque estaba en el trabajo, pero entonces su madre la amenazó con llamarla por teléfono a su casa esa noche. Maite esperaba que se olvidara de hacerlo y casi consideró pedirle a su hermana que le quitara a su madre de encima.

Sobre las once de la mañana Maite se inventó una migraña; dijo que necesitaba ir a casa temprano y explicó que Diana había prometido terminar su trabajo. Su jefe no pareció complacido, pero dijo que estaba bien, y a la una de la tarde ella bajó en el elevador y esperó a que apareciera Rubén.

Sonrió, pensando que si Diana asomaba la cabeza por la ventana la vería entrando en el coche.

—¿Qué tal el trabajo? —preguntó Rubén.

—Bien. ¿Y tú?

—El trabajo estuvo bien. Pero los gusanos siguen saliendo de quién sabe dónde para ayudar a mantener en el poder al presidente. Mira a Octavio Paz y a Carlos Fuentes, ese par de lambiscones. Y deberías haber visto *Excélsior*: tenían una carta firmada por José Luis Cuevas, Rufino Tamayo, Ramón Xirau y todos esos alabando al presidente. ¡Intelectuales y artistas con Echeverría! ¡Que se jodan! Se oye gente diciendo que es «Echeverría o el fascismo», como si no hubiera otra opción, y no se puede confiar en nadie hoy en día. ¡Cambiar las cosas desde adentro! Las pendejadas que sueltan. Y nosotros… incluso nosotros no somos inmunes a esta mierda.

Maite frunció el ceño.

—No sé si lo entiendo.

—Asterisco está llegando a su fin —dijo Rubén.

—¿Está cerrando?

—He ido a ver a Jackie antes de recogerte. Dice que es demasiado peligroso seguir reuniéndonos como lo hemos estado haciendo hasta ahora.

—Probablemente tenga razón.

—Hay tantos oportunistas esperando su rebanada de pastel. Diletantes políticos. Me siento impotente.

Rubén sujetó el volante. Parecía joven y angustiado; era fácil sentir lástima por él.

Cuando llegaron al edificio de apartamentos de Sócrates, este aún no estaba en casa o estaba fingiendo no oír el timbre. Por suerte, consiguieron colarse en el edificio cuando un par de personas salían y subieron las escaleras hasta el apartamento, que estaba al final de un pasillo.

La puerta estaba ligeramente abierta y entraron.

—Hola, ¿estás en casa? —preguntó Rubén.

Sobre una cama desordenada alguien había dejado una taza llena de colillas de cigarro. La luz del baño estaba encendida. Rubén se adelantó, apartando una cortina con cuentas de madera.

Un hombre joven, en paños menores, estaba sentado en el retrete, con la barbilla apoyada en el pecho y las manos en el regazo. Maite notó de inmediato las pequeñas y redondas marcas de quemaduras en su piel y la cuerda que le ataba los pies. No se movía.

—¿Está muerto? —susurró ella.

Rubén no contestó, sino que se adelantó y puso una mano en el cuello del joven.

—Sí —murmuró.

—Oh, Dios mío. Qué…

—Vámonos —dijo Rubén, tomándola de la mano y sacándola del diminuto apartamento.

Bajaron las escaleras a toda prisa. Su huida fue tan ruidosa que Maite temía que todo el edificio los oyera, pero nadie asomó la cabeza por la puerta.

—Tenemos que llamar a la policía —dijo ella cuando llegaron al coche y Rubén manipulaba con torpeza las llaves. Él la miró, con los ojos penetrantes.

—No.

—Pero está muerto. Habrá que enterrarlo.

—Sube.

Maite obedeció, pero en cuanto estuvo en el asiento del pasajero volvió a hablar.

—No podemos dejarlo ahí.

Rubén arrancó el coche.

—¿Qué crees que nos harán si se los decimos, eh? ¿Quieres acabar en Lecumberri? Con mi historial…

—¿Qué historial?

—He sido arrestado. He tenido mis encontronazos con los cerdos.

—¡Pero está muerto!

—Sé que está muerto y nosotros lo estaremos pronto si llamamos a la policía.

Maite juntó las manos con fuerza, apoyándolas contra su regazo. Rubén metió la mano en el bolsillo de su chamarra y sacó un cigarro. Cuando se detuvieron en un semáforo en rojo, lo encendió y se volteó hacia ella.

—Voy a conducir un rato. Luego volveremos a tu apartamento.

—Vas a dejar que un hombre se pudra en un baño.

—Mejor él que yo.

Intentó pensar en algo, cualquier cosa que decir, pero mientras cerraba los ojos, la imagen del hombre muerto la perseguía y olvidó cómo pronunciar las palabras. Cuando llegaron a su apartamento, todavía muda, decidió hervir agua para hacer café, pero tomó con torpeza la lata y acabó dejándola caer en medio de la cocina. Los granos de café se derramaron por el piso laminado.

Tomó la escoba. Sonó el teléfono. Supuso que debía ser su madre y pensó en dejarlo sonar, pero conociéndola, mamá simplemente volvería a llamar en diez minutos y se enfadaría aún más con Maite porque no había estado allí para contestar la primera vez. Apoyó la escoba contra la pared y respiró profundamente antes de levantar el auricular.

—¿Sí? —preguntó y cerró los ojos, imaginando ya la severa recriminación que iba a tener que soportar. *Maite, no sabes manejar el dinero. Maite, no sabes manejar nada.* Apretó la espalda contra el refrigerador y esperó.

—¿Hola? Soy Leonora —dijo una mujer con voz suave.

Sujetó con fuerza el cable del teléfono, asombrada, abriendo los ojos de golpe.

—¿Dónde estás? ¡Te hemos buscado por todas partes!

—Estaba leyendo la edición matutina —dijo la chica y luego algo más que Maite no captó; la chica hablaba en susurros.

Rubén, que estaba sentado en el sofá, levantó la cabeza y se la quedó mirando fijamente.

—¿Quién es?

—¡Es Leonora! ¡Me alegro mucho de oírte! ¿Qué pasa con la edición matutina?

—¿Tienes al gato? ¿Y la caja?

—Sí y sí. ¿Cuándo podemos verte?

—Dile que cuelgue.

—¿Eh?

Rubén se levantó rápidamente y corrió hacia Maite. Le quitó el teléfono de las manos, empujándola. Maite perdió el equilibrio y tropezó.

—¡Escóndete! No es seguro! —gritó en el auricular y colgó.

Maite se levantó, sujetándose a la barra de la cocina.

—¿Estás loco? ¡Llevamos días intentando encontrarla!

Se frotó la rodilla, pero él la fulminó con la mirada, como si fuera ella quien lo hubiera empujado y no al revés.

—Eso fue antes de que Sócrates acabara muerto. No puede volver. Ahora está en verdadero peligro.

—No puede esconderse para siempre —dijo Maite. Dio unos pasos afuera de la estrecha cocina hacia la sala de estar, luego se volteó para mirarlo y retrocedió a la cocina.

—¿Qué pasa con Jackie? ¿No puede hacer algo?

—¿Qué va a hacer Jackie? —murmuró Rubén con voz cansada, frotándose la mandíbula.

—¡No lo sé! Dijiste que nos ayudaría. ¿Y Emilio? —Maite chasqueó los dedos—. Eso es, vamos a llamar a Emilio.

Tomó el teléfono, pero Rubén se lo quitó inmediatamente de las manos y colgó. Ella lo miró fijamente, boquiabierta.

—No puedes decirle a nadie que ha llamado.

—¿Por qué no?

—¿No lo entiendes? No es seguro. No puedes confiar en nadie.

—¿Por qué debería confiar en ti entonces? Ni siquiera te conozco. Aléjate de la puerta. Voy a ver a Emilio.

—Cálmate.

—¡Aléjate! ¡Es mi casa!

—Te digo que te calmes. Alguien va a empezar a golpear a la puerta preguntando qué demonios está pasando si sigues así.

—¡No me importa!

Irrumpió en su atelier y, cuando entró, subió el volumen y dejó caer la aguja sobre un disco; la música sonaba como un trueno, así de fuerte, haciendo que temblara toda la habitación. Empezó a sonar *Will You Still Love Me Tomorrow*.

—Por el amor de Dios, Maite, no hagas esto —dijo él y bajó el volumen con un rápido giro de la muñeca—. ¿Quieres empeorar las cosas? ¿No ves que estamos en un lío?

Pero lo único que ella podía ver en ese momento era al hombre muerto. Desplomado, con las horribles marcas de quemaduras en las piernas, y el cuello doblado y los ojos… Durante un segundo había atisbado esos ojos, vidriosos y abiertos, mirándola fijamente.

Se sintió tan perdida, tan sola, y quiso aferrarse a algo. Se volteó hacia él y se sujetó a su chamarra con ambas manos. Pero también estaba furiosa, le hervía la sangre porque nada de esto era culpa de ella, todo era culpa de esa chica, de esa chica a quien ni siquiera conocía, y también era culpa de Rubén. Él había permitido que se involucrara en esta temeraria búsqueda.

Maite embistió contra él y lo mordió con fuerza, en la boca. Él dio un paso atrás, sobresaltado, apretó una mano contra los labios y la miró fijamente, retrocediendo. Sus dedos estaban manchados de sangre.

Sujetó su cara entre las manos y la mordió. Por un momento ambos se paralizaron, aturdidos por lo que estaba sucediendo, y hubo una pausa, como el crujido de un disco.

—Deberías cogerme antes de que cambie de opinión —dijo ella.

Y lo decía en serio. Había fantaseado con un encuentro similar pero nunca se había atrevido, incluso se había imaginado con este hombre en un ataque de aburrimiento. Y allí estaba ella ahora y allí estaba él, y a pesar de todas las deficiencias de Maite, él parecía dispuesto e interesado en ella.

La música era un zumbido bajo mientras ella le desabrochaba la hebilla del cinturón y él le subía la falda, apretándola contra el barato tapete rojo y blanco. Cauteloso, tal vez, de que ella pudiera volver a morderlo, no intentó besarla. No es que estuviera de humor para que la besaran. Los besos eran para las páginas de *Romance secreto*, eran para los enamorados, y este no era un episodio que perteneciera a ninguna de sus revistas.

Estaban enfadados con el mundo, por eso estaba ocurriendo esto. Era un beso de escorpiones, ambos cargados de veneno. Ambos cansados también. La tensión y la excitación de los últimos días eran la chispa que necesitaban.

Todavía a medio vestir, Rubén se introdujo en ella. Ella se preguntó, durante un breve y parpadeante segundo, cómo podría compararse con la hermosa Leonora y lo acercó a ella, apretando su cara contra su cuello para que no la mirara.

Había pasado tanto tiempo desde que había tenido un amante que temía haber olvidado cómo funcionaban los cuerpos humanos, pero encontraron un ritmo, algo entre el pesar y el placer.

Sintió su lengua, húmeda y cálida, deslizándose por su cuello. Pensó en Emilio, el guapo, culto e interesante Emilio, y se permitió un juego de simulación durante un minuto, imaginando que era él quien estaba con ella. Luego pensó que era uno de los hombres de sus historietas, que tal vez los dos se estaban turnando para hacer de las suyas. Rubén gruñó algo, levantó la cabeza, y ella lo miró y la fantasía terminó.

Ella se vino unos minutos después; la tomó por sorpresa. Fue un temblor breve y débil, como el de una mariposa rozando su piel con sus alas, no un precipicio de placer, pero al menos había tenido la decencia de esperarla. A algunos hombres no les importaba.

Empujó una vez, dos veces, y luego se quedó quieto sobre ella durante un par de minutos antes de hacerse a un lado. La música seguía sonando, pero era una canción diferente y de tempo más rápido. Ella cerró los ojos y, cuando los volvió a abrir, él estaba mirando al techo. Se sintió nerviosa, preguntándose qué estaría pensando, si se sentiría culpable.

—Me voy a meter en la ducha —dijo ella, levantando la aguja del tocadiscos mientras se dirigía al baño.

No tardó mucho, se restregó vigorosamente el estómago y las piernas, se lavó el sudor y el semen, y se quitó el maquillaje. Se detuvo frente al espejo para contemplar su rostro, libre de cualquier adorno, enrojecido por el calor de la ducha caliente y, tras haber hecho el amor, algo bonito. Cuando, por una fracción de segundo, el rostro se reflejó en el espejo, incluso parecía casi hermoso.

Tal vez fuera simplemente su imaginación, simplemente la necesidad de ser deseable, pero era una bonita ilusión.

Cuando volvió a entrar a su dormitorio con su raída bata rosa, vio que Rubén se había acomodado en la cama. Estaba apoyado en el codo y la miraba mientras ella se secaba el pelo con la toalla y luego pasaba una mano por los objetos dispuestos en su tocador, sus pequeños tesoros, como joyas arrebatadas de un naufragio. Acarició la estatua de San Judas Tadeo y el frasco de perfume. Pensó en hombres sin rostro blandiendo cuchillos de sacrificio y en doncellas atadas en altares de piedra.

—¿Estás bien?

—¿Eh? —respondió ella.

—Pareces preocupada.

—¿Tú no lo estás?

—Por supuesto. Pero me gustaría no pensar en ello antes de echarme una siesta. Carajo, estoy cansado.

—No puedo dejar de darle vueltas a las cosas, nunca. A veces miro una palabra en un diccionario y me pregunto: ¿cómo llegó esa palabra a tener este significado? Cómo es que «caliente» significa «caliente» y «frío» significa «frío» y por qué algunas palabras suenan igual pero significan cosas diferentes. Luego también pienso en cómo podrían ser las cosas y en cómo no lo son.

Él la miró con curiosidad, como si estuviera cantando en un idioma desconocido.

—Tú no eres así —dijo ella—. No le das vueltas a las cosas.

—Supongo que depende de a quién le preguntes.

—Leonora, ¿qué dice?

Le pareció que se molestaría si mencionaba a la chica, pero Rubén se limitó a encogerse de hombros. Maite abrió un cajón y sacó su camisón. Tenía botones por delante y volantes en las muñecas. Al sostenerlo, se dio cuenta de lo espantoso que era y se sintió un poco avergonzada de usarlo, pero se lo puso y se metió bajo las sábanas.

Rubén se quitó la ropa pero no se molestó en ponerse el pijama. Tampoco se bañó. Maite se preguntó si habría traído pijama siquiera. Quizá durmiera desnudo. Él y Leonora juntos, el apartamento almizclado con su olor.

—Sigo pensando que deberíamos avisar a Emilio. —Maite giró la cabeza y lo miró—. Sería egoísta no decirle que Leonora está bien.

—Emilio es un júnior rico que baila al son que le toque el PRI, ya te lo he dicho. No hay razón para ahondar en eso.

—Eres tan molesto —murmuró—. ¿Dónde está el arma, de todos modos? Si un asesino entrase aquí ahora, te mataría de un tiro. Morirás sin ropa interior.

—Sí que le das vueltas a las cosas —dijo él, pero sonreía—. No es una mala forma de morir, después de una buena cogida y durmiendo en la cama. Si termino en la maldita sierra con la guerrilla, te recordaré con cariño.

No era exactamente una declaración de amor, pero a Maite le gustó. Se preguntó si se habría equivocado y Rubén podría tener la materia prima para ser un héroe de una historieta, después de todo. «Soldado» sonaba emocionante. Supuso que ser un miembro de una guerrilla no sería exactamente como ser un soldado, pero sería bastante parecido. Un rebelde con causa.

23

El lunes a las ocho de la mañana, Elvis y El Antílope estacionaron su coche frente al edificio de Sócrates. Elvis había dormido poco, intermitentemente. Primero se había dicho a sí mismo que Justo mentía, que El Gazpacho estaba vivo. Pero en algún momento cerca del amanecer, admitió la verdad. El Gazpacho debía estar muerto. No podía saber si El Mago tenía algo que ver. Tampoco podía llamar a El Mago y preguntarle si había asesinado a un hombre.

El Antílope se puso a masticar chicle y se echó una siesta. Elvis miró el crucigrama que descansaba en su regazo y no pudo completar las letras que faltaban. No había elegido ninguna palabra del día. En un bolsillo de su chamarra tenía su desatornillador y en el otro llevaba una cajetilla de cigarros, pero había olvidado el encendedor.

Hacia la una y media de la tarde, El Antílope le dio un codazo.

—¿No es esa la mujer a la que hemos estado siguiendo? —le preguntó.

Era Maite, que caminaba junto a su amigo, el mismo hombre con el que la había visto antes. Formaban una pareja dispareja. Él parecía un estudiante, con el pelo demasiado largo, y ella parecía mojigata y recatada con su traje. Elvis se preguntó quién era el hombre y qué hacían allí. Entraron, pero salieron corriendo como si el diablo los persiguiera.

—Síguelos —dijo Elvis.

—Pensaba que estábamos vigilando este edificio.

—Cambio de planes; cuando alguien corre así, lo sigues.

Sin embargo, en lugar de llevarlos a un lugar interesante, la pareja simplemente volvió al edificio de apartamentos de Maite. Elvis estacionó el coche y encontraron a El Güero, quien había estado vigilando todo este tiempo solo y puso los ojos en blanco cuando los vio.

—¡Por fin! ¿Listos para relevarme? —preguntó.

—Todavía no —dijo Elvis—. ¿Ha pasado algo aquí?

—No hay nada. La mujer acaba de volver a casa.

—Sí, nos hemos topado con ellos en el otro sitio.

—¿Y ahora qué? —preguntó El Antílope—. ¿Nos quedamos aquí?

Elvis no estaba seguro, pero no quería decirlo porque entonces pensarían que era indeciso, débil. El Güero resolvió su problema hablando en voz alta.

—Me muero de hambre, hombre. Vamos a comer algo decente y volvamos.

—Bien. Antílope, quédate aquí en el coche y espera. Volveremos en veinte minutos —dijo. Ahora que El Güero lo mencionaba, Elvis necesitaba comer algo. Tenía un puto dolor de cabeza. Tal vez podría parar en la farmacia también.

A un par de cuadras del edificio de apartamentos había un parque y alrededor de su perímetro un pequeño tianguis, donde los oficinistas y funcionarios de bajo nivel se agrupaban en torno a puestos de comida, bebiendo refrescos y comiendo tacos. Todos preferían una comida corrida y la comodidad de una silla y una cerveza, pero a veces era difícil llegar a fin de mes y los tacos de canasta servían tan bien como cualquier otra cosa.

Elvis y El Güero se detuvieron en un puesto de venta de barbacoa, donde una mujer depositó ante ellos dos tazones llenos de carne. Elvis saló su comida y comió lentamente, sentado en una cubeta volteada que hacía las veces de silla mientras una pequeña radio tocaba *Are You Lonesome Tonight*, y por un momento no le importó estar allí sentado, apretujado entre El Güero y un desconocido, con un perro escuálido dando vueltas alrededor de ellos, esperando las sobras.

Por un instante la música suavizó los bordes de todo y se sintió como en esas películas, cuando el lente está borroso y una halación —esa palabra la había aprendido de su diccionario— distorsiona la luz.

Entonces un pendejo cambió la estación y sonó *Surfin' Bird*. Elvis frunció el ceño y tomó un sorbo de su refresco. Fue en ese momento cuando se dio cuenta de los cuatro hombres que estaban de pie al otro lado del puesto de comida. Llevaban traje y corbata, pero no eran cajeros de banco u oficinistas: podía reconocer problemas cuando los veía.

Le dio un codazo a El Güero, pidiéndole fuego. El Güero sacó su encendedor y Elvis bajó la cabeza y acercó su cigarro a la llama, con los ojos puestos en su tazón de barbacoa.

—Cuatro cabrones justo al otro lado.

El Güero guardó su encendedor y apretó una servilleta contra su cara.

—He visto al cabrón de la derecha, ha estado vigilando el edificio. Estos pendejos deben ser de la DFS.

—No me extraña.

—¿Qué carajo quieren?

—Supongo que están marcando su territorio, como los perros que orinan en la acera.

—¿Tienes el arma? Sácala.

Elvis negó con la cabeza.

—No la tengo. ¿Qué tienes?

—Una navaja de bolsillo.

—Larguémonos de aquí. Sígueme.

Se levantaron lentamente y comenzaron a caminar entre los puestos. Los hombres siguieron su ritmo. Cuando llegaron al borde del parque, Elvis giró bruscamente a la derecha y cruzaron la calle a toda velocidad. Fue una actuación digna de corredores de maratón, pero no les sirvió de nada; no pudieron deshacerse de esos hijos de puta. Elvis giró bruscamente hacia un callejón detrás de una lavandería; el olor a detergente era fuerte, salía de un tubo de escape. Miró la puerta de la lavandería, preguntándose si podría abrirla rápidamente. Pero los hombres estaban pisándoles los talones. Cuatro en un extremo del callejón y dos en el otro, bloqueándoles el paso.

El Güero sacó su navaja. Elvis se agachó y recogió un tablón de madera que estaba en el suelo; no tenía sentido intentar hacer mucho con el desatornillador. Tenía las palmas de las manos sudorosas. Seis contra dos. Los Halcones golpeaban a la gente, pero normalmente eran estudiantes indefensos, no agentes entrenados. Deseó tener un arma real.

Uno de los agentes cargó contra Elvis y este giró la tabla, golpeándolo con fuerza y haciéndolo tambalear hacia atrás. Pero eso significó que otros dos se abalanzaran sobre él e intentaran darle un puñetazo. Elvis golpeó a uno de ellos en la cara, pero el otro hijo de la chingada era como un ninja de una película y en dos movimientos le había retorcido la mano y le había quitado el tablón de madera.

Elvis cayó de rodillas y luego tiró hacia adelante, derribando al agente. Por un momento pensó que tenía la ventaja y le dio un puñetazo en la cara al cabrón, pero entonces el hombre al que había golpeado con el tablón decidió vengarse dándole una patada a Elvis en las costillas. Así de rápido, el maldito ninja lo había inmovilizado y lo estaba asfixiando hasta dejarlo inconsciente.

Elvis consiguió levantar un brazo y golpear con el codo al hijo de puta que tenía encima, aturdiéndolo durante un segundo y, tosiendo y resollando, se apoyó en un montón de cajas y consiguió ponerse de pie.

Mientras tanto, a pesar de su fuerza y de su navaja, a El Güero tampoco parecía que le estuviera yendo bien. Un hombre lo estaba golpeando en la cara con la culata de una pistola.

—¡Carajo, déjalo en paz! ¿Qué quieres? —gritó Elvis, y el tipo que golpeaba a El Güero se volvió hacia Elvis y le apuntó con la pistola.

—Tranquilo, no les dispares.

Un hombre que había estado apoyado contra una pared, con los brazos cruzados, dio un paso al frente. Hizo un movimiento con la mano, mostrando un anillo, y el hombre con la pistola guardó su arma. El Güero se desplomó. Tenía la cara pintada de carmesí y Elvis estaba bastante seguro de que había perdido varios dientes. Mientras no se los tragara, viviría. O eso esperaba.

—Hola, hola, ¿cómo estamos hoy? —preguntó el hombre del anillo. Sonaba animado.

—Bueno, se nos jodió el almuerzo —dijo Elvis, escupiendo al suelo—, así que no muy bien.

—Siento oír eso. Pero se lo merecen.

—¿De qué demonios estás hablando?

—Me llamo Mateo Anaya. Soy de la DFS.

—Sé quién eres.

El hombre se pasó ambas manos por el pelo y se ajustó los puños de la camisa.

—Bien. Entonces sabes de qué va esto. Interrogaste a uno de mis agentes. Quiero saber qué te dijo.

—¿Por qué no se lo preguntas a él?

—Lo haría. Resulta que está muerto.

—Yo no lo maté.

—Mentiroso.

—Está diciendo la verdad —dijo El Güero, con la voz áspera—. No fuimos nosotros.

Anaya ladeó la cabeza y frunció el ceño, como si tratara de averiguar si escondían un as bajo la manga, pero estaba más claro que el agua que la paliza le habría quitado las ganas de decir mentiras a cualquier hombre.

—No importa —dijo finalmente Anaya—. Quiero saber qué te dijo.

Elvis se limpió la boca con la manga.

—Nos dijo que espiaba para ti.

—¿Y?

—Nos contó de la chica, Leonora, y dijo que tenía una forma de contactarla, a través de un anuncio en el periódico. Pero no la hemos visto, no ha aparecido, así que quizá mentía.

—¿Eso es todo?

—¿Qué otra maldita cosa debería habernos dicho? Dijo que era una rata.

—Te lo dije. Aves carroñeras. No saben una mierda —murmuró el hombre de la pistola.

Un adolescente que llevaba una cajetilla de cigarros en una mano abrió la puerta trasera de la lavandería y los miró atónito. Elvis se precipitó hacia delante, jalando a El Güero del brazo; empujaron al chico a un lado y se abrieron paso hacia la tienda.

Muchas camisas, trajes y vestidos colgaban del techo, envueltos en plástico. Era un auténtico laberinto de ropa y Elvis apartó de un tirón algunos abrigos, arrastrando a El Güero hasta que llegaron al frente de la tienda y salieron a trompicones. Luego fue una carrera loca de vuelta al Antílope y al coche. Cuando lo alcanzaron, El Antílope estaba felizmente mascando chicle. Los miró fijamente, boquiabierto.

—¡Abre la maldita puerta! —dijo Elvis; El Antílope manipulaba torpemente los seguros hasta que Elvis pudo empujar a El Güero y saltó al coche.

—¡Conduce!

El Antílope accionó la llave, giró el volante, obedeciendo y asintiendo rápidamente con la cabeza, y se pusieron en marcha. El hombre grande gimió lastimosamente mientras Elvis intentaba ver mejor sus heridas. El Güero había perdido dientes y tenía la nariz hecha un desastre, pero lo que le preocupaba era el ojo. Probablemente el ojo derecho estuviera destrozado.

—Antílope, vamos al consultorio de Escamilla —dijo. Ese era el mismo doctor que habían visitado cuando El Gazpacho se lesionó y puede que hubiera muerto en su puto consultorio, pero Elvis no conocía a ningún otro médico que pudiera ayudarlos.

El doctor vivía en La Guerrero, que no estaba exactamente juntito pero estaba lo suficientemente cerca en coche y, además, no tenían muchas opciones, ya sea que tardaran veinte minutos o cincuenta y cinco en coche dependiendo del puto tráfico.

El miserable consultorio de Escamilla se encontraba en un feo edificio amarillo descascarado a unas cuadras de La Lagunilla y justo al lado de un gimnasio donde entrenaban boxeadores. Cuando entraron, con El Güero rezumando sangre por todas partes, el doctor estaba de pie en la recepción, con una taza de café en la mano derecha. Los miró y revolvió su café con una cuchara de plástico.

—Hola, señores, pasen al fondo —dijo, como si no fuera gran cosa que un hombre chimuelo entrara en su consultorio. Y tal vez no lo era, con tantos boxeadores en ese barrio, además de la variedad de personajes desagradables que necesitaban vendajes.

El doctor le dijo a El Güero que se recostara en la mesa de exploración mientras él se lavaba las manos en un diminuto lavabo. Luego iluminó con una luz los ojos de El Güero y le examinó el interior de la boca. El doctor se apartó del paciente, abrió un gabinete y empezó a sacar gasas, vendas, hisopos y desinfectante con dedos lentos y metódicos.

—Podría ser una fractura orbital —dijo el doctor, levantando la cabeza y mirando a Elvis—. Puedes salir. Esto llevará unos minutos.

Elvis obedeció. Un joven con un blusón gris se había materializado y estaba trapeando el suelo, limpiando la sangre que había goteado en el linóleo. No miró a Elvis ni al Antílope. Elvis se sentó en una silla de plástico y El Antílope ocupó la otra silla. Entre ellos había una pequeña mesa con una pila de viejos *Reader's Digest*.

—¿Vas a contarme qué ha pasado? —preguntó El Antílope.

—La DFS es lo que ha pasado —dijo Elvis—. Encontraron a Sócrates muerto y querían culparnos a nosotros.

—¿Ese mierda al que vimos el sábado?

—Ese mierda.

—Pendejos. ¿Quién crees que lo mató?

Elvis se encogió de hombros. Por lo que sabía, los amigos comunistas de Sócrates se habían espabilado y habían matado al traidor, o tal vez había sido ese maldito ruso grande, después de todo, había seguido a Elvis hasta La Habana. O, diablos, tal vez había sido Leonora, o Maite y ese hippie. Después de todo, habían salido corriendo del edificio muy rápido. Definitivamente no le agradaba ese hippie.

El doctor entró a la recepción. Su bata blanca estaba salpicada de carmesí y se estaba limpiando las manos con un trapo.

—¿Cómo está? —preguntó Elvis.

—Le he dado analgésicos y lo he limpiado todo, pero va a perder ese ojo si no se opera. Puedo hacer los arreglos.

—¿Puedo hablar de eso con usted, doctor?

—Vamos —dijo el doctor y entraron a una segunda sala de exploración. Había un tazón lleno de mentas en un rincón encima de un minirrefrigerador y uno de esos diagramas con todos los huesos humanos en la pared.

—No voy a dejar que se lleve a El Güero a ninguna parte. El último miembro del equipo que traje aquí terminó en una zanja, estrangulado.

El doctor miró fijamente a Elvis.

—Eso no es asunto mío.

Elvis sujetó al médico por el cuello de la camisa y lo estampó contra la pared, con la boca abierta en un gruñido.

—¿Qué le pasó?

—No lo sé. Dejé ir a ese hombre y se suponía que debía regresar a su apartamento —dijo el doctor y Elvis tuvo que reconocer que el doctor tenía huevos, porque no se inmutó ni gritó, sino que habló como si estuviera dictando una receta.

Pero Elvis supuso que el médico no tenía por qué tener miedo. La gente para la que trabajaba debía asegurarse de que no se metiera en ningún problema.

Elvis lo soltó y dio un paso atrás. El médico se frotó la nuca con la mano y fulminó con la mirada a Elvis. Elvis entró en la sala de exploración donde estaba sentado El Güero.

—Ándale —dijo Elvis.

—El doctor ha dicho que iba a llamar a una ambulancia.

—No, no lo hará.

Bajaron las escaleras rápidamente y subieron al coche. Elvis no estaba seguro de qué hacer. Al final, le dijo al Antílope que condujera a una Cruz Verde. El Güero no estaba muy contento con esa idea. Todavía seguía con lo de la ambulancia.

—Mira, aquí las cosas están jodidas a diestra y siniestra —dijo Elvis—. Regístrate y mantén un perfil bajo. Es la mejor oportunidad que tienes.

—No lo entiendo.

—El Gazpacho está muerto y ya has visto que la DFS viene a por nosotros. Así que, estúpido de mierda, pasa desapercibido y haz que te arreglen el maldito ojo. Búscanos en unos días.

El Güero miró a Elvis con desconfianza, pero gruñó un «está bien, cabrón», y cuando llegaron al hospital, se bajó del coche y no hizo más preguntas.

—¿A dónde? —preguntó el Antílope.

—De vuelta a nuestro apartamento y luego a casa de la chica.

El Antílope sacó un chicle y lo desenvolvió.

—¿No estabas bromeando sobre esa mierda, sobre que El Gazpacho está muerto?

—No estoy seguro.

—¿No vamos a llamar a El Mago? ¿Sobre esto?

—Más tarde esta noche —murmuró Elvis—. Ahora mismo será mejor que vayamos a por la puta pistola.

24

Maite no había mentido cuando le dijo que le daba muchas vueltas a las cosas. Tras una breve siesta, se había despertado para encontrar a Rubén roncando a su lado y rápidamente su mente recordó todo lo que les había ocurrido hasta entonces, como si desenrollara la bobina de una película y la viera fotograma a fotograma. Y luego, por supuesto, empezó a preocuparse por toda la situación y a preguntarse por la policía y por lo que podrían hacerles si los relacionaban con el hombre muerto en el apartamento.

Incapaz de quedarse quieta, Maite se levantó y fue al atelier. No podía poner su música por miedo a despertar a Rubén —parecía que estaba disfrutando de su sueño—, así que se sentó a hojear viejos números de *Romance secreto*. Había llegado a la viñeta en la que Jorge Luis besa a la heroína por primera vez cuando él carraspeó y ella levantó la vista para encontrarlo junto a la puerta.

Él seguía desnudo, de pie, con el pelo alborotado y los ojos empañados por el sueño. Ella miró al suelo, avergonzada. Había cogido con él, pero no lo había mirado realmente.

—Por un momento pensé que te habías ido —dijo él.

—¿A dónde iba a ir?

—No lo sé. Pensaba que todavía estarías enojada conmigo. Supongo que debería decir que lo siento. Te empujé pero necesitaba que colgaras. No estaba pensando con claridad. No quiero que Leonora acabe muerta.

—No acabará muerta por hablar con nosotros.

—Podría ser que sí. No podemos reunirnos con ella. Tiene que pasar desapercibida, hasta que ellos decidan enfocarse en otra cosa. Nosotros también deberíamos pasar desapercibidos.

Maite se levantó y volvió a colocar sus historietas en la repisa. Luego se tocó los puños del camisón, se acomodó el pelo detrás de la oreja y lo miró. El estúpido camisón no le hacía ningún favor y estaba segura de que él la estaba comparando con Leonora. ¿Quién no lo haría? Tal vez se habría reído de su pésimo desempeño.

Cuando se imaginaba un encuentro con un desconocido, era sexy e intrigante. Pero si repetía la escena con Rubén en su mente, todo le parecía de mal gusto. Se preguntó si él se quejaría de ello, pero en lugar de eso bostezó.

—¿Quieres ir a comer algo? Me muero de hambre —dijo, rascándose la barriga con la mano izquierda. Era delgado, su estómago era plano, un poco de músculo allí y también en los brazos, quizá de levantar cajas en su trabajo. O bien practicaba algún deporte.

—¿No sería... ya sabes, peligroso? —preguntó Maite.

—Probablemente sea más seguro afuera —dijo—. Es más difícil matar a alguien en medio de un restaurante. Me llevaré la pistola, por si acaso.

—¿Sabes dispararla siquiera?

—No es tan difícil.

Volvieron a su habitación y ella eligió rápidamente un vestido azul con estampado de cachemira que pensó que la favorecía. O al menos no era uno de sus lúgubres trajes de oficina. Él la siguió y recogió su camisa y sus jeans del suelo.

—¿Seguro? —le preguntó ella, mientras se abotonaba el vestido, medio escondida tras la puerta del vestidor. No quería que la viera mientras se cambiaba, notando sus imperfecciones: la molesta curva de su vientre, su piel reseca, las estrías que le habían quedado de la pubertad entrecruzando su trasero. La madre de Maite tenía várices y temía que ella las tuviera algún día, para empeorarlo todo.

—¿Seguro qué? —respondió.

—Que si seguro que sabes disparar.

—Claro que sí.

—¿Dónde aprendiste?

—Me enseñó Jackie —dijo él con indiferencia.

Ella lo observó sentarse y ponerse los jeans.

—¿Por qué te arrestaron? No le disparaste a nadie, ¿verdad?

Solo sentía curiosidad, no estaba realmente preocupada por la posibilidad de pasar tiempo con un asesino. Se subió la cremallera de los jeans y la miró, y luego se rio alegremente.

—¡Sí, cómo no!

—¿Entonces?

—Me uní a una protesta, lo cual es suficiente para que te etiqueten como miembro de una «conspiración criminal». Eso fue lo que pasó hace tres años, en Tlatelolco. Eso fue lo que dijo el presidente. Que todos los estudiantes que protestaban eran delincuentes y agitadores, elementos subversivos. Lo mismo de siempre, supongo.

—¿Estuviste allí? ¿En Tlatelolco? —preguntó ella. Aquello había sido un gran desastre. Algunos activistas políticos escaparon del país después de aquello. Fue uno de esos incidentes tan grandes que es imposible mantenerlos ocultos. Incluso Maite había visto las imágenes de los tanques y los soldados y la gente gritando. Aun así, eso no había impedido que volviera a ocurrir.

—De ninguna manera. Si hubiera estado allí, probablemente estaría muerto ahora. Ese no era mi mundillo todavía. Después de eso, fue cuando me metí en esto del activismo. No se podía ignorar lo que estaba sucediendo, así que fui a reuniones, imprimí folletos. Me metieron en la cárcel una noche por los folletos y luego me pillaron en una protesta en otra ocasión.

—¿Por qué no lo dejaste?

—¿Qué quieres decir?

—Si me hubieran metido en la cárcel dos veces, no volvería a hacer algo así.

—Eso no fue nada, un poco de tiempo en una celda. Tuve suerte. Torturan a la gente, Maite. Matan. ¿Qué pasó en Tlatelolco, qué pasó con los Halcones? Esa mierda va a seguir ocurriendo si no nos resistimos y nos defendemos. Eso tiene que terminar. Tenemos que levantarnos en armas.

—Supongo que sí, pero eso sería la guerra.

—Ya es la guerra.

La miró fijamente. Maite no sabía qué decir y él también se había quedado callado, poniéndose los zapatos y atándose las agujetas.

Se dirigieron a un restaurante donde él dijo que hacían unas malteadas muy decentes y que también servían unas hamburguesas estupendas. Mientras estaban allí sentados esperando su pedido, ella echó una moneda en la rocola que estaba en un rincón polvoriento y empezó a sonar *At Last*.

Le apetecía mecerse al ritmo de la música. Si hubiera estado en casa, lo habría hecho, con los pies descalzos contra el suelo y los brazos rodeando a un amante invisible. Porque nunca había un amante real para Maite. Ningún hombre de carne y hueso.

Excepto que ahora había un hombre con ella, compartiendo su reservado. Se tocó la nuca, sus dedos se deslizaron hasta rozar el botón superior de su vestido.

La mesera se acercó con la comida y Maite se entretuvo con su hamburguesa; había pedido lo mismo que él, pensando que era la opción más segura. Una vez había pedido en un restaurante una piña cortada en rodajas y rellena de camarones, y Cristobalito la había regañado porque era el platillo más caro del menú. Entre sorbos de su refresco, miraba a Rubén. Todavía sentía algo por Leonora. Lo había dicho. Pero se había acostado con ella y ahora estaban sentados juntos, en plan amistoso.

Ella no quería preguntar, pero tenía que hacerlo. Tomó aire.

—¿No te arrepientes?

—¿De qué?

—Ya sabes. De haberte acostado conmigo.

Parpadeó, confundido.

—¿Por qué iba a arrepentirme de eso? Te lo dije, será un lindo recuerdo.

—Oh, no bromees así.

—Le das muchas vueltas a todo —dijo, golpeando su cabeza con el dedo índice y sonriendo. Tenía una sonrisa decente, toda cálida.

Ella se sonrojó de nuevo y se imaginó que a estas alturas él pensaría que era una completa tonta. Pero no era algo que hiciera con regularidad. Estaba enfadada consigo misma por no tener la compostura de las mujeres de las historias que leía, por no ser una dama sofisticada. En cambio, era una solterona estúpida y llorona.

Rubén sacó un cigarro, lo encendió y apoyó un brazo en el respaldo del reservado mientras daba una fumada.

—¿Puedes reportarte enferma mañana?

—¿Por qué?

—En primer lugar, todavía estoy un poco nervioso y no quiero perderte de vista en caso de que, ya sabes, ese agente de la DFS intente hablar contigo de nuevo. En segundo lugar...

—No puedo faltar al trabajo toda la semana por eso.

—Lo sé. Pero no me has dejado decirte lo segundo.

—¿Qué es?

—Lo segundo es que eres agradable y no me importa pasar tiempo contigo —dijo, alcanzando el cenicero y colocándolo en el centro de la mesa—. He estado tan estresado que pensaba que me iba a dar un maldito ataque al corazón, pero me siento relajado a tu lado.

—¿De verdad?

—Sí. No me arrepiento en lo absoluto.

Él estiró una mano y tomó la de ella, su pulgar frotando círculos contra su muñeca, y la miraba a los ojos con tanto interés que Maite sintió que se sonrojaba de nuevo, como una niña. Con la mano libre se tocó el cuello, con un dedo presionado contra el hueco de su garganta.

—¿Así que quieres que nos vayamos de pinta mañana?

—Sí —dijo—. ¿Qué, es realmente tan malo? Puedo enseñarte a disparar también.

—¿En mi apartamento? ¿Estás loco?

—Sin balas, por supuesto. O tal vez cómo golpear a un tipo. Apuesto a que no sabes cómo cerrar el puño y dar un puñetazo sin romperte los dedos.

—Parece que quieres que me convierta en guerrillera —dijo ella—. Tomo el dictado.

—Bueno, nunca se sabe.

No era asombrosamente guapo como Emilio, ni fascinante como Cristobalito, pero Maite supuso que era algo. ¿No? Era, por lo menos, valiente. Se lo imaginaba con un machete, sumido en lo más profundo de una selva, abriendo camino entre la vegetación y dirigiendo a sus hombres.

En Guerrero no había una selva como las de *Romance secreto*, exuberante y llena de tucanes, pero sí había algo de vegetación. Montañas, cuevas, senderos escarpados. Y si los conectaban con el hombre muerto, entonces ese sería definitivamente un lugar mejor que Ciudad de México, con senderos escarpados o sin ellos.

Se imaginó a sí misma como una forajida, lejos de la civilización, mientras la luna, como un solo ojo sin pestañear, la miraba fijamente. Un hombre se levantó y eligió una canción de la rocola. *Blue Velvet.* Maite adoraba esa canción. La música le hacía desear bailar, de nuevo, con un largo vestido de terciopelo.

Maite levantó la barbilla, mirando al hombre que había echado una moneda en la rocola, y él le devolvió la mirada; sus ojos eran negros, no azules como en la canción, pero sí se parecían al suave terciopelo sobre el que se podían prender joyas. Nadie nunca miraba a Maite durante demasiado tiempo, pero el hombre la observaba fijamente. Tenía un cigarro en la mano, pero no estaba fumando; en cambio, apoyó un brazo en la rocola con un aspecto extremadamente pensativo, y apretó lentamente el cigarro contra sus labios y sonrió con satisfacción, curvando un poco los labios, antes de suavizar la expresión y volver a su mesa, rompiendo el contacto visual.

La canción fue breve; llenó el restaurante durante unos tres minutos, antes de que el lugar se sumiera de nuevo en el silencio.

Maite frunció el ceño y abrió su bolsa, buscando una moneda. Cuando la encontró, se levantó y se dirigió a la rocola. Repasó la lista de canciones, mordisqueándose una uña. Eligió *Can't Help Falling in Love.* Mientras volvía a su mesa, sonriendo a Rubén, los ojos negros del joven se volvieron a posar en ella durante un breve instante antes de bajar la mirada y aplastar su cigarro contra el fondo de un cenicero.

25

Condujeron de vuelta al apartamento y Elvis se guardó en el bolsillo la pistola de El Gazpacho y metió un montón de balas y el cargador rápido en un bolso de cuero desgastado. Luego entró a la habitación de El Güero, buscando *su* pistola y municiones, porque aunque no se le permitiera tener una, Elvis estaba seguro de que El Güero guardaba a escondidas un arma de fuego. La encontró rápidamente. El Güero la había metido dentro de una lata, en el clóset. Se la entregó al Antílope.

—Esos cabrones de la DFS tienen armas de fuego.

—La próxima vez les daremos una lección, les meteremos un par de balas en el culo. Nunca tengo oportunidad de dispararle a nadie —respondió El Antílope. Hizo una burbuja con el chicle y la reventó, simulando un movimiento con la pistola, como si estuviera disparando al otro lado de la habitación—. Y hoy tengo ganas de dispararle a alguien.

—Hombre, no juegues con eso —murmuró Elvis.

—Tranquilo. Conozco las armas —le aseguró El Antílope, que hizo una burbuja aún mayor.

No estaba de humor para sermonear a nadie. Si El Antílope se disparaba en la verga por accidente, que así fuera. Elvis fue al baño, se limpió los nuevos raspones que había adquirido y se lavó la cara. Cuando terminó intentó llamar a El Mago, pero el viejo no contestó. Elvis no quería pasar por su casa sin avisar por segunda vez, así que le dijo al Antílope que iban a volver al edificio de apartamentos de la mujer, para vigilar como de costumbre.

—¿Estás seguro de andar por ese edificio? Ya sabes que esos tipos podrían volver y atraparte de nuevo —dijo El Antílope.

—Estoy bastante seguro de que tienen lo que quieren. Y por eso llevamos las armas. Les meteremos un par de balas por el culo, como has dicho. —No estaba seguro de nada, pero tampoco se lo iba a decir al Antílope.

—A la primera oportunidad que tenga les voy a disparar en un abrir y cerrar de ojos. Por El Güero, ya sabes. El pobre cabrón va a perder un ojo, te lo apuesto.

—Ya veremos.

—Lo digo en serio —dijo El Antílope. Tenía una mirada ávida, como la que a veces mostraba cuando golpeaban a alguien, y Elvis supo que iba en serio. Estaba buscando con quién desquitarse.

—Sí, lo entiendo.

El juego de espera fue como siempre. Al parecer, Elvis tenía razón y los agentes de la DFS tenían lo que querían, porque no asomaron sus caras. Elvis fumó un cigarro tras otro, ya que no había otra cosa que hacer, y escuchó la radio. Los Animals rasgueaban sus guitarras mientras él soplaba anillos de humo y El Antílope mascaba su chicle. Todavía no había elegido una palabra del día y eso le molestaba.

Cuando la mujer y el hombre salieron del edificio, los siguieron hasta un restaurante. El Antílope y Elvis tomaron una mesa, pidieron un par de cervezas y un par de platos del día. Había una rocola en un rincón, y la mujer se levantó y eligió una canción. Era *At Last* y él pronunció una línea de la canción. Conocía esa canción, sabía lo que significaba. Afuera empezaba a llover.

Estaban demasiado lejos de la mesa de la mujer para oír lo que le decía al hombre, pero él se inclinaba hacia delante y sonreía, y ella se sonrojaba.

Elvis se preguntaba cómo hacía esto la gente. Esto de ser normal y salir juntos. No recordaba haber salido con muchas chicas. Coger, sí, y perseguir faldas de la manera ruidosa y salvaje en la que lo hacían los chicos de su barrio. Pero no había salido mucho con la gringa mayor —era un entretenimiento privado— y con Cristina siempre estaban los otros miembros de su jodida secta pululando por ahí. Nunca había estado con una chica, juntos, así, bebiendo y comiendo mientras la rocola tocaba sus melodías.

Ni siquiera sabía por qué estaba pensando en eso, ya que la mujer no era especialmente bonita, no era el tipo de mujer que inspiraba a un hombre a fantasear. Sin embargo, había algo en ella. Era ese aire de tragedia, eso era, la forma en que estaba sentada, con una mano constantemente apretada contra su cuello. Y sus ojos eran oscuros y profundos, ligeramente perdidos y desenfocados.

Se preguntó si la hubiera conocido de otra manera, en otro lugar, si habría aceptado una invitación a tomar café. Si Justo tenía razón, de todos modos pronto ya no habría Halcones. No sabía qué haría entonces. ¿Unirse a otro grupo de matones? Cabrones que ansiaban dispararle a alguien, perros que habían adquirido el gusto por la sangre. Cuanto más pensaba en eso, más odiaba la idea. Pero no estaba seguro de qué podría hacer, si no.

¿Y si Justo tenía razón y El Mago había matado a El Gazpacho?

—De ninguna puta manera —murmuró.

—¿Qué? —preguntó El Antílope.

—Nada —dijo Elvis, y se levantó y se dirigió a la rocola. Echó una moneda y eligió *Blue Velvet* a modo de broma, con una risita secreta alojada en su garganta. Giró la cabeza para mirar a la mujer.

Ella levantó la cabeza y lo miró, con los ojos fijos en Elvis durante unos preciosos segundos. Parecía un poco confundida. Cuando la canción terminó, se levantó, caminó con delicadeza hacia la rocola —como si no pudiera dejar que él tuviera la última palabra— y eligió otra canción: *Can't Help Falling in Love.* Sus labios se curvaron en una pequeña sonrisa. Cuando sonreía tenía un aspecto casi bonito, como si alguien hubiera encendido una cerilla y una veladora y la luz saliera a raudales, pero el cristal la coloreaba.

La hacía amarilla o roja o azul, como si se pudieran ver los colores de su alma.

Ahí estaba pensando en estupideces de nuevo. Elvis apagó su cigarro y esperó que El Antílope no hubiera notado que había estado mirando a la mujer. Pero El Antílope había pegado su chicle bajo la mesa y estaba cortando un bistec, totalmente indiferente a todo lo que no fuera la carne que tenía delante.

Volvieron al apartamento y vieron a la pareja entrar al edificio tomados del brazo. Elvis empujó la puerta del coche para abrirla.

—¿A dónde vas? —preguntó El Antílope.

—A intentar ponerme en contacto con El Mago de nuevo —dijo Elvis. Era cierto, pero también quería caminar. Se sentía irritado por estar encerrado en el coche y le dolía el cuerpo. Además, estaba un poco encabronado porque aquel puto hippie rodeaba a la mujer con el brazo, todo romántico, y mientras tanto El Antílope no paraba de soplar y reventar su chicle. Era molesto.

Estaba lloviendo y caminó a paso ligero hacia una cabina de teléfono público, echó un par de monedas y esperó.

—¿Sí? —dijo El Mago.

Elvis se apoyó en la pared de plástico de la cabina y se acercó el auricular a la boca.

—Soy Elvis. Tenemos que hablar.

—¿Dónde estás?

—En casa de la chica.

El Mago mencionó el nombre de una intersección cercana y le dijo que pasaría por allí en media hora, lo que era tiempo más que suficiente para que Elvis volviera caminando, le dijera al Antílope que se reuniría con El Mago y luego se dirigiera a la intersección.

Se estaba quedando sin cigarros, así que entró en una farmacia y compró otra cajetilla. Permaneció varios minutos bajo el resplandor verde del letrero de la tienda, sin pensar en nada, observando cómo la lluvia se escurría por el toldo. Una lluvia persistente. Durante todo el día había caído lenta y constantemente.

El Mago fue puntual y, en cuanto dobló la esquina, Elvis tiró su cigarro y subió al coche, colocando su bolso de cuero en el regazo. Durante un par de cuadras Elvis no dijo nada, hipnotizado por el vaivén de los limpiaparabrisas.

—¿Qué pasa? —preguntó El Mago.

—El topo sabía cómo ponerse en contacto con la chica con un código en los clasificados, así que lo utilicé, pensando que podría hacerla salir. Pero hasta ahora, nada.

—Tienes un nuevo rasguño en la frente.

—Sí —dijo Elvis, tocándose la frente y mirando el espejo retrovisor—. Sócrates está muerto. Anaya y sus compañeros pensaron que habíamos sido nosotros, así que nos dieron una paliza. El Güero recibió una buena golpiza y tuve que llevarlo al doctor. Todo lo demás está más o menos igual.

—¿No hay rastro de la chica?

—No. Pero como te puedes imaginar, ahora mismo estoy un poco falto de personal —dijo Elvis, tratando de mantener un tono muy formal y directo sobre todo el asunto. No tenía sentido retorcerse como un gusano en presencia de El Mago. Lo empeoraría.

—¿Qué, El Güero ha perdido una mano?

—Casi pierde un ojo. Está muy destrozado, apenas puede moverse. ¿Tal vez podrías traer a El Gazpacho de vuelta? —preguntó, logrando mantener el mismo tono neutral. Sonaba despreocupado.

El Mago frunció el ceño. Elvis se quedó mirando al frente, hacia la gran valla publicitaria con la imagen de una mujer que invitaba a todos a beber un vaso grande de jugo V8.

—Puse a El Gazpacho de patitas en la calle.

—Pero esta es una situación especial. El Gazpacho…

—El Gazpacho no es parte de esto.

Elvis miró las gotas de lluvia deslizarse por el parabrisas y pensó en el cuerpo de El Gazpacho en una zanja. Pero tal vez Justo fuera un mentiroso. Tal vez se había inventado todo eso. Aun así, Elvis no entendía por qué El Mago no lo traía para ayudarlos si era necesario.

—¿Y uno de los otros Halcones? ¿El Topo o El Tunas? —preguntó, recordando a dos de los otros hombres con los que habían colaborado a veces. Hombres que también estaban bajo el mando de El Mago.

—Maldita sea, Elvis. ¿Es que no ves lo que está pasando? —preguntó El Mago, sorprendiendo a Elvis por la forma en que levantó la voz. El semáforo que tenían delante se puso en rojo y El Mago pisó el freno con tanta rapidez que Elvis salió despedido hacia delante y tuvo que sujetarse en el salpicadero para estabilizarse.

El Mago murmuró algo en voz baja y dobló una esquina, estacionando el coche en una calle cualquiera, frente a una papelería que estaba cerrando sus puertas. Durante un rato estuvieron sentados allí, frente a un letrero que decía claramente «no estacionarse», viendo cómo la lluvia se deslizaba por el cristal y escuchando cómo golpeaba el techo del coche. A lo lejos se oía el estruendo de los truenos, que se acercaban lentamente.

—¿Sabes cómo surgieron los Halcones? Fue en el lío del 68. Los estudiantes querían vandalizar la nueva línea del metro, pintaban grafitis, organizaban protestas. Y después de Tlatelolco, decidimos que no se podían reventar las protestas con militares. Era una tarea más adecuada para otro tipo de personas. Pero el problema fue que todo el mundo siempre piensa en pequeño.

»Matones. Eso era lo que querían. Matones que pudieran golpear y espiar a los jóvenes estudiantes, pero no mucho más. ¿De qué sirve enseñar a un hombre a golpear a otro si no vas a apuntar más alto, digo yo? Así que pedí dirigir algunas unidades pequeñas que tuvieran un personal más refinado. Pero a la gente como Anaya no le gusta ese tipo de ideas, no le gusta que apuntes alto. Esos tipos aborrecen la competencia, necesitan ser dueños de todo el ring. ¿Lo entiendes?

—Más o menos —murmuró Elvis.

—Se está hablando de una nueva unidad, esta vez bajo el mando de la DFS. Una «brigada especial». —El Mago se rio—. Especial. Más joven, eso es lo que quieren decir. Jóvenes idiotas dirigiendo a otros jóvenes idiotas. Anaya tiene treinta años.

—¿Están pensando en sustituir a los Halcones por esa brigada?

—Ahora lo estás entendiendo.

—Pero hemos hecho lo que ellos querían.

—Es una lucha de control interno. A muchos niveles. El presidente probablemente quería matar dos pájaros de un tiro: estaba exhibiendo su poderío y mostrando a los izquierdistas quién era el jefe, y dejando fuera a Alfonso Martínez Domínguez al culparlo de esto. Mientras tanto, gente como Anaya vio la oportunidad de cortar algunas cabezas y ganar un poco más de poder. Sin los Halcones, él y sus hombres podrán abalanzarse para acabar con los radicales de una vez por todas.

—¡Pero no es justo!

—Creo que esto es lo que más me gusta de ti, Elvis, cómo eres todavía, a veces, capaz de ser un niño. Un bebé grande, gigante. Me pregunto cómo lo haces, cómo puedes mirar el mundo y lograr pensar que hay una pizca de justicia en él cuando todo lo que el ojo puede ver es basura de aquí hasta el infinito. Qué tonto eres.

Elvis miró el reflejo de El Mago en el espejo retrovisor. El hombre parecía más viejo esa noche, las arrugas bajo sus ojos eran más profundas e incluso con sus lentes redondos de armazón negro no parecía un profesor jubilado. Parecía un soldado amargado y desgastado.

El Mago esbozó una sonrisa pequeña, con los ojos fijos en Elvis en el espejo retrovisor, como si pudiera adivinar lo que estaba pensando.

—Solo somos nosotros, querido muchacho —dijo—. Solo nosotros. No hay caballería. Si podemos resolver este lío, si podemos encontrar a la chica y conseguir esas fotografías, entonces podría salvar nuestro pellejo y llevarnos a un puerto seguro. Anaya cree que me tiene, pero no tiene una mierda.

Tampoco es que nosotros tengamos una mierda, pensó.

—Consígueme algo— dijo El Mago—. Consígueme cualquier cosa.

Había una nota de crudeza y desesperación cuando El Mago habló, y Elvis casi sintió ganas de reír.

Era su señal para salir. Elvis abrió la puerta del coche y salió, sujetando firmemente el bolso de cuero; sintió el peso de la pistola y las balas metidas adentro. Acabó pensando de nuevo en la mujer para no pensar en qué carajo estaba haciendo, para no pensar en El Gazpacho hinchado y amoratado en una zanja.

26

Estaba feliz, y a Maite se le ocurrió que este era un estado inusual e imprevisto.

La mañana fue apacible, la pasó en la cama, durmiendo más de la cuenta. Normalmente golpeaba la palma de la mano contra el despertador y se levantaba rápidamente, pero como hoy no iba a la oficina no era necesario. Simplemente se tumbó bajo las sábanas, sintiendo el calor del cuerpo de Rubén contra el suyo.

Era extraño descansar así, sin preocupaciones ni obligaciones, sin papeles que archivar ni notas que mecanografiar. Por supuesto, seguía teniendo obligaciones. Su trabajo estaría allí mañana y su coche seguiría en el taller mecánico, y tendría que levantarse a dar de comer al gato de Leonora. Pero por ahora, por un precioso y breve ahora, estaba en el capullo de las sábanas y las cortinas cerradas, impidiendo que el sol se colara en la habitación.

Se preguntó si así era como vivía Rubén. Tal vez no trabajaba todos los días, tal vez trabajaba cuando le apetecía. Si realmente se iba a Guerrero, tendría que levantarse al amanecer. Se imaginó a los revolucionarios realizando agotadores entrenamientos diarios.

Cuando Rubén se despertó por fin, era cerca del mediodía. Ella le preguntó si quería almorzar, pero él no mostró ningún interés por la comida y le preguntó si quería coger antes de que se bañara. Así que lo hicieron. Él estaba entusiasmado y a ella le complacía enormemente ser deseada de una forma tan cruda, con mínimos preámbulos y sin necesidad de las conversaciones huecas e inútiles que había tenido que soportar en ocasiones anteriores con otros hombres. Tampoco mentiras, como las que Cristobalito le susurraba al oído sobre que la amaría para siempre.

Lo he estado haciendo todo mal, pensó ella.

Se bañaron y finalmente se aventuraron a salir a una cafetería donde Rubén engulló un sándwich y ella apoyó la barbilla en la mano, observándolo y preguntándose si Leonora volvería algún día, y si eso importaba a estas alturas.

Estuvieron un rato sin hacer nada importante y subieron las escaleras tomados del brazo. Era el atardecer y el departamento estaba en sombras. Se dirigieron directamente a la recámara. Rubén se quitó la chamarra y la tiró. Se había sacado los zapatos, desabrochado los jeans y quitado la camisa antes de que siquiera hubieran llegado a la puerta del dormitorio. Ella pensó que acabarían cogiendo de nuevo en el suelo.

Maite se rio, con la palma de la mano contra la pared, tratando de encontrar el interruptor de la luz. En lugar de eso, Rubén le tomó la cara entre las manos y la besó y ella chocó con su tocador, y se oyó el ruido de las cosas al ser derribadas cuando la lengua de él encontró su boca.

Riendo de nuevo, Maite encendió la luz y allí, en el suelo, estaba la estatua rota de San Judas Tadeo. Se había partido justo por la mitad, y dos botes de película habían salido de ella, como el tesoro de un galeón encallado.

Maite se agachó y los recogió, sosteniéndolos en la palma de la mano. Miró a Rubén.

—Es la película —susurró.

—¿Qué?

Levantó los botes para que él los viera.

—La película... Las fotos de Leonora. No las estabas encontrando porque estaban aquí.

—¿Las has tenido tú todo este tiempo?

—Yo… tomé la estatua de su apartamento. No lo sabía.

Rubén la miró fijamente y luego se lanzó a la cocina. Iba en calzoncillos y calcetines. Maite vio cómo marcaba un número de teléfono. Golpeaba el pie con impaciencia y maldecía en voz baja.

—¿Jackie? Sí, eso es. Escucha, necesito que lleves a Néstor a Asterisco —dijo Rubén—. ¿Cómo que no está? Bien. Entonces busca a cualquier fotógrafo. ¡No lo sé! Cualquiera que sepa cómo trabajar en un cuarto oscuro.

Rubén consultó su reloj.

—Cuarenta minutos. Sí. Adiós.

Rubén colgó y luego se apresuró a volver al dormitorio recogiendo su chamarra del suelo. Maite seguía con los botes de película en las manos.

—Tenemos que revelar la película.

—¿Ahora?

—Es lo que voy a intentar hacer. Ponlos en una bolsa o algo así, ¿quieres? ¿Dónde está mi zapato? —preguntó, con la voz como papel de lija.

—Oh… oh, sí. —Maite tomó su bolsa, que se le había caído en su carrera hacia el dormitorio—. No tenía ni idea —añadió—. Pensaba que era basura que había tirado.

Era cierto. No era como si hubiera robado nunca nada importante. Y aunque lo hiciera, aunque fuera una ladrona consumada, él no tenía por qué saberlo. Pero la forma en que la miraba, el modo en que fruncía el ceño, no le gustaba.

Tal vez sabía que estaba mintiendo. Tal vez era la forma en que su voz temblaba.

Pero negó con la cabeza.

—No te preocupes. No pasa nada. Pero tenemos que ver qué hay en esas fotos.

Él encontró sus zapatos, encontró su cinturón y ella lo observó mientras se sentaba en la cama y se vestía de nuevo; lo observó mientras inspeccionaba la pistola que le había prestado Jackie antes de meterla en el bolsillo de su chamarra. Ella se pasó una mano por el pelo.

—¿Qué pasará después de revelar la película?

—Llevaremos las fotos a los periódicos. No todos los periodistas son cobardes. E incluso si lo son... No lo sé, ya se nos ocurrirá algo.

—¿Volverá Leonora si hacemos eso?

Rubén se ató las agujetas de los zapatos.

—Me gustaría pensar que sí.

Maite no sabía si estaba de acuerdo. La idea de volver a la aburrida normalidad de los días pasados la asustó de repente. Rubén la miró.

—¿Qué pasa? —le preguntó.

—Supongo que me estaba acostumbrando a que estuvieras cerca.

—¿Buscas un nuevo compañero de apartamento, Maite?

—No me tomes el pelo.

Se rio y se levantó, abrochándose el cinturón mientras la miraba.

—No sabía que te gustara tanto.

—No es así, pero tal vez podrías llegar a gustarme.

—Sí —estuvo de acuerdo—. Tal vez podría llegar a gustarte.

Ella se inclinó hacia adelante y lo besó. No era algo que hiciera normalmente, demasiado preocupada por lo que un hombre pensaría de ella, si le gustaría o no, si era su tipo o estaba completamente fuera de lugar. Pero pensó que qué demonios. Si fingía que era atrevida el tiempo suficiente, tal vez pudiera serlo de verdad.

Él le devolvió el beso y luego dijo que debían irse; bajaron las escaleras y entraron en el coche. Estaba lloviendo afuera y había mucho tráfico. Cuando llegaron a Asterisco, los postes de alumbrado eléctrico habían cobrado vida.

En la oficina los esperaban caras conocidas. Jackie, sentada detrás de un escritorio; el hombre que había estado en el fondo la última vez también estaba allí, fumando, sentado junto a la ventana. Y Emilio Lomelí: estaba apoyado en el escritorio de Jackie, agachado para decirle algo.

Las notas de *La chica de Ipanema* llegaban desde una ventana abierta en otro piso.

—¿Qué está haciendo aquí? —preguntó Rubén con brusquedad, señalando a Emilio, que se limitó a arquearles una ceja.

—Dijiste que necesitabas un fotógrafo —le dijo Jackie—. Es el único que he podido conseguir con tan poco tiempo. Es rápido y sabe utilizar el equipo. ¿Qué querías, un estudiante de primer año?

—Carajo, Jackie, ¿hablas en serio? ¡Él! ¡De entre todas las personas!

—Yo he financiado este espacio, así que creo que tengo permiso para poner un pie aquí —dijo Emilio—. Además, también quiero ver lo que hay en la película.

—Este imbécil nos venderá por cinco centavos.

—A diferencia de ti, yo no necesito cinco centavos, gracias.

—Sí, restriégalo, restriega todo tu dinero en nuestra cara.

—No todos podemos ser unos holgazanes.

Emilio se rio y entonces Rubén saltó hacia delante y lanzó un puñetazo, así, sin previo aviso, directo a la mandíbula; Emilio dio un grito y su espalda golpeó el escritorio. Rubén intentó darle otro puñetazo, pero Emilio se movió y el joven falló. Y entonces fue Emilio quien lanzó un puñetazo y golpeó a Rubén en el estómago.

Era como ver a dos orangutanes luchar en la selva. Maite nunca había estado en la selva, pero había orangutanes en sus historietas y, cuando gruñían, se parecían a estos hombres, con los ojos entrecerrados y las bocas salvajes. Casi esperaba que se golpearan los puños contra el pecho y empezaran a morderse.

Jackie les gritó a los hombres, diciéndoles que pararan, que dejaran de ser estúpidos. En su rincón junto a la ventana, el hombre de la chamarra de ante observaba el espectáculo entretenido, pero no parecía interesado en detenerlo. Maite se limitó a sostener con fuerza su bolsa y a recargarse contra un librero, lejos de los peleoneros.

—¿Qué creen que están haciendo?

Maite giró la cabeza. Cuatro hombres habían entrado en la oficina. Reconoció al que había hablado. Era el tipo que la había visitado en la oficina: Anaya. Estaba parado con las manos en los bolsillos, con una expresión de desconcierto. Los hombres que estaban a su lado habían sacado sus armas y apuntaban a Emilio y a Rubén.

—Manos arriba —ordenó uno de los hombres.

Todos guardaron silencio. Emilio y Rubén se levantaron lentamente y alzaron las manos.

—Tú también, en el fondo.

El hombre de la chamarra de ante se encogió de hombros y obedeció, poniendo las manos en alto. El altercado entre Rubén y Emilio no le había interesado y esto tampoco pareció alterarlo.

—Entreguen todas las armas —dijo Anaya—. Todas las armas o les dispararemos.

Rubén sacó lentamente su pistola y la tiró al suelo.

—¿Ya está? —preguntó Anaya—. Si descubro que tienen una pistola, cabrones, se la voy meter por el culo. Pónganse en fila. Vamos.

Se pusieron en fila. Rubén se puso al lado de Maite. Ella quería tomarle la mano, pero no se atrevió a moverse; sujetaba fuertemente su bolsa. La bossa nova seguía sonando cerca.

—Ahora, ¿dónde está la película?

—¿Cómo sabes que tenemos la película? —preguntó Rubén.

—Te hemos oído mencionar un cuarto oscuro, idiota. La línea estaba intervenida —dijo Anaya—. ¿Quieren tratar de pasarse de listos conmigo otra vez? Todos ustedes, vacíen sus bolsillos. Todo, vamos. Y tú, la bolsa.

Anaya metió las manos en la chamarra de Rubén y no encontró más que una cajetilla de cigarros. Luego se volteó hacia ella. Maite se quedó mirando al hombre, sin saber qué hacer. Le temblaban los labios.

—La bolsa —dijo Anaya—. Ábrela, vamos.

Ella quería hacerlo. De verdad que sí. No pretendía ser valiente ni terca. El miedo la había dejado muda y la hizo hundir los dedos en la bolsa barata, sintiendo que era lo único que la mantenía a salvo. ¿Qué harían si encontraban la película dentro? ¿Qué le harían? ¿La llevarían a la cárcel? ¿Torturada y tachada de disidente?

—Señora, la bolsa.

Le temblaban las manos y manipulaba con torpeza el cierre.

—¡Vamos!

Y entonces el tipo de la chamarra de ante le dio una patada a uno de los hombres y lo estampó contra el suelo. Al mismo tiempo, Rubén se abalanzó sobre Anaya. Se lanzó contra él, como un toro furioso, sin delicadeza en el ataque. Era fuerza bruta. Jackie tomó una lámpara de mesa verde y la lanzó contra uno de los hombres.

—¡Corran! —gritó Rubén.

Hubo un disparo. Maite gritó. No supo quién había disparado a quién, porque Emilio la tomó de la mano y la jaló hacia él, y corrieron hacia el otro extremo de la oficina. Junto a las ventanas, a la izquierda, estaba la puerta que llevaba a la escalera trasera.

Llegaron a la calle y al coche de Emilio, que estaba estacionado detrás del edificio. Desde una ventana abierta, el sonido de la samba llegó a la calle. Un saxofón lastimero les decía adiós.

27

Elvis empezaba a creer que su vida era un círculo interminable, porque estaban de vuelta en Asterisco. La mujer y el hippie habían entrado en el edificio. Dios sabía que él habría preferido que hubieran vuelto a la cafetería de la noche anterior. Al menos allí podría haber pedido un café y elegido una canción de la rocola.

Elvis se preparó para unas cuantas horas más de aburrimiento con su trasero atrapado dentro de un coche, viendo las gotas de lluvia deslizarse por el parabrisas, cuando vio a un grupo de hombres saltar de dos vehículos y dirigirse al edificio. Contó siete. Elvis no necesitaba los binoculares para saber que eran de la DFS y que Anaya iba con ellos.

—Hijo de la chingada —susurró El Antílope—. ¿De qué se trata todo eso?

—La película está adentro —dijo Elvis.

—¿Qué? ¿Estás seguro?

—¿Por qué, si no, estarían aquí, todos a la vez?

—Para arrestar gente.

—La misma historia.

Elvis sacó su pistola del bolso. El Antílope le dirigió una mirada cansada.

—¿Qué estás haciendo?

—No podemos dejar que tomen la película —dijo. La película, sí. Aunque, por un segundo, el pensamiento pasó por su mente: la mujer estaba allí. La mujer de los ojos tristes. Y estos pendejos habían golpeado a El Güero. El Güero no era su amigo, pero era parte de su equipo. Tal vez hasta habían matado a El Gazpacho.

Apostaría a que eso fue lo que había pasado, sí. No había sido El Mago, habían sido Anaya y sus matones. Habían asesinado a su amigo. Era su estilo. Estaba seguro de ello.

—Son siete. No sabemos si alguien adentro está armado —dijo El Antílope.

—Siete significa que tenemos que matar a tres cada uno y esperar que uno de ellos se mee en los pantalones y salga corriendo.

—Bueno, eso es muy fácil, ¿no? Estás loco.

—El Mago está jodido... todos estamos jodidos, si no conseguimos esas fotos. Vamos, ¿eres un pelele? ¿Tengo que hacerlo yo solo? —dijo, su voz como una cuchilla, pensando en todas las veces que El Güero lo había llamado «blandengue» y El Antílope se había reído disimuladamente concordando con él.

Pero hoy, no. No, señor. Y a fin de cuentas El Antílope era el tipo de hombre que hacía lo que le decían, y Elvis era... bueno, no estaba seguro de qué clase de hombre era, pero sabía que iba a entrar en ese edificio. Quería sangre y quería esa película porque, carajo, llevaban demasiado tiempo trabajando en esto como para dejarlo pasar, y era una noche para morir.

—Eres bien machín cuando se trata de disparar a hijos de la chingada imaginarios y mafiosos gringos, pero qué pasa cuando va en serio, ¿eh? ¿Se te han encogido los huevos?

—Vete a la mierda —murmuró El Antílope mientras sacaba su pistola y daba golpecitos al bolsillo en el que llevaba las municiones—. Tengo mejor puntería que tú, maldito remilgado. Les meteré tres balas en el culo, como prometí. Apuesto a que no consigues darle a ninguno, cabrón.

—A ti te meteré una bala por el culo.

Entraron al edificio y subieron las escaleras con cuidado y en silencio, como le gustaba a El Mago. Elvis asomó la cabeza por la puerta abierta de la galería. Tres hombres estaban de pie cerca de la entrada a la oficina, en el otro extremo de la habitación.

Como el espacio de la galería tenía poco mobiliario y era esencialmente un rectángulo largo, habría pocos lugares para refugiarse, aunque había un pequeño recoveco en la pared justo enfrente de la entrada de la galería.

Pero a la vez, tres hombres parados así, un poco distraídos, eran tres hombres al descubierto en una posición ideal para ser atacados. Elvis volvió a salir al pasillo y le susurró cómo estaban las cosas al Antílope, quien frunció el ceño y asintió.

—Así que tres en la galería. ¿Dónde están los demás? —preguntó El Antílope.

—Probablemente en la oficina, tal vez torturando a alguien.

—¿Qué hacemos entonces?

Se oyó el sonido del disparo de un arma y un grito estridente.

—Andando —ordenó Elvis. No había tiempo para planes elaborados.

Corrieron hacia la galería. El Antílope mató a tiros a uno de los hombres que estaba junto a la puerta de la oficina con su primera bala y corrió directamente hacia el recoveco, arrodillándose y luego asomándose y disparando de nuevo. Esta vez no hubo suerte, no dio en el blanco. Elvis corrió detrás del Antílope y también se puso a cubierto detrás del recoveco.

—Yo te cubro y tú cruzas corriendo, de vuelta a la entrada —dijo El Antílope—. Hazlos salir.

—Ni madres.

—¿Crees que no puedo cubrirte? Tú querías entrar aquí, para empezar. No podemos escondernos en el rincón. Tenemos que movernos, rápido.

—A la mierda —murmuró Elvis.

Los disparos volvieron a sonar, rompiendo los cristales, y Elvis apretó los dientes. Corrió a través de la galería, de vuelta en dirección a la puerta. Cuando llegó a la entrada, giró y se agachó. Uno de los hombres había mordido el anzuelo y se movía en su dirección. Elvis disparó y falló, pero El Antílope no. Le dio al agente en la espalda. Cuando el hombre se giró en dirección al Antílope, Elvis disparó de nuevo. Esta vez dio en el blanco.

El Antílope hizo un gesto a Elvis, señalando hacia la oficina, y ambos saltaron hacia adelante y apuntaron sus armas hacia el agente restante, quien se estaba poniendo a cubierto detrás de una gran estatua. Durante unos minutos, el cabrón logró esconderse sin peligro allí, como un caracol, antes de que El Antílope se cansara de toda esa mierda.

—Cúbreme —dijo El Antílope.

Lo cual hizo Elvis, aunque no era muy necesario, ya que El Antílope esencialmente vació su arma y el agente no tuvo tiempo de gritar y mucho menos de devolver los disparos.

El Antílope recargó su arma y sonrió burlonamente.

—Muy bien hecho, ¿no? Te dije que era mejor tirador que tú. Tres caídos. Eso es la mitad, ¿no?

—Casi la mitad —murmuró Elvis, mirando la sangre en el suelo.

—Vamos, terminemos con esto —dijo El Antílope, y se apresuró a ir a la oficina.

Elvis lo siguió, pero no había dado más de tres pasos cuando El Antílope volvió tambaleándose a la galería y se desplomó en el suelo. Elvis se apoyó en la pared y miró la puerta de la oficina.

Se oyeron gritos y el sonido de muebles rotos y alguien había matado al Antílope de un disparo. ¿O no estaba muerto? Elvis tenía que comprobarlo. No podía dejarlo allí en el suelo.

Carajo, carajo, carajo.

Elvis se precipitó hacia delante y jaló al Antílope por los brazos, arrastrándolo lejos del lugar donde había caído. Revisó su pulso, le golpeó el pecho.

—¡Vamos, pendejo!

La explosión de una pistola y el punzante aguijón de una bala que lo golpeó en el brazo hicieron que Elvis gritara. Levantó la mano y disparó al agente que estaba en la puerta. Ni siquiera apuntó bien, solo apretó el gatillo y esperó darle a alguien.

El agente volvió a entrar tambaleándose en la oficina.

Elvis respiró y tomó el bolso que colgaba de su hombro, buscó a tientas el cargador rápido por un segundo y recargó su arma. Hizo una mueca de dolor cuando levantó el arma con ambas manos.

Pensó que el agente volvería para llenarlo de plomazos, pero la puerta estaba vacía.

Entró a la oficina. El agente que le había disparado estaba tumbado de espaldas, con la boca abierta. Muerto.

Divisó a dos agentes más en el suelo. Quizá también estuvieran muertos, Elvis no estaba ciento por ciento seguro. Una mujer, con la boca llena de sangre y a la que le faltaban algunos dientes, miraba a Elvis desde detrás de un escritorio. Tenía una lámpara rota en sus manos. El hippie al que Elvis había estado siguiendo estaba desplomado en un rincón. No podía ver a Maite, pero había un espectáculo inesperado: el puto ruso que le había dado una paliza estaba peleando con Anaya, ambos luchando por una pistola. Anaya parecía estar ganando, aunque Elvis no estaba seguro de si estaba jugando limpio. El ruso había sido herido. Tenía un rastro de sangre en la pierna y, por el tajo en el pantalón, era una herida de cuchillo, lo que podía ser una muy mala noticia.

Respiró profundamente, tratando de decidir si debía intervenir. Esto era como ver a Godzilla contra King Kong y no sabía si debía apoyar al lagarto o al mono. Probablemente a ninguno de los dos, pero tampoco le parecía correcto dispararles a ambos mientras estaban distraídos.

Anaya le dio al ruso un feroz golpe en la cabeza y tomó la pistola; entonces el cabrón giró la cabeza, vio a Elvis y apuntó la maldita arma hacia él. Elvis ni siquiera pudo agacharse. Por Dios, ¡no otra vez! Le iban a disparar por segunda vez en un lapso de tres minutos.

La bala impactó en la repisa junto a Elvis, desviada de su curso por el ruso, quien había golpeado a Anaya en el brazo, haciendo que el agente fallara su objetivo. La pistola salió volando por el aire y el ruso se sujetó la pierna, haciendo una mueca.

Eso fue todo. Elvis le disparó a Anaya en la pierna. No porque el pendejo hubiera tratado de matarlo, sino porque definitivamente no era justo tener a un hombre desangrándose por todo el suelo. Había que dejar que los dos pendejos se enfrentaran en igualdad de condiciones.

Anaya dio un grito y miró a Elvis sorprendido. El ruso aprovechó el caos y la confusión para saltar sobre Anaya y lo estampó contra un escritorio. Papeles y lápices y astillas volaron por el aire mientras el cuerpo de Anaya golpeaba el mueble barato y caía hacia atrás.

El ruso no perdió el tiempo. Saltó encima de Anaya, dándole dos o tres puñetazos en la cara. Anaya respondió rugiendo y devolviendo los puñetazos. Ambos hombres rodaron por el suelo, chocando contra sillas y cajas.

El ruso tomó un teléfono y tiró del cable, rodeando el cuello del agente por detrás. Los ojos de Anaya se abrieron de par en par y trató de darle un codazo al ruso en las costillas, sin éxito. El ruso apretó el cable contra la garganta del hombre hasta que este ya no se movió. El ruso hizo una mueca de dolor cuando soltó el cable y dejó que el cuerpo de Anaya cayera al suelo. Respiraba con dificultad mientras miraba a Elvis y presionaba una mano contra su pierna.

—Gracias. Pensé que eras de la DFS —dijo el ruso.

—Ambos sabemos que eso era una mentira.

—No me agradan los Halcones más de lo que me agradan los agentes de la DFS.

—Y a mí no me agradan los rusos, pero acabas de salvarme de una bala en la cabeza.

—Supongo que con esto estamos en paz.

Elvis había supuesto que si volvía a ver a ese hijo de la chingada lo golpearía con un martillo o el ruso le arrancaría los dientes a patadas. No pensó que se lo tomarían con calma, pero el ruso tenía su cuota de cortes y moretones, y Elvis pensó que sí, más en paz no podrían estar.

—¿Dónde está la película? —preguntó Elvis.

—Vete tú a saber.

Elvis caminó hacia el hippie desplomado en el rincón. La mujer con los dientes rotos se había replegado al lado opuesto de la habitación, pero le gritó.

—¡Déjalo en paz!

Elvis se arrodilló junto al hombre y le presionó una mano en el cuello. Tenía los ojos cerrados, pero tenía pulso. Y dos agujeros de bala en el cuerpo. Elvis deslizó sus manos en los bolsillos de la chamarra del hombre. Nada. Se levantó.

—Será mejor que llames a una ambulancia —le dijo a la mujer.

Ella lo miró fijamente, luego estiró una mano temblorosa hacia un teléfono y comenzó a marcar.

Elvis se dirigió a la puerta.

—¡Oye! ¿A dónde vas? —preguntó el ruso.

—Supongo que si la película no está aquí, entonces la tiene su amiga —dijo Elvis, señalando al hippie con los dos agujeros de bala.

—Una conjetura bastante grande.

—Tengo que encontrarla.

—Y conseguir tu película.

Tal vez quería encontrarla y punto. Los zapatos de Elvis estaban manchados con sangre y sus manos temblaban. Estaba cansado y acabado. Solo jodidamente acabado. Hasta la última parte de su ser se había ido. No podía seguir haciendo esta mierda.

—¿Sabes por dónde empezar a buscar? —preguntó el ruso.

—Tengo una corazonada.

—Espera un minuto, iré contigo —dijo el ruso, cojeando hacia Elvis.

—¿Por qué carajo te dejaría venir conmigo?

—Pareces estar hecho una mierda. Eres zurdo, ¿no? Te han jodido el estúpido brazo. Yo manejaré.

—Alguien te ha clavado un cuchillo en la puta pierna.

El ruso se encogió de hombros.

—Me la vendaré en el coche.

—¿Qué coche?

—Mi coche. A menos que tengas un botiquín de primeros auxilios en el tuyo.

—Bien. A la chingada —murmuró Elvis. Qué le importaba si toda la KGB se les pegaba. Tenía una maldita bala en el brazo y El Antílope estaba muerto. Tal vez Elvis también acabaría muerto y supuso que salir de la mano de un agente ruso era más interesante que ser asesinado por esos pendejos de la DFS o ser acuchillado en Tepito, que era la forma en que originalmente pensó que moriría.

El coche del ruso era un Volkswagen de mierda —necesitaba pintura y que lo lavaran en algún momento de este siglo— que había dejado a la vuelta de la esquina. También apestaba a maría y a alcohol barato. El ruso condujo unas cuadras desde Asterisco y estacionó el coche. Tomó un sorbo de una anforita plateada. Luego se dio la vuelta y sacó una caja del asiento trasero y se la entregó a Elvis. Adentro Elvis encontró las vendas y las gasas prometidas. Intentó enrollarlas alrededor del brazo y no lo consiguió, así que el ruso le echó una mano y le dio un sorbo de la anforita. Contenía mezcal, de entre todas las cosas. Se esperaba que fuera vodka.

Cuando el vendaje de Elvis estuvo en su sitio, el ruso se puso varias capas de gasa en la pierna, lo ató todo y tomó otro trago de mezcal. Luego abrió la guantera y buscó una pistola, que estaba metida debajo de un mapa de la ciudad.

—Smith and Wesson —dijo Elvis y se burló—. Tienes una Smith and Wesson.

—Modelo sesenta. ¿Tienes algún problema con eso?

—No, ningún problema —dijo Elvis, queriendo echarse a reír.

Otro de sus compañeros estaba muerto y estaba en un coche destartalado con un ruso que ni siquiera tenía un arma soviética.

—¿Me vas a disparar?

—Si te quisiera muerto te habría matado en Asterisco. No te pongas paranoico. Me he imaginado que podría ser útil ya que no estoy seguro de a dónde carajo me llevas. Así que... ¿a dónde?

Elvis le dio la primera serie de indicaciones. No iba a soltar la dirección. Si el ruso quería asesinarlo, tendría que esperar hasta que llegaran a su destino.

28

Maite casi se desmoronó cuando llegaron a casa de Emilio. Hasta entonces había podido mantenerse entera, pero en el momento en que entraron a su sala de estar, respiró profundamente y luego otra vez, y empezó a temblar, con los ojos llenos de lágrimas.

Emilio no parecía muy contento con eso. Rápidamente sirvió whisky en un vasito y se lo puso en las manos.

—Te calmará los nervios —dijo.

—No deberíamos habernos ido. Probablemente están muertos.

—Estaríamos muertos si no nos hubiéramos ido.

—¡Pero alguien debería llamar a una ambulancia!

—Estoy seguro de que la policía ya está allí. Alguien debe haber oído los disparos.

—No deberíamos habernos ido —repitió Maite—. Tenemos que llevar las fotos a los periódicos, como quería Rubén.

—Lo haría si supiera dónde están.

—Las tengo yo —dijo Maite, y derramó un poco de su bebida al intentar abrir su bolsa. Le temblaban las manos—. Las he tenido todo este tiempo.

—¿Todo este tiempo?

Miró a Emilio, que estaba frunciendo el ceño. Torpemente se sentó en una silla de acrílico con forma de burbuja y puso su bebida en el suelo. Abrió su bolsa y sacó los botes de película, mostrándoselos antes de volver a meterlos rápidamente en su bolsa.

—No lo sabía. Lo juro. Yo... ella los puso dentro de esta pequeña estatuilla... Te juro que no lo sabía. ¿No deberías revelarlas? Tienes un cuarto oscuro.

—No estoy seguro de que deba tocar los rollos de película.

—Pero tenemos que ver lo que hay adentro.

Emilio tomó la botella de whisky y llenó un vaso para sí mismo, y de paso rellenó el de ella hasta el borde.

—Depende. El periódico podría querer hacerlo, para asegurarse de que no hayamos manipulado nada. Conozco a un editor que podría estar dispuesto a publicarlas.

—¿En serio?

—Lo llamaré. Espera aquí. Bebe —dijo, bebiéndose su whisky de un trago—. Valor líquido para los dos.

Desapareció por las escaleras y Maite se quedó sola en la gran sala de paneles de roble, sentada frente a las fotografías en blanco y negro de Emilio. Un ojo gigantesco la miraba fijamente desde un marco y ella bebió como él le había sugerido.

Se preguntó si los demás habrían escapado del edificio. Era posible. Si lo habían hecho, no tenía ni idea de a dónde podrían haber ido. Aparte de al hospital, claro. Supuso que dependía de si estaban gravemente heridos o no. Si Rubén estaba vivo, se prometió a sí misma que inmediatamente lo encontraría y lo cuidaría hasta que se repusiera. Y luego abandonarían la ciudad juntos. Se convertiría en una Adelita moderna, cuidando a los hijos de la revolución, a los guerrilleros en lo profundo de las montañas. Rubén tendría cicatrices de esa noche, pero las llevaría con orgullo.

El ojo la miraba fijamente, sin parpadear y con crueldad.

Se llevó el vaso a los labios, se golpeó los dientes al hacerlo e hizo un gesto de dolor. Emilio bajó las escaleras en ese momento.

—Vendrá enseguida. A más tardar media hora, ha dicho. Vive cerca.

—¿Sí? Qué bien. ¿Cómo se llama?

—José Hernández. Trabaja para *El Universal.*

—¿Publicará las fotos?

—Si hay algo que publicar, lo hará. ¿Quieres comer algo?

—No creo que pueda comer nada. Estoy muy nerviosa.

—Has sido muy valiente.

—No lo creo —susurró ella. La bolsa estaba sobre su regazo. La sostuvo firmemente con una mano, sin soltarla ni un instante. Si la soltaba, temía perder la poca compostura que aún tenía. De alguna manera, la bolsa y los botes de película mantuvieron las lágrimas a raya.

Emilio se sentó frente a ella, en una silla a juego, y se ofreció solícitamente a rellenar su vaso. Ella aceptó, pero no tomó otro sorbo. La boca le sabía agria. Luego le ofreció un cigarro, que ella rechazó. Él se encogió de hombros y encendió uno, inclinándose un poco hacia delante mientras fumaba. Su conversación menguó a medida que se elevaba el humo.

Sonó el timbre. Ella casi dejó caer su vaso, asustada por el ruido, pero Emilio sonrió.

—Probablemente sea José. Dame un segundo.

Oyó un saludo apagado y luego Emilio estaba caminando de vuelta a la habitación, todavía sonriendo.

—Tenía razón. José, esta es Maite, la joven de la que te he hablado.

El hombre que entró a la sala en compañía de Emilio era mayor y distinguido, vestido con un buen abrigo color beige. También le resultaba terriblemente familiar. Maite conocía esa cara. Lo había visto antes en la casa de la hermana de Leonora. Era Leonardo, el tío en uniforme militar, cuya foto se exhibía orgullosamente en un marco plateado.

Maite miró rápidamente al suelo, tratando de disimular ese fugaz momento de reconocimiento.

—Me alegro de conocerte, Maite. Emilio me ha dicho que has resguardado algunas fotos importantes.

Ella asintió y se lamió los labios.

—¿Las habéis revelado? —preguntó el hombre.

—No hemos tenido la oportunidad. Hemos pensado que tal vez te gustaría hacerlo tú mismo —dijo Emilio.

—Por supuesto. Aunque no hayas revelado la película, ¿quizá Leonora te contó lo que había en las fotos? ¿Lo hizo, Maite?

Quería que se fuera, que la dejara en paz. La bolsa se sentía pesada en su regazo. Sacudió la cabeza de nuevo, no.

—Pero has estado resguardando la película para ella todo este tiempo. Debes haberlo hecho por alguna razón. Debes tener una idea de lo que hay ahí.

—No lo sabía —murmuró ella.

Miró al hombre. Tenía una mano en un bolsillo del abrigo. Un detalle trivial, sin importancia. Excepto que podría estar ocultando un arma.

Ella se levantó.

—Disculpa, he bebido demasiado y necesito usar el baño. ¿Dónde está?

—Oh, por ahí —dijo Emilio, levantando una mano y señalando en la dirección correcta.

Maite trató de caminar sin prisa, con la bolsa colgada del hombro izquierdo. Múltiples ojos, representados en blanco y negro, la observaban desde las paredes. En cuanto entró al baño, cerró la puerta con llave. Era un baño grande, impecable, con toallas afelpadas y accesorios de aspecto caro. Si hubiera tenido más tiempo, Maite lo habría admirado y habría revisado detenidamente todas las prescripciones y los artículos de aseo de Emilio. Habría robado un recuerdo. Pero no tenía tiempo. Apartó la cortina de la ducha y se metió dentro.

Había una ventana allí. Estaba en lo alto. Tomó un taburete que estaba junto al lavabo y se puso de pie sobre él, intentando abrir la ventana, que seguía obstinadamente atascada. Mientras estaba allí de puntillas, llamaron a la puerta.

—Abre —dijo el hombre.

No se molestó en responder. Maite miró a su alrededor con pánico, pero no había nada que pudiera utilizar como arma; intentó abrir la ventana presionando el cristal con las manos. Se oyó un fuerte golpe, la puerta se abrió de repente y el viejo entró. Ella se quedó en la ducha, aturdida, sin saber qué decir ni qué hacer mientras él se acercaba y luego la llevaba a la rastra.

Maite se aferró por reflejo a la cortina de la ducha y, cuando el hombre la jaló del brazo, ella a su vez tiró de la cortina, arrancándola de la varilla. Las anillas plateadas que la sostenían cayeron al suelo y rodaron por los azulejos.

—Suéltame —dijo ella.

El hombre no respondió. Aunque era viejo, seguía siendo fuerte y pronto la arrastró de vuelta a la sala de estar, donde casi chocaron con Emilio. Este los miró fijamente y dio un paso atrás, boquiabierto.

—Me has reconocido. ¿De dónde me conoces? —le preguntó el viejo, empujándola hasta que sus rodillas golpearon el respaldo de una de las sillas y se vio obligada a sentarse.

—La foto de la graduación de Leonora —dijo Maite rápidamente.

—¿De verdad? Qué mala suerte. Ahora, dame la película.

Se sentó en la silla con forma de burbuja, con una mano en la correa de su bolsa, y miró a Emilio, esperando que interviniera. Que dijera algo. Cualquier cosa.

—Haz lo que te pide —murmuró por fin Emilio.

—¿Por qué?

—Porque si no te retorceré el cuello —dijo simplemente el hombre.

Se dio cuenta de que Rubén había tenido razón sobre Emilio todo el tiempo. No era más que un niño rico que solo se preocupaba por sí mismo. No levantaría un dedo para proteger a nadie, y menos a Maite.

—¿Fue él quien te envió a buscar la película? ¿La primera vez que nos vimos, cuando intentabas entrar en el apartamento de Leonora? —preguntó, mirando fijamente a Emilio.

Emilio encendió otro cigarro y evitó su mirada.

—No. Se puso en contacto conmigo después.

—Pero la gente de Asterisco son tus amigos. Leonora es tu novia.

—Me estoy impacientando —dijo el hombre.

Ella se tocó la boca, pensando en Rubén. Probablemente estaría muerto. Y entonces no supo qué mosca le picó, qué innecesario impulso idiota pasó por su cerebro, pero trató de correr. Fue inútil. El hombre era viejo, pero no estaba decrépito; la atrapó con unos cuantos pasos rápidos y la estampó contra la pared. La parte posterior de su cabeza golpeó una de las fotografías en blanco y negro.

En lugar de entregar el premio, ella intentó rasguñarlo, pero él le devolvió el golpe con más fuerza. Oyó el crujido del cristal e hizo un gesto de dolor. Le temblaron las manos.

El hombre le arrebató la bolsa y la abrió, sacando los botes. Comenzó a sacar la película de dentro, exponiéndola a la luz.

Nada. Probablemente Rubén había muerto por nada.

Se deslizó contra la pared, tratando torpemente de alejarse, hacia una puerta.

—No te muevas —dijo el hombre, mientras seguía desenrollando la película—. Todavía tengo asuntos pendientes contigo.

Le dolía la cabeza. Él la había golpeado con fuerza y no quería que la golpeara de nuevo, así que se quedó quieta hasta que terminó y la miró, tirando los inútiles negativos al suelo. En un segundo había borrado la verdad. Un segundo fue todo lo que había necesitado.

—¿Dónde está mi sobrina? —preguntó el hombre.

—No lo sé.

—Confraternizas con terroristas. Guardas las preciosas fotos de Leonora. Estoy bastante seguro de que sabes más de lo que dices.

—No era mi intención. Robé la película por accidente. No me di cuenta...

La golpeó en el estómago. Ella se quedó sin aliento, doblándose, y entonces él la sujetó de nuevo, hundiéndole los dedos en el pelo y le levantó la cabeza. Le abofeteó la cara con tanta fuerza que Maite sabía que le dejaría moretones.

—Vamos, no es necesario —dijo Emilio.

—Toma una silla y mira a la pared —ordenó el hombre.

—¿Qué?

Mientras seguía sujetando a Maite con una mano, el hombre sacó una pistola y apuntó a Emilio.

—He dicho que tomes una silla y mires a la pared.

Maite no podía apartarse, no podía girar la cabeza, no con él sujetándole el pelo, pero oyó el chirrido de una silla contra el suelo mientras Emilio obedecía. El hombre la soltó y dio un paso atrás. Su pistola apuntaba en dirección a Emilio, pero sus ojos estaban puestos en ella.

—Mi sobrina. Necesito que me digas dónde está.

—Vas a matarla —murmuró Maite.

—Te mataré *a ti* si no hablas.

—Ya te lo he dicho. No lo sé. ¡De verdad que no lo sé!

El hombre la golpeó en la cabeza con la pistola y le dolió mucho. Los otros golpes habían dolido, pero no así. Iba a llorar. La sangre le corría por la frente, manchándole los labios.

—No he hecho nada —juró, pero la pistola volvió a golpearla, haciéndola gritar.

Pensó que se había equivocado. Que Leonora no era la doncella que sería ofrecida como sacrificio. Era ella, era Maite, a quien había que arrancarle el corazón. Desde la primera página, desde la primera línea, desde el preciso momento en que todo esto comenzó.

Él apretó una mano contra su boca, como para amortiguar su grito, y ella respondió, alimentada simplemente por un instinto furioso, hundiendo los dientes en sus dedos. Él dio un grito, como el de un perro, antes de darle un brutal puñetazo. Maite cayó al suelo sujetándose el estómago, notando el sabor de la sangre. No sabía si era de ella o de él.

—Deje de hacer eso —dijo un hombre.

Maite se tragó la sangre y miró a los dos desconocidos que habían entrado en la casa.

29

Estacionaron el coche frente a la pequeña casa blanca. Incluso en la oscuridad Elvis reconoció el otro coche estacionado justo delante de ellos, junto a la puerta de la casa. Lo habría reconocido en cualquier lugar: el vehículo de El Mago. Durante un minuto permaneció allí, sin hablar, bajo la lluvia, hasta que el ruso tosió.

—¿Qué pasa?

—Creo que mi jefe está aquí —dijo Elvis.

—Qué bien. Una reunión. ¿Tienes las llaves de esta casa?

—No, pero puedo forzar la cerradura —dijo y sondeó el bolsillo de sus jeans en busca de las dos pequeñas tiras de metal. No era una cerradura difícil.

Entraron a la casa y siguieron el sonido de las voces. Se oyeron gritos y aceleraron el paso, llegando a una gran habitación con una mesa muy larga y muchas fotografías en las paredes.

El Mago estaba golpeando a la mujer. Elvis nunca había hecho daño a una mujer en su vida. Eso era para la escoria. Para los malnacidos. Y Elvis era un matón, claro, pero no era escoria. Le sorprendió ver a El Mago haciendo algo así. Nunca se había imaginado que pudiera hacerlo. Así que habló rápidamente, sin pensarlo dos veces, utilizando un tono de voz que nunca se había atrevido a emplear con El Mago hasta ese día.

El Mago era su jefe, después de todo. El Mago era su líder. El Mago era todo lo que Elvis siempre quiso ser. El Mago era el Rey.

—Deje de hacer eso —dijo bruscamente.

Un hombre estaba sentado en una silla mirando a la pared. Hizo un gesto de dolor cuando entraron, pero no dijo nada, y cuando Elvis habló bajó la cabeza y se apretó las palmas de las manos contra los ojos.

—Has llegado. ¿Quién es el que está contigo? —preguntó El Mago.

Los ojos de la mujer eran enormes y tenía sangre en los labios. Eran los ojos de la mujer de Barba Azul cuando abre la puerta y encuentra la cámara llena de cadáveres.

—Es el pendejo ruso —dijo Elvis, apartando la mirada de la mujer y mirando a El Mago. Los ojos de El Mago estaban tranquilos. Él había hecho esto, o algo similar, algo peor, muchas veces antes. Elvis pensaba que El Mago era un caballero, superior a los demás, pero realmente era otro pedazo de mierda.

Un mierda como todos los demás mierdas que Elvis había conocido. De alguna manera nunca se había dado cuenta de eso. Incluso cuando El Mago le daba miedo, incluso cuando El Mago exudaba peligro en lugar de júbilo, siempre, absolutamente siempre, Elvis sentía que estaba en presencia de una especie superior.

Y Justo había acusado a El Mago, pero Elvis no lo creía. Había enterrado sus dudas y su dolor, y no se había permitido pensar demasiado en ello.

—¿Ya te has cambiado de bando? —preguntó El Mago.

—No. De hecho, Arkady podría dispararnos a los dos en los próximos cinco minutos.

En el suelo, Elvis vio tiras de negativos. Se agachó para mirar los trozos de película. El Mago se rio disimuladamente.

—Están expuestos. Así que si tu amigo ruso quiere empezar a disparar, puede hacerlo ahora. No hay nada que ver aquí.

Elvis rozó con sus dedos la película.

—Entonces, ¿por qué la está golpeando?

—Porque necesito encontrar a mi sobrina —dijo El Mago, alcanzando a la mujer y jalándola hacia arriba, cerca de él.

—Ya te lo he dicho. No sé dónde está Leonora —dijo la mujer, pero en voz baja. La voz le temblaba.

Miró a Elvis y Elvis la miró fijamente a los ojos, esos ojos trágicos suyos, ahora rebosantes de lágrimas.

—Dice que no lo sabe. Suéltela.

El Mago apartó a la mujer de un empujón y se volvió hacia Elvis. Ella se escabulló de él, chocando con una mesa auxiliar, mientras El Mago se enderezaba el abrigo, pasando una mano por una solapa y luego deslizándola por su pelo gris. En la otra mano, sujetó firmemente su pistola.

—No es un buen día para tener conciencia. O para hacer nuevas amistades —dijo; sus ojos midieron al ruso antes de fijarlos en Elvis—. Se suponía que ibas a resolver mis problemas, no a empeorarlos.

Elvis pensó en todo el maldito trabajo que había hecho, todo el espionaje y las palizas que se había ganado y la bala en el brazo. Tal como hablaba El Mago, no importaba. No era nada. Debería haber sabido que sería así. Pero era tonto. Un blandengue, como decía El Güero. Peor que eso.

—Se suponía que ibas a encontrar a la chica.

—Nunca me dijo que la chica fuera su sobrina —respondió Elvis, dando un par de pasos hacia El Mago.

—No era importante. Asuntos familiares, por así decirlo.

—Esto es muy jodido. Matar a su propia familia.

Los dedos de El Mago eran como garras mientras volvía a pasarse una mano por su pelo ralo.

—Yo no quería matarla. Quería salvarla de sí misma. Fue una tonta al depositar su confianza en un informante. ¡Sócrates! Bien podría haber telefoneado a Anaya.

—Así que fue usted —dijo Elvis—. Usted mató a Sócrates.

—Una rata menos en el mundo. No fue una gran pérdida. Al menos descubriste quién la traicionó, quién empezó esto. Es lo único que conseguiste.

Elvis dio otro par de pasos. Tenía un nudo en la garganta. Metió las manos en los bolsillos de su chamarra para que no le temblaran.

—¿También mató a El Gazpacho?

El Mago pareció realmente un poco sorprendido cuando Elvis dijo eso. Hasta ahora su compostura había sido impecable. Incluso cuando estaba golpeando a la mujer, había mostrado poca emoción. Ahora fruncía el ceño y su voz vacilaba.

—¿Quién te ha dicho eso?

—No importa. Está muerto, ¿no?

El Mago no respondió. Pero no era necesario. Elvis se rio y sacudió la cabeza. Pensó en el pobre Gazpacho, a quien le encantaban las películas japonesas y las canciones de los Beatles. Muerto. Tirado en una zanja como si fuera basura. La gente tenía que morir algún día, pero no así. No a manos de El Mago.

—Carajo. ¿Por qué?— preguntó en un susurro.

—Llegó la orden de disolver los Halcones, de disolver mis unidades. Están empezando algo nuevo.

Sus unidades. Sus muchachos. *Elvis, mi muchacho.* ¿Cuántas veces había oído a El Mago decir eso? *Mi muchacho.*

—«Disolver» no significa «asesinar».

—¿Realmente crees que te dan, qué, una tarjeta de despedida en estos casos? ¡Él sabía cosas! Demasiadas malditas cosas y ya tenía a Leonora para preocuparme, como para preocuparme también por otro maldito cabo suelto que podía arruinarme si decidiera tratar de quedar bien con Anaya. Sabía que Anaya estaba empecinado en ahorcarme y no podía dejar que se hiciera con la cuerda. Creen que no entendemos cómo lidiar con los guerrilleros. Dispararles como a perros, es lo que dicen. ¡Disparar solamente no arregla las cosas!

—¿Quién lo dice?

—¡Estas nuevas mierdas! Mierdas como Anaya. Y tú sabes lo que todos quieren, ¿no? Meterse en política. Gutiérrez Barrios estuvo con la DFS y ahora aspira a algo más grande. Esto es solo un trampolín para ellos, no una vocación. O quieren robar, simple y llanamente. Son ladrones o quieren traficar drogas; están decididos a conseguir lo que puedan.

—¿Y usted está limpio?

—No soy ningún ladrón y tampoco un narcotraficante —dijo El Mago, sonando ofendido.

—Anaya está muerto —dijo Elvis secamente.

—¿Lo está? —El Mago se rio. Una buena y sonora carcajada. A Elvis siempre le había gustado la risa de El Mago. Era rara, pero era espléndida, como el resto de El Mago. El Mago era tan fastuoso, tan grande, tanto. Un dios, no un hombre. El Mago no era un cobarde que asesinaba a sus subordinados porque tenía miedo.

El Mago era un producto de la imaginación de Elvis. Pero El Gazpacho había sido real.

—Sí. Supongo que al final le hemos salvado el trasero. Ya sabe, el ruso y yo.

—El mismo ruso que nos disparará en los próximos cinco minutos —dijo El Mago, sonriendo; era como un tajo en carne viva que atravesaba su cara.

—No —dijo Elvis. Ahora estaba de pie justo delante de El Mago y lo miró directamente a los ojos.

—No le va a disparar.

Sus dedos se enroscaron alrededor del desatornillador que tenía en el bolsillo y lo clavó en el cuello de El Mago. El viejo resolló, con la boca bien abierta, pero no emitió ningún sonido. En su conmoción dejó caer la pistola que tenía en la mano, la que había estado utilizando para golpear a la mujer.

El Mago siempre les decía que las pistolas eran un arma de último recurso y Elvis había decidido seguir su plan de estudio, después de todo.

El Mago cayó de rodillas e hizo un movimiento, tanteando con una mano, intentando recuperar su pistola. Elvis pateó el arma y se agachó, sacando el desatornillador. La sangre brotó como una fuente y El Mago buscó su cuello a tientas, tratando de presionar su mano contra la herida, pero era demasiada sangre. No había forma de detenerla.

Cayó y se tumbó de espaldas, con los ojos fijos en la cara de Elvis, y Elvis se preguntó si habría tenido la decencia de mirar a los ojos de El Gazpacho cuando murió. Elvis devolvió la mirada a El Mago hasta que dejó de temblar; entonces dejó caer su propia pistola junto al desatornillador sobre el charco de sangre que se había formado al lado de la cabeza de El Mago.

La mujer lloraba, su rostro trágico y perdido por una vez parecía encajar con su entorno, y en su rincón el hombre que había estado mirando la pared se había meado encima. Elvis miró al ruso y se limpió la nariz con el dorso de la mano porque también estaba llorando.

—Entonces —dijo Elvis—, ¿vas a dispararme con esa Smith and Wesson?

El ruso se encogió de hombros.

—¿Para qué?

—Para desquitarte por tu película perdida.

—Matarte no la traerá de vuelta, ¿verdad?

—No —murmuró Elvis—. Seguro que no.

—Mi consejo profesional es que te vayas de aquí y no te metas en problemas.

—¿Dejarás a la señorita en paz? —preguntó.

—No tengo ningún problema con ella.

—De acuerdo.

Volvió a mirar a la mujer y por un segundo pensó en decirle algo, pero no sabía qué carajo decir o incluso por qué sentía ese impulso de hablar, de murmurar una palabra bonita en su oído.

Quería decirle que la había visto en un libro de cuentos de hadas una vez, cuando era un niño, y que creía que se podía plantar un tallo de frijol que llegara a los cielos.

Hizo lo que le había dicho el ruso: se fue. No tenía coche, así que caminó. Estaba lloviendo y el agua se sentía fría contra su piel, limpiando la sangre de sus manos y helándole los huesos. Pero nada iba a limpiar el resto, a enjuagar el pasado.

Caminó y dejó que la lluvia lo besara.

30

¿*Cómo acaban las historias?*, se preguntaba Maite. Con las historietas era fácil de saber: las viñetas finales estaban claramente indicadas, las palabras «número final» estaban estampadas en la portada. Con la vida era más difícil saber dónde empieza y dónde termina algo. Los argumentos se salían de los márgenes de las páginas; el colorista no aplicaba los últimos toques.

Maite no sabía cómo iba a terminar, aquella primera noche, y no buscó a Rubén inmediatamente. Esa primera noche, se fue a casa. Todavía tenía miedo, y tenía moretones y cortes que necesitaban ser atendidos. Por la mañana llamó a su trabajo y les dijo que había tenido un accidente de coche. Luego intentó ir al hospital más cercano a Asterisco y tras unas cuantas preguntas incómodas tuvo suerte: estaba allí.

No sabía cómo reaccionaría cuando la viera, pero parecía estar contento e incluso cuando le dijo que las fotos habían desaparecido no pareció demasiado molesto. Ella supuso que ya que había sobrevivido a dos balas, otros asuntos eran, por el momento, de menor importancia.

—Hiciste lo que pudiste —dijo él—. No es tu culpa.

—Todavía siento que debería haber hecho algo *más*. Esas fotos significaban tanto para ti.

—Maite, tú importas más que las fotos. Podrían haberte matado si no las hubieras entregado.

La miró con tanta ternura que Maite dejó escapar un suspiro.

—¿Hay alguien a quien deba llamar por ti? ¿Algún familiar? —preguntó, decidida a ayudarlo como pudiera. Ya le había fallado una vez, pero nunca volvería a suceder.

—Dios, no. Jackie ya me preguntó lo mismo, pero no quiero que mi madre se entere. Ella está en Guerrero, de todos modos. No quiero preocuparla. Se lo diré después. Además, estoy bien.

—Debe ser espantoso. El dolor —dijo ella y le apartó el pelo de la frente. Pero él sonrió y se limitó a levantar una mano para tocarle la mejilla.

—Tampoco parece que tú estés muy bien.

—Lo sé. Tengo que ir a trabajar mañana, todos se van a quedar mirando... pero vendré a verte después del trabajo. ¿Necesitas algo?

—Está bien, Maite. Estoy bien. Bueno... tal vez puedas conseguirme un periódico. Estoy aburrido.

—Te traeré media docena.

Él se rio. Aunque Maite siempre había odiado los hospitales, se quedó a su lado incluso cuando el otro paciente que compartía la habitación de Rubén le lanzó una mirada envenenada porque había venido a visitarlo bastante tarde y el vejestorio quería dormir.

Tal y como Maite había pensado, su regreso a la oficina fue extraño. Todas las demás secretarias querían saber qué había pasado y Maite mintió diciendo que había estado en el coche de su novio cuando ocurrió el accidente. Su jefe fue compasivo y le dijo que si no se sentía bien, podía quedarse en casa una o dos semanas, aunque no fue tan generoso como para darle tiempo libre con goce de sueldo.

Así que salió antes del trabajo, compró un par de periódicos para Rubén y volvió al hospital. Acercó una silla y se sentó a su lado mientras él pasaba las páginas.

—Mira —dijo Rubén, señalando una noticia corta con una pequeña foto en blanco y negro.

Leonardo Trejo, decía la noticia, había fallecido sin sufrir mientras dormía. El coronel retirado tenía sesenta y cuatro años. Su velorio se celebraría en la Funeraria Gayosso. Se incluía la hora y la dirección.

—No es así como ocurrió realmente —dijo ella.

—Nunca es como ocurrió realmente.

—Me pregunto cómo explicó Emilio el cadáver a la policía. A menos que moviera el cuerpo. Pero incluso así, el hombre fue apuñalado.

La última vez que había visto a Emilio, el cobarde se había meado encima y ella no se había molestado en preguntarle cómo estaba después de eso. Él tampoco se había molestado en llamarla por teléfono. No creía que fuera capaz de arrastrar un cuerpo fuera de su casa.

—Tal vez Emilio esté involucrado con los Halcones, en cuyo caso simplemente llamó a otro de ellos. O llamó a otro con suficiente influencia para resolver todo el asunto —dijo Rubén mientras doblaba el periódico.

—No vendrán por nosotros, ¿verdad?

—¿Por qué habrían de hacerlo? No lo matamos nosotros y las fotos han desaparecido.

—No puedo dormir bien —admitió ella.

—Se acabó —le aseguró él, estrechándole la mano—. No tenemos nada que pudieran querer.

Maite le llevó más periódicos al día siguiente, pero aunque buscaron por todas partes, no hubo más historias sobre el coronel muerto. Se preguntó quiénes serían los dos hombres que habían entrado a la casa de Emilio. Se preguntó especialmente por el hombre que había matado al coronel y que le había salvado la vida.

Le resultaba familiar. Intentó recordar dónde lo había visto. Recordó sus ojos, muy oscuros, pero no mucho más.

—Tengo la impresión de haberlo visto antes.

—No tiene mucho caso pensar en eso —le dijo Rubén y la besó como si quisiera borrar cualquier mal recuerdo con ese gesto.

Se preguntó si se mudaría con ella. No tenía sentido mantener dos lugares. La madre de Maite lo consideraría muy inapropiado, estar viviendo con un hombre, y además más joven, pero Maite estaba francamente harta de escuchar a su madre.

Los moretones de Maite cambiaron de color. El que tenía en la cara, cerca del ojo, era verde, y ahora podía cubrirse con una cantidad razonable de maquillaje y no destacaría. Pasó interminables minutos frente al espejo, aplicando el rímel y peinándose. Entonces, en un arrebato de inspiración, decidió comprarle flores a Rubén.

Se dio cuenta de que no era habitual que una mujer le regalara flores a un hombre, pero su habitación era pequeña y sosa. Quería animarlo y, puesto que aún tenía que pasar unos días más en aquel hospital estéril y frío, pensó que las flores no le vendrían mal.

Escogió un bonito ramo de margaritas y un par de rosas amarillas, que el florista ató con un listón para ella, y luego tomó el autobús hacia el hospital. En el pasillo fuera de su habitación se topó con Leonora.

Las mujeres se miraron fijamente.

—Estás aquí. Yo... *¿cómo* es que estás aquí? —preguntó Maite. No se le ocurrió nada más que decir. No esperaba volver a ver a Leonora. Era como un personaje de una historia que ha sido eliminado, borrado de la página.

Esto no tenía sentido. Sin embargo, en ciertos melodramas, incluso los muertos consiguen levantarse de la tumba, engañando al más allá.

—Vi la historia sobre mi tío en el periódico —dijo Leonora. Iba vestida de un negro respetuoso y fúnebre.

Maite se quedó atónita. Sentía la boca seca.

—¿Pero cómo supiste que Rubén estaba en el hospital?

—Llamé a Jackie y me lo dijo. Rubén tiene un aspecto espantoso. —Leonora hizo una mueca—. ¿Por qué lo visitas?

—¿Rubén no te lo ha dicho?

—Me ha dicho que ambos estuvieron buscándome.

Maite supuso que no habría sido de buen gusto soltar toda la historia sin más. Aun así, le irritaba que Rubén ni siquiera hubiera insinuado que estaban involucrados.

—Sí, te estuvimos buscando. ¿Dónde estabas? Desapareciste. Te esperé con el gato.

La joven se cruzó de brazos, frotándolos y mirando al suelo.

—Iba a recoger mis cosas y al gato, pero cuando me dirigía a la imprenta me di cuenta de que alguien me seguía. No sé si eran los hombres de mi tío o alguien más, pero entré en pánico. Conseguí perderlos y me fui de la ciudad. Intenté volver a llamar cuando creí que era seguro hacerlo, pero me colgaste.

—Rubén te colgó.

—Bueno, eso me asustó aún más. Entonces leí el periódico y decidí volver a la ciudad. Fui a ver a mi hermana y me dijo que nuestro tío había muerto, y que Emilio había llamado por teléfono y que me estaba buscando. Me dijo que las fotos habían sido destruidas.

—Fue tu tío quien lo hizo. Tanto alboroto para nada.

—Sí —dijo la chica, avergonzada—. Al menos Rubén se pondrá bien.

—Mira, lo siento, pero he venido a dejar esto para Rubén, tengo que ponerlas en agua —dijo Maite, sosteniendo firmemente su ramo.

—Ah, claro.

Maite pasó junto a Leonora y entró en la habitación. Se molestó al oír que Leonora la seguía hacia adentro, pero sonrió mientras se acercaba a la cama de Rubén y le mostraba las flores. Él tenía un periódico en las manos y lo guardó cuando ella entró. Era la edición vespertina. Se preguntó si Leonora se lo habría traído.

—Hola, espero que te sientas mejor.

—Maite. ¿Qué, me has comprado flores?

—Pensé que alegrarían la habitación, pero ahora me doy cuenta de que no hay ningún jarrón para ponerlas. ¿Crees que una enfermera podría tener uno? —preguntó y puso las flores en la mesita de noche—. Leonora, ¿podrías buscar un jarrón?

Una vez que la chica salió, Maite tocó la mano de Rubén y sonrió.

—¿Te encuentras mejor?

—Me darán de alta en dos días —dijo él, deslizando la mano libre por su pecho.

—¡Tan pronto! Pero supongo que eso es bueno. Estaba pensando... y era solo pensar, pero es una buena idea... al menos estoy segura de que es una buena idea... De todos modos, estaba pensando que podrías quedarte conmigo. Vas a necesitar a alguien que te cuide durante un tiempo. Tu casa de huéspedes no servirá.

Rubén puso cara de avergonzado. Ella nunca lo había visto avergonzado. Había desfilado por su departamento sin nada de ropa y no parecía importarle. Ahora se estaba sonrojando.

—Es muy amable de tu parte, pero me iré de la ciudad tan pronto como pueda...

—Creí que te gustaba —dijo ella rápidamente.

—Me gustas. Pero no es que tengamos nada en común. Ya sabes cómo es.

Ella negó con la cabeza.

—No, no lo sé.

—Vamos, Maite, no pensabas realmente... y Leonora y yo... bueno...

Se calló y la miró, como si la sonrisa de sus labios pudiera hablar por él. Entonces se habían reconciliado. Maite supuso que era bastante sencillo para la gente joven cambiar de actitud de un momento a otro. Tal vez Rubén se había presentado como el héroe herido y eso había atrapado a Leonora. O tal vez había estado pensando en él durante todo ese tiempo.

Maite sintió que su cara se calentaba de vergüenza. Él no dijo nada más, sino que bajó la mirada al periódico que tenía en el regazo.

Se dio cuenta, con su silencio, de lo inepta e insignificante que era y de lo mucho que había malinterpretado cada uno de sus gestos. Sin embargo, casi tuvo ganas de reír. Había algo furiosamente divertido en la situación.

Maite se volvió y vio a Leonora de pie junto a la puerta. Se dio cuenta de que la persona que había sido eliminada de la historia era ella, no Leonora.

—No te olvides de tu maldito gato esta vez —le dijo Maite mientras salía.

Epílogo

Los pies de Maite estaban empapados. Llevaba una eternidad esperando el autobús, pero cuando llegó al menos estaba medio vacío; tomó asiento con un suspiro y colocó su bolsa de la compra en su regazo. Miró por la ventanilla las luces de la ciudad y las gotas de agua que se deslizaban por el cristal y no pensó en nada, con la mente tan adormecida como sus dedos helados.

Era domingo. El domingo iba al cine. Pero no ese domingo. En lugar de ello, había ido a comprar pollo y algunas verduras. En el supermercado, no en el tianguis, porque se había perdido el maldito tianguis. Pensaba hacer consomé. Era bastante sencillo y le duraría unos cuantos días.

Alguien se sentó a su lado. Pasó una mano por el cristal y trazó un círculo con las yemas de los dedos.

—Me preguntaba si querrías ir a tomar un café conmigo.

Tardó en levantar la cabeza y mirar al hombre que hablaba, porque no creía que se dirigiera a ella. Pero luego lo miró y se dio cuenta de que lo estaba haciendo. Y lo conocía. Era el hombre de la casa de Emilio, el que había matado al coronel.

—¿Qué haces aquí? —preguntó ella.

—Siguiéndote —dijo él simplemente.

—¿Por qué?

—Por costumbre. Estabas bajo vigilancia.

—¿Me estabas vigilando?

—Yo y mis compañeros.

Así que tenía razón. Lo *había visto* antes del enfrentamiento en la casa de Emilio. De cerca pudo ubicarlo: había estado en la cafetería. Había ladeado un poco la cabeza, le había sonreído mientras encendía un cigarro. Ahora lo recordaba.

—Pusiste una canción —dijo y luego frunció el ceño—. ¿Estoy bajo vigilancia otra vez?

—No. Eso se acabó. Además, sería bastante tonto que hablara contigo si fuera así.

—¿Por qué *estás* hablando conmigo?

—Siento curiosidad por ti. Y me dije a mí mismo que lo haría. Es decir, hablar contigo. Después de que todo terminara.

Era extraño que no estuviera nerviosa, sentada allí, hablando con un asesino. Porque el joven era un asesino y Dios sabía qué más. Tal vez estaba cansada. Se sentía vieja, como si su cuerpo se hubiera quedado sin vida y su alma estaba tan adormecida como sus frías manos.

—¿Quién eres? —preguntó.

—Yo era un Halcón. Ahora no soy nada en particular.

—Me refería a cómo te llamas.

—Oh. Eso. Supongo que Ermenegildo —dijo él.

—¿Supones?

—Sí. Podría decírtelo. Con un café. Hace frío en este autobús.

—Me dirijo a casa.

—Lo sé.

Ella miró hacia adelante. El autobús avanzaba lentamente por la avenida. El hombre sacó un cigarro y le ofreció uno. Ella negó con la cabeza. Él encendió su cigarro y dio dos fumadas.

—Allí hay una cafetería —dijo, señalando la esquina de la calle que se encontraba un poco más adelante—. Es agradable. ¿O quieres ir a ese lugar tuyo con la rocola?

—Me voy a casa.

—¿Me tienes miedo?

Ella no respondió. Él fumó su cigarro y se inclinó hacia delante, apoyando los antebrazos en el asiento de enfrente.

—Vi la colección de discos en tu apartamento. Es impresionante.

—Has estado en mi apartamento.

—Te lo he dicho: vigilancia.

Se lo imaginó a él y a sus compañeros revisando sus cajones, sentados en su atelier y deslizando sus manos sobre sus libros, sus discos. Su vida aburrida y sin sentido puesta al descubierto ante extraños.

—De todos modos, me preguntaba por qué tienes la versión de Prysock y no la de Bennett.

—¿Eso es lo que quieres saber? ¿Por eso me has seguido hasta este autobús? —dijo ella, con la voz repentinamente teñida de ira.

Él giró la cabeza y la miró. Su pelo estaba enmarañado y mojado por la lluvia, las gotas de agua le resbalaban por el cuello y sus ojos eran negros abismos gemelos. Estaban pintados con tinta, como los ojos de un personaje de historieta.

—No sé lo que quiero, no sé quién soy —dijo; el humo subía en espirales desde su boca—. No sé nada. Pero no soporto estar solo en este momento.

Ella pensó en la selva, como la había visto en esas historias románticas baratas que le gustaba leer. La calidad de ese cielo selvático volvió a ella. Así eran sus ojos: como la noche de la página impresa. Más negra que la noche afuera del autobús, la noche real y tangible que los esperaba aquí, porque en la ciudad había luces de edificios y coches. Pero la noche de las historietas colmaba la página y no permitía ninguna luz. Ni siquiera la luna proporcionaba iluminación: era un círculo, del tamaño de una moneda. La ausencia de tinta pero no la presencia de luz.

La luna no brillaba.

—Me bajaré en la próxima parada y volveré a esa cafetería —dijo. También sonaba cansado. Como ella.

Maite sujetó firmemente su bolsa y apretó los labios. El autobús se acercó al borde de la acera y el joven se bajó. La luz del semáforo estaba en rojo. Ella lo vio, con el cigarro en la boca, parado en la acera por un momento, antes de que la luz cambiara y el autobús avanzara dando trompicones.

Estaba loco. Eso estaba claro. ¿Quién, sino un loco, vendría a buscarla así? ¿Quién la buscaría en absoluto?

Un asesino loco, un hombre loco parado ahí atrás, bajo la lluvia, caminando de vuelta a su cafetería. Maite pensó en la seguridad de su apartamento, en el periquito en su jaula y en su colección de baratijas robadas. Pensó en poner *Strangers in the Night* y hundirse en las sombras de su sala, y bailar sola, bailar por su cuenta, como siempre. Como debería.

En el siguiente semáforo se bajó del autobús. La lluvia caía lenta y constante, tocando su propia música. Se quedó en medio de la acera con el paraguas en una mano y la bolsa de la compra en la otra, mirando hacia la calle en dirección a la cafetería.

Se preguntó qué pasaría si empezaba a caminar hacia allí, si no se dirigía inmediatamente a casa.

Se preguntó qué tipo de historia podría comenzar así.

Vio una figura a lo lejos, borrosa, que la saludaba. Maite contuvo la respiración.

Posfacio

El telegrama que abre este libro es un mensaje real enviado por la CIA. Un jueves de 1971, un grupo de choque financiado y organizado por el gobierno mexicano atacó a los estudiantes que marchaban por una gran avenida de Ciudad de México. Los Halcones habían sido entrenados por las autoridades mexicanas con el apoyo de la CIA en un esfuerzo por sofocar el comunismo en México y reprimir la disconformidad. Cientos de manifestantes resultaron heridos o muertos durante lo que se conoció como El Halconazo o la Masacre de Corpus Christi. El presidente Luis Echeverría y las autoridades locales, incluido el regente de Ciudad de México, Alfonso Martínez Domínguez, negaron la existencia de los Halcones o achacaron la culpa a otros.

Como resultado de este ataque, se incrementó la acción guerrillera que se venía gestando en México durante un tiempo, ya que los estudiantes, indignados, decidieron que no se podía razonar con las autoridades. Mientras tanto, los Halcones se disolvieron. Sin embargo, la acción represiva contra activistas y guerrilleros no cesó. A través de un grupo conocido como la Brigada Blanca, el gobierno secuestró, torturó, encarceló y asesinó a ciudadanos mexicanos durante la década de 1970. Esto se conoció como la Guerra Sucia.

Los debates sobre la música llevaban años acalorándose en México. En los barrios de clase alta, los «cafés cantantes» aprobados por el gobierno podían tocar la música que este autorizaba, versiones inofensivas de canciones estadounidenses. Pero a finales de los años sesenta, la mayoría de estos locales había cerrado. El gobierno alegó que fomentaban la rebelión y los valores antinacionalistas. Unos meses después del Halconazo tuvo lugar el Festival de Rock y Ruedas de Avándaro. Fue llamado el «Woodstock mexicano». Posteriormente, el presidente Echeverría declaró ilegales los conciertos de rock y el gobierno exigió que los discos que se escucharan en la radio no tuvieran contenidos que ofendieran la moral. En respuesta, los jóvenes de las clases bajas organizaron reuniones clandestinas conocidas como *funky pits*, pero la escena del rock sufrió enormemente.

La reacción adversa contra la música rock y las presentaciones en vivo fue una forma simbólica para que el gobierno reforzara su control sobre la nación. No hubo otro Halconazo durante la década de 1970, pero por supuesto el PRI, el partido gobernante, nunca daría a la gente la oportunidad de marchar juntos de nuevo: la Brigada Blanca se aseguró de exterminar cualquier oposición.

Las bandas más atrevidas e innovadoras de los años setenta no sobrevivieron a las inhóspitas condiciones para la creación musical. Ninguna, salvo una: El Tri, que empezó como una banda de *covers* llamada Three Souls in My Mind. Habían tocado en el legendario Festival de Rock y Ruedas de Avándaro y empezaron a componer canciones originales en español, no solo a tocar versiones. A mediados de los setenta, El Tri grabó la primera canción de rock explícitamente antigubernamental: *Abuso de autoridad*. Obviamente, no contaban con el respaldo de un gran sello discográfico.

Nunca se castigó ni se declaró culpable a nadie por el Halconazo, que se hizo eco de un ataque armado anterior en 1968: la masacre de Tlatelolco. En 2006, el expresidente Luis Echeverría se declaró culpable y fue puesto bajo arresto domiciliario por su participación en el Halconazo. Posteriormente fue exonerado y se retiraron los cargos en su contra. Ninguno de los hombres que dirigieron los ataques contra los activistas durante la Guerra Sucia fue condenado a prisión. Muchos de ellos han muerto de viejos tranquilamente en sus camas. Algunos siguieron una exitosa carrera política: Alfonso Martínez Domínguez llegó a ser gobernador de Nuevo León.

En 2019, el presidente Andrés Manuel López Obrador liberó los archivos de la Dirección Federal de Seguridad, que contienen información sobre la Guerra Sucia y la persecución política de activistas por parte del gobierno mexicano.

Nunca sabremos el número exacto de víctimas de la Guerra Sucia. Mi novela es *noir*, *pulp fiction*, pero está basada en una historia de terror real.

Lista de reproducción de la autora de «La noche era terciopelo»

Escúchala en Spotify en randomhousebooks.com/VelvetWasThe-NightPlaylist.

1. *Todo negro* de Los Salvajes
2. *Jailhouse Rock* de Elvis Presley
3. *Dream Lover* de Bobby Darin
4. *Can't Take My Eyes off You* de Frankie Valli
5. *Eleanor Rigby* de The Beatles
6. *Abuso de autoridad* de Three Souls in My Mind
7. *Run for Your Life* de Nancy Sinatra
8. *Quiero estrechar tu mano* de Los Ángeles Azules
9. *El día que me quieras* de Carlos Gardel
10. *Smoke Gets in Your Eyes* de The Platters
11. *Love Me Tender* de Elvis Presley
12. *Satisfacción* de Los Apson
13. *Sin ti* de Los Belmonts
14. *Perdido en mi mundo* de Los Dug Dug's
15. *Blue Velvet* de Arthur Prysock
16. *Shain's a Go Go* de Los Shain's
17. *Bésame mucho* de Antonio Prieto
18. *El cigarrito,* remasterización digital 2001, de Víctor Jara
19. *Bang Bang (My Baby Shot Me Down)* de Nancy Sinatra

20. *Cuatro palabras* de Juan D'Arienzo
21. *White Room* de Cream
22. *Agujetas de color de rosa* de Los Hooligans
23. *Somos novios* de Armando Manzanero
24. *Kukulkán* de Toncho Pilatos
25. *Solamente una vez* de Lucho Gatica y Agustín Lara
26. *No me platiques más* de Vicente Garrido
27. *Piel canela* de Eydie Gormé y Los Panchos
28. *Dream a Little Dream of Me, with Introduction* de The Mamas and the Papas
29. *Volver a los diecisiete* de Violeta Parra
30. *Will You Love Me Tomorrow* de The Shirelles
31. *Are You Lonesome Tonight* de Elvis Presley
32. *Surfin' Bird* de The Trashmen
33. *At Last* de Etta James
34. *Can't Help Falling in Love* de Elvis Presley
35. *The House of the Rising Sun* de The Animals
36. *La chica de Ipanema* de Stan Getz, João Gilberto y Astrud Gilberto
37. *Strangers in the Night* de Frank Sinatra
38. *Pobre soñador* de El Tri

Agradecimientos

Un gran agradecimiento a mi agente, Eddie Schneider, a mi editora, Tricia Narwani, y al equipo de producción de Penguin Random House. Mi interés por la música fue alimentado a una edad temprana por mi padre, quien hablaba con elocuencia de ciertas bandas. La novela *noir* tiene una gran tradición en América Latina. El primer escritor de novela *noir* en México fue Rafael Bernal, quien publicó *El complot mongol* en 1969. Así que gracias a Rafael y a los demás escritores de novelas *noir* antiguas.

Sobre la autora

Silvia Moreno-García es la autora de las aclamadas novelas *Gótico*, *Gods of Jade and Shadow*, *Signal to Noise*, *Certain Dark Things* y *The Beautiful Ones*, y del thriller *Untamed Shore*. Ha sido editora de varias antologías, entre ellas *She Walks in Shadows* (también conocida como *Cthulhu's Daughters*), ganadora del premio World Fantasy. Vive en Vancouver, Columbia Británica.

silviamoreno-garcia.com
Facebook.com/smorenogarcia
Twitter: @silviamg
Instagram: @silviamg.author

Sobre la tipografía

Este libro está escrito en Walbaum, una tipografía diseñada en 1810 por el punzonista alemán J. E. (Justus Erich) Walbaum (1768-1839). La tipografía de Walbaum tiene un aspecto más francés que alemán. Al igual que Bodoni, es una tipografía clásica, pero su apertura y ligeras irregularidades le confieren una calidad humana y romántica.